琵琶記

高　明　著
江巨榮　校注
謝德瑩　校閱

三民書局

國家圖書館出版品預行編目資料

琵琶記／高明著;江巨榮校注;謝德瑩校閱.－－二版二刷.－－臺北市：三民，2019
面；　公分.－－(中國古典名著)

ISBN 978-957-14-2852-9　(平裝)

853.6

© 琵　琶　記

著作人	高　明
校注者	江巨榮
校閱者	謝德瑩
發行人	劉振強
著作財產權人	三民書局股份有限公司
發行所	三民書局股份有限公司
	地址　臺北市復興北路386號
	電話　(02)25006600
	郵撥帳號　0009998-5
門市部	(復北店) 臺北市復興北路386號
	(重南店) 臺北市重慶南路一段61號
出版日期	初版一刷　1998年10月
	初版二刷　2006年5月
	二版一刷　2014年4月
	二版二刷　2019年9月
編號	S 854400

行政院新聞局登記證局版臺業字第○二○○號

ISBN　978-957-14-2852-9　(平裝)

http://www.sanmin.com.tw　三民網路書店

琵琶記　總目

引　言……一—五
琵琶記考證……一—六
琵琶記插圖……一—四
齣　目……一—四
正　文……一—二〇一
附錄：明清兩代名家論琵琶記……二〇二—二三〇

引言

江巨榮

戲曲的興衰有種種原因和條件的制約，文人參與熱情的高低也是其中的因素之一。我國成熟最早的戲曲品類是宋南戲，初生時很有生命力，但由於幾乎沒有文人的參與，沒有所謂的「名人題詠」，它就始終如村儒野老塗歌巷詞之作，經不住北曲南下的狂流，很快湮沒無聞了。元雜劇由書會才人所編。這些才人受著壓抑，「門第卑微，職位不振」，社會地位雖然不高；但他們中的很多人，都屬於趙子昂所說的「鴻儒碩士，騷人墨客」，不僅深諳五經書史、三教九流，而且於說古談今、五音六律，都有很高的修養。這樣的藝術素養與豐富的社會生活的結合，便迎來了戲曲文學第一個豐收的季節。時至元末，雜劇日趨衰落了，社會出現了疏「北」親「南」的風氣。此時有沒有具備遠見卓識的劇作家來適應時代的要求，重振南戲呢？有沒有具備很深的文化藝術素養的鴻儒學士融合、發揚南戲與北劇兩種戲曲品類的優長，反映現實的生活，創作出高水準的、面貌一新的南戲呢？戲曲發展處在一個重要的轉折點上。

高明不期然地站到了這個位置上。他來擔負這樣的歷史使命其實也有一定的歷史必然性。高明生於永嘉，長於永嘉，他的家鄉恰是號稱「永嘉雜劇」、「溫州雜劇」南曲戲文的主要發源地，古南戲的許多著名劇目都在這裡產生、演出。他做官所在的杭州、四明也都是戲曲的重鎮。我們雖然未曾見到高明看戲的紀錄，但他喜作詞曲，如寫作散曲，寫作閔子騫單衣記，卻都是明證。即便從琵琶記的開場也可以知道，他看厭了才子佳人、神仙幽怪劇，熟知演出中的插科打諢，填曲唱曲中尋宮數調的種種講究，才批評這些傾向的，可見他對南北戲劇都相當熟悉，是一位深切了解南北戲曲現狀和利弊的行家。然而高明長才碩學，為時名流，並不專以詞曲擅美。他出生詩文世家，師事名儒，人稱「學博而深，文高而贍」，著有柔克齋集。所交蘇天爵、楊維禎、顧德輝、宋濂、王禕、劉基都是一時名公，文章巨子。他中進士後，從宦十餘年，對元末的亂世、蒼生的痛苦、官場的黑暗都有深切清醒的認識。當他退居櫟社寫作琵琶記時，他的學養、詩才和生活經驗結合在一起，質樸粗糙的民間戲文就一躍成為整飭精巧的文人傳奇，內容與形式都發生了很多變化。

琵琶記在內容上出現的顯著變化，是強調了戲曲的風教作用，突出了人物形象的綱常倫理色彩。高明不僅宣稱他作劇的意圖在有益於風教，「不關風化體，縱好也徒然」是他的名言；而且整個劇情就是一個「子孝與妻賢」的故事，主要人物形象都籠罩在倫理道德的陰影裡，道德倫理劇的色彩很明顯。這是作為理學名家的高明倫理中心觀念的自然流露。應該指出：肯定忠孝，張揚倫理，在早期南戲和北曲雜劇中都早已存在，但它們沒有形成共同的自覺，更沒有成為戲劇創作統一的原則。高明是將傳統文化中的「風教」論引入戲曲的第一人。這一理論，抹煞了思想和生活的豐富性、多樣性，也違背了藝術創作自由的原則；但是，風教論的道德內涵，包含著在一定生活條件下調節人際關係、社會關係的某些合理要求，包含了歷史積澱而成的中國人的傳統美德和最重要的價值取向，也成為一定歷史階段內社會成員的倫理、道德規範。因此，這一戲曲創作理論的提出和創作實踐的成功，很快就得到了廣泛的認同。明太祖朱元璋當時就把琵琶記比作四書、五經，而且看得比四書、五經還重要；明清兩代很多著名的理論家、劇作家，在理論和創作上都將它奉為圭臬。戲曲既然不悖於詩教，反倒有益於風化，它就不應被視為末技、賤業，它也就吸引了許多名臣、學士、儒流進入戲曲創作，從整體上提高了戲曲文化的社會地位和品格，影響十分深遠。

琵琶記以小孝、大孝的爭論為戲劇衝突的起點，逐次展開蔡伯喈因「三被強」而陷入忠孝漩渦的痛苦，描述了趙五娘在連年饑荒中肩負家庭的重擔，歷盡請糧受辱、自咽糟糠、代嘗湯藥的苦難；公婆相繼病餓而死以後，她又獨自祝髮買葬、羅裙包土、乞討尋夫，在一系列強烈感人的行為中，寫出了一個賢孝婦的典型。最後，一夫二婦，守墓盡孝，一門旌表，完成道德倫常的復歸。作者的意圖，是在譜寫一曲道德的頌歌。但隨著人物悲劇命運和生活邏輯的展開，卻讓人們看到：極端政治權力對家庭倫理的踐踏，科舉和強制性的仕宦之路怎樣導致一個普通人家的慘劇。從作品涉及的父子、夫婦、婆媳、君臣、鄰里的倫理和人情關係中，可以窺見朝廷及家庭倫常關係的真相，體察到孝子賢婦內心的痛苦，感受到倫理綱常對人性的桎梏。趙五娘遭受的種種苦難，是舊時代千萬個貧困婦女承受過的厄運，她的悲怨愁恨和巨大犧牲，自然成為廣大下層婦女對忠孝之道的血淚控訴。可見，作者雖欲追求道德的完善和復歸，結果卻表現出這種道德的悲哀和困窘；在子孝妻賢的頌揚聲中，發出了對禮教綱常的反撥和否定的聲音。作品對生活的描寫，不僅充滿了真實感，而且還融入了作者對元末現實矛盾和自身仕宦經歷的體驗與思考，所以作品內容豐富，形象真切感人，成為一部十分深刻的社會悲劇。

琵琶記在藝術上有鮮明的特色，它無論在人物形象塑造、戲劇結構、戲劇語言、音樂格律方面都有突出的成就。

琵琶記中的人物，大都性格鮮明，描寫細緻。如蔡父一心想光宗耀祖，望子成龍；蔡婆的粗俗、直率、猜疑；張大公的古道熱腸、正直豪爽，都真實可信，而且帶有濃郁的民間色彩。主要人物蔡伯喈，寫他懦弱動搖、內心矛盾，細膩傳神。他的懦弱，雖給家庭帶來了深重的惡果，但他心地善良，苦苦掙扎，一點不簡單化。趙五娘是劇中最感人的形象，她之動人之處並不是古南戲人物原型已有的苦難，而主要是在極端艱苦環境中捨己為人、任勞任怨的可貴品質和善良、勤樸、堅忍、盡責等等傳統美德。王世貞說，琵琶記之所以冠絕諸劇，在於「體貼人情，委曲必盡；描寫物態，仿佛如生」，它在人物形象的塑造中得到了最好的體現。

結構上，琵琶記不僅完全克服了早期南戲鬆散、零亂、隨意的弊病，改變了單線直進的模式，而且創造性地依照男女主角的生活境遇，分成兩條情節線索交錯遞進。一邊是蔡伯喈進京，步步高昇，錦衣玉食，陷入功名富貴的羅網；一邊是趙五娘苦度災荒，歷盡折磨。苦樂情景相互襯托，相互對比；兩條線索層層深入，加深了戲劇衝突和悲劇效果。這種結構布局，成為很多明清劇作家師法的對象。

琵琶記的語言樸素無華、富於個性，有豐富的表現力。它既保留了民間語言質樸自然的長處，又凝注了文人語言的凝鍊和傳統詩歌的手法。蔡伯喈琴訴荷池、宦邸憂思、中秋望月諸套，固然清雅典麗，刻寫入微；趙五娘吃糠、嘗藥、築墳、描容，以口頭語，寫心間事，情境相生，委婉盡致，尤多神來之筆。徐渭稱它字字從人心流出，最不易到。今日讀來，仍感人肺腑。

琵琶記在音樂格律上，不以尋宮數調為高，但它對曲牌樂曲的節奏、聲情的哀樂、性質的粗細都有很好的把握，所以套曲安排、聲調格律，都十分講究、妥貼，不僅汰除了早期南戲不規範的狀況，而且常為後人視為準則，曲譜亦多選為典範。

高明生活在元明鼎革的轉折期，又處在戲曲衍變的轉型期。元之滅亡和明的建國，帶來了禮樂制度、意識形態，直至藝術愛好的重大變革，琵琶記在思想和藝術上正適應了這種變革。高明改編的成功，使早期南戲完全擺脫了民間的原生狀態。它既保留了南方戲文豐富、靈便的長篇體式，又吸收了北曲雜劇嚴謹整飭的長處，使南戲發展，進入到成熟的階段，終於開闢了明清傳奇的新時代。正是在這個意義上，琵琶記被曲論家尊為南曲之祖、傳奇之祖。

古劇中琵琶記刊本最多，今學者一般認為清陸貽典鈔本新刊元本蔡伯喈琵琶記最接近古本原貌。這裡以錢南揚校注的陸鈔本琵琶記為底本，參照巾箱本、凌刻臞仙諸本重加校注。為增加讀者閱讀的興趣，我們選用插圖三幅，選錄明清名家評論多則，分別附於劇首和劇末，以供讀者嘗鼎一臠，見知大概。

九七年暑中記於滬上一株蘭室

琵琶記考證

江巨榮

琵琶記是一部長期在民間醞釀流傳後經文人改編、定型的劇作。陶宗儀輟耕錄載金院本「衝撞引首」類有蔡伯喈一目。「引首」不是完整的戲劇，而是某個劇目簡短的開場❶；然而有引首，也必有正文、後文，故我們從蔡伯喈引首，可以推想某種形態的蔡伯喈戲劇的存在。南宋慶元初，陸游作小舟遊近村舍舟步歸詩：「斜陽古柳趙家莊，負鼓盲翁正作場。身後是非誰管得，滿村聽唱蔡中郎。」說明幾乎在院本流行的同時，南方鄉村鼓詞搬唱蔡伯喈故事也十分盛行。特別引人重視的是徐渭的南詞敘錄，該書所載「宋元舊編」戲文目錄，其第一種，也即被著錄者稱作「戲文之首」的，就是趙貞女蔡二郎。徐渭認為戲文「始於宋光宗朝」，祝允明認為「南戲出於宣和之後、南渡之際」❷。那麼，作為戲文之首的這部劇作，可能已在十二世紀二〇年代，至遲也在十二世紀末葉出現。這一時期一般認為是中國戲劇正式形成時期，因此，以趙貞女蔡二郎為首的一批早期戲文的出現，恰成了中國民族戲劇形成和較為成熟的標誌，意義非同尋常。

從陸游詩看，鼓詞中的蔡伯喈當是一個受譴責的反面人物，然具體情節不可得知。南戲趙貞女蔡二

❶ 胡忌宋金雜劇考第四章分類研究。

❷ 祝允明猥談。

郎雖也失傳，但徐渭作過簡要的概括：「即蔡伯喈棄親背婦，為暴雷震死。里俗妄作也。」使我們稍知大概。其是非評價也與鼓詞相同。元喬夢符雜劇金錢記、武漢臣老生兒、岳伯川鐵拐李等作品引述過「趙貞女包土築墳臺」的「典故」，可見趙貞女羅裙包土築墳安葬公婆是其中非常感人的情節，因而使元代前、後期的作家都對它念念不忘。比較詳細的故事框架保留在由早期南戲劉文龍菱花鏡改編的地方戲小上墳中。戲中蕭淑貞唱道：

> 正走之間淚滿腮，想起了古人蔡伯喈。他上京城去趕考，趕考一去不回來。一雙爹娘凍餓死，五娘抱土壘墳臺。墳臺壘起三尺土，從空降下琵琶來。身背琵琶描容像，一心上京找夫郎。找到京都不相認，哭壞了賢惠女裙釵。賢惠五娘遭馬踐，到後來五雷殛頂蔡伯喈。

可知是一個男子負心、士人負義、雷殛天報的悲劇。

經過改編的琵琶記思想藝術風貌則大不相同。它保留了原有的人物和一些典型情節，卻以「三被強」為主線將蔡伯喈改為全忠全孝的人物。在主要人物的性格命運乃至具體行事上盡可能與歷史原型接近❸。結局改成一門旌表。藝術上也走向完整、成熟。徐渭評為「用清麗之詞，一洗作者之陋，於是村坊小伎，進與古法部相參，卓乎不可及已」。這就是新本琵琶記的卓越成就。

琵琶記的作者是元末永嘉人高明（字則誠）。主要依據是：一、現傳琵琶記的陸貽典抄本和坊刻巾箱本，是該劇僅存的手錄元本和元本的翻刻本，今學者都認定它們最接近原本的面貌。正是這兩個古本，

❸ 黃仕忠琵琶記研究：作品、現實、歷史。

署名都作「永嘉高先生編集」。旁證有淩濛初翻刻臞仙本。該本翻刻雖在明晚期，但原本卻是明初朱權的藏本。翻刻者對舊本以「毫髮畢遵，有疑必闕」相標榜❹，可見忠實原本的程度。這個臞仙本的署名是：「元高東嘉填詞」。東嘉、永嘉都是今溫州的古稱，元末東嘉以長才碩學為一時名流的高先生，所指即高則誠。大圜索隱注明：「高東嘉，名則誠。」田藝蘅留青日札也以東嘉逕稱則誠。此後，如萬曆丁丑富春堂本即署「永嘉高則誠撰」，唐晟刻本署「東嘉高則誠編次」，所謂三先生（李卓吾、徐文長、湯顯祖）合評本署「元高則誠編」，毛晉汲古閣本題「明高明著」。這些重要版本都將作者姓名字號作了相當明確的紀錄。二、一批著名學者與曲學家的肯定和論定，如姚福的青溪暇筆、黃溥閑中今古錄、魏良輔的南詞引正、李開先寶劍記序、徐渭的南詞敘錄、胡應麟的莊嶽委談、沈璟的詞隱先生論曲，此外如王世貞、何良俊、蔣一葵、沈德符、王驥德、徐復祚、呂天成等人，多指該劇為高則誠所作。其中王世貞、蔣一葵稍稍例外，他們二人指作者為高拭，字則成。對此，近人冒廣生❺、王國維❻皆指出：高拭，燕山人，而琵琶記為南曲，籍貫不相合。可能燕山高拭，字則成，而被王、蔣誤舉，其說可供參考。三、地方志上的記載。方志記載地方人物的生平業績，一般較人物生活年代為晚。著錄歷來被視作文學末技的戲曲，不僅更晚，而且只有極少數劇作家能享此殊榮，載入官刻志書。因此它應真實可信。現知最早在方志人物傳及藝文目錄中同時著錄高則誠撰有琵琶記的，是刊於嘉靖三十四年（西元一五五五年）由劉畿、朱

❹ 即空觀主人（淩濛初）淩刻臞仙本凡例。

❺ 冒廣生戲言。

❻ 王國維宋元戲曲考。

綽纂修的瑞安縣志卷八文學傳，該傳記高明生平仕履及詩文著作柔克齋集，與弘治溫州府志、嘉靖溫州府志高明傳相同，縣志於傳末加有「今所傳琵琶記關係風化，實為詞曲之祖，盛行於世」數語，當是編纂者「旁搜博訪，近事往蹟，考覈增入」的❼。卷九藝文志書目，將琵琶記作為附錄列入柔克齋集之後，也顯出據舊志增入的痕跡。嘉靖三十九年（西元一五六〇年），張時徹所編寧波府志刊行，該志既於流寓人物傳載有高明寓居鄞縣櫟社作琵琶記一事，又於古蹟類增加瑞光樓，特述高明撰劇，清夜按拍、瑞光交合的傳說。溫州府志很早就為高明立傳，但直至嘉靖十六年張孚敬修溫郡志，還未提及高明撰琵琶記事。萬曆三十三年（西元一六〇五年），劉方譽纂溫州府志成，才首次將它載入溫州府志人物傳中。可見入載最晚。至此，溫州、寧波、瑞安兩府一縣的志書對此都有了記載。這應是該劇刻本廣泛流傳、大批文士論定後的標誌性成果。

高明的生平仕履不算複雜，但由於文獻不足或紀錄紛歧，卻也異見疊出，莫衷一是。較早考訂高明生平傳略的是錢南揚，所撰琵琶記作者高明小傳至今仍有重要的參考價值。他據蘇伯衡蘇平仲文集中贈徐季子和鄭璞集序兩篇文章推定蘇氏生於至順元年（西元一三三一年），高暘生於大德十年（西元一三〇六年），高明生於大德五年（西元一三〇一年）❽，離實際不是太遠。近年徐朔方作高明年譜，再據蘇氏宋君墓誌銘和故元朝請大夫僉太醫院事包公墓誌銘考定蘇氏生於泰定五年（西元一三二八年），參考鄭璞集序，定高明生於大德二年（西元一二九八年）。這裡錢徐兩家雖都為高明生年確定了年份，但實際上，

---

❼ 劉畿等瑞安縣志凡例。

❽ 錢南揚漢上宧文存改高明生年為大德十一年。

由於鄭璞集序謂高暘長蘇氏「二十餘歲」，是一個很難確定的數字，高明與高暘兄弟間年齡差距也是一個未知數，故兩家都還是假定性的推測。穩妥一點，還是說生於大德初年為是。

高明的卒年，前人據留青日札、南詞敘錄及嘉靖瑞安縣志、嘉靖寧波府志諸書有明太祖即位召高明，高明以疾辭的記載，定為洪武初。人們長期深信不疑。一九六二年，湛之發表高明的卒年一文❾，文引陸時化吳越所見書畫錄所載余堯臣為高明陸游晨起詩卷跋所寫的一段後跋，跋文謂：「永嘉高公題其卷端……是卷題於至正十三年夏，越六年高公亦以不屈權勢，病卒四明。」考其卒年為至正十九年（西元一三五九年）。堯臣與高明同時、同郡，所言涉及友人生死大事，定不能信手下筆，其言應十分可信。一些學者雖也提出了另外一些證據予以駁難，但尚無有力的硬證足以維持舊說。今亦據余氏跋定高明卒年為至正十九年末，終年約當六十至六十二歲間。

高明自幼聰敏，文思敏捷，奮讀春秋，熟悉春秋褒貶之義。後至元末至至正間，金華黃溍任江浙等處儒學提舉，高明約在此時師事之，與宋濂、王禕、戴良等人入文貞門牆，為朱子學第五代弟子。至正四年，高明鄉試中式，次年中張士堅榜進士，授處州錄事。初登仕途，即遇上州達魯花赤馬僧家奴貪殘擾民，高明委曲調護，民賴以安。至任滿，百姓立碑紀頌。至正八年，蘇天爵除江浙行省參知政事，高明辟為江浙省掾史。在職上，「儒生稱其才華，法吏推其練達……稽典冊，定是非，酬應如流」。然高明性梗直，重名節，「意所不合，輒上政事堂慷慨求去」❿。十年，他又續從參政樊執敬覈實平江（今蘇州）

❾ 文史第一輯。

❿ 趙汸東山存稿送高則誠歸永嘉序。

圩田，免去租米無徵者四十萬石，減輕了當地百姓的賦稅，也很受稱道。

太平官未能做久，戰亂頻發，江浙尤甚。十年底，方國珍復叛，攻溫州。省臣以高明為溫人，熟知海濱事，調為浙東閫幕都事，於次年春隨軍南征。左丞孛羅帖木兒與高明初見，彼此歡然，但到戰事一開，議論不合，高明即避不治文書，再次表現了不畏權勢，堅持主見的性格。順便提一句：部分志書與私家論著所載高明傳略，言高明在閫幕都事任內治四明冤獄，有「操縱允當，囹圄一空，郡稱神明」等贊語。實際上，閫幕都事為軍旅而設，都事在軍中亦不過掌案牘及管理吏員，不應有治四明冤獄事。十二年，高明改任紹興路總管府判官，十三年調慶元路（即寧波）推官。據元史百官志：至元二十三年，諸路總管府置推官二員，專治刑獄。照此，高明之治四明冤獄，所謂「操縱允當，囹圄一空」，當在任慶元路推官時，這樣才職責相當。

十六年，元廷再命太尉納麟為江南行臺御史大夫，行臺設在紹興。這時高明也轉為江南行臺掾。時間不長，高明又數忤權勢，借病辭職離去。看來他一生都很難與元之權勢者合作，故大都不歡而散。十八、九年間，高明最後被任為福建行省都事。這時戰火四起，道路阻絕，東有方國珍占據明州、台州等地，南有紅巾軍占據江西、福建，高明自然已不能赴任。他離紹興後，到了方國珍所轄的寧波。這時方國珍尚任元江浙行省平章政事，欲強留高明於幕下，被高明拒絕。這樣他就寓居寧波，度過了他人生最後的兩年。琵琶記當亦在此時定稿寫成。

長亭分別
才子志沖天勒馬長安期掛綠
佳人愁滿地牽衣南浦怯啼紅

長亭分別　選自李福清、李平編海外孤本晚明戲劇選集三種玉樹英插圖

勉食姑嫜（右半幅）　選自暖紅室摹刻新安玩虎軒本琵琶記全圖

勉食姑嫜

圖十九

勉食姑嫜（左半幅）

糟糠自厭（左半幅）　選自暖紅室摹刻新安玩虎軒本琵琶記全圖

齣目

卷上

第一齣……一
第二齣……五
第三齣……一一
第四齣……二〇
第五齣……二七
第六齣……三三
第七齣……三八
第八齣……四一
第九齣……四五
第十齣……五六
第十一齣……五九

第十二齣……六三
第十三齣……六七
第十四齣……七〇
第十五齣……七二
第十六齣……八〇
第十七齣……九〇
第十八齣……九二
第十九齣……九六
第二十齣……九九

卷下

第二十一齣……一〇五
第二十二齣……一一三
第二十三齣……一一七
第二十四齣……一二〇
第二十五齣……一二四
第二十六齣……一二九

第二十七齣……一三三
第二十八齣……一三七
第二十九齣……一四二
第 三 十 齣……一四七
第三十一齣……一五二
第三十二齣……一五四
第三十三齣……一五七
第三十四齣……一六五
第三十五齣……一七〇
第三十六齣……一七三
第三十七齣……一八〇
第三十八齣……一八四
第三十九齣……一八八
第 四 十 齣……一九〇
第四十一齣……一九三
第四十二齣……一九五

卷上

題目❶

極富極貴牛丞相
施仁施義張廣才
有貞有烈趙真女
全忠全孝蔡伯喈

第一齣❷

❶ 題目：元本琵琶記無「題目」二字，錢南揚校注本（以下簡稱錢本）據永樂大典戲文例補。南詞敘錄謂「白詩四句，以總一故事之大綱」者，起介紹劇情的作用。唯永樂大典現存戲文題目皆置於劇首，明本則移至副末開場後，成下場詩。

（末❸上白）〔水調歌頭〕❹秋燈明翠幙❺，夜案❻覽芸編❼。今來古往，其間故事幾多般❽。少甚佳人才子，也有神仙幽怪❾，瑣碎不堪觀。正是：不關風化❿體，縱好也徒然。　論傳奇⓫，樂人易，動人難。知音君子，這般另做眼兒看⓬。休論插科打諢⓭，也不尋宮數調⓮，只看子孝與妻賢。驊騮⓯

---

❷第一齣：元本琵琶記全文連書，不分段落場次。錢本分作四十二段。今依通行本體例易段為齣。通行本本齣標目作「副末開場」。

❸末：古劇角色名。金元雜劇有正末、外末、小末，傳奇則以生、外、小生等異稱之。這裡是副末，係戲文與傳奇開場時敘說劇旨與劇情的角色。

❹水調歌頭：詞牌名，劇中唸而不唱，屬道白的一部分。

❺幙：同「幕」。室內的帷帳。

❻案：几桌。

❼芸編：書籍。芸，芸香，其味可以驅除蠹魚。古人常置於書冊間以保護書籍，因稱為芸編。陸游夏日雜題之五：「辟蠹芸編細細香」即是。

❽般：這裡意為種、類。

❾幽怪：幽冥神怪故事。

❿風化：泛言風俗與教化。傳統詩樂理論強調美刺比興、禮義文理，就是重詩樂的風教作用。高明首次將它們引入戲曲的創作評論中，影響十分深遠。

⓫傳奇：古代文學術語。舊時曾用以指稱唐人小說、宋元說唱與戲劇。這裡則謂宋元以來的南曲戲文。孔尚任桃花扇小識：「傳奇者，傳其事之奇焉者也。」其言反映了上述通俗文學情節上的共同特點。

⓬另做眼兒看：意謂改變娛樂的觀點，用風教的眼光去觀賞。

⓭插科打諢：指劇中的滑稽動作與對話。科，科范，或作科泛，包括舞臺動作、表情與效果。諢，多指滑稽調

方獨步，萬馬敢爭先？

〔沁園春〕趙女姿容，蔡邕⑯文業，兩月夫妻。奈朝廷黃榜⑰，遍招賢士⑱；高堂⑲嚴命，強赴春闈⑳。一舉鰲頭㉑，再婚牛氏，利綰名牽竟不歸。饑荒歲，雙親俱喪，此際實堪悲。　堪悲趙女支持，剪下香雲㉒送舅姑㉓。羅裙包土，築成墳墓；琵琶寫怨，竟往京畿。孝矣伯喈，賢哉牛氏，書館相逢最慘

笑的語言。

⑭ 尋宮數調：指輕視內容與文意而刻意追求宮調格律。數，查責。宮調，傳統樂論術語。古時將七聲音階稱作宮、商、角、變徵、徵、羽、變宮，凡以宮聲為主音的稱作宮，以商角徵羽諸音為主音者稱作調。所指都是樂曲的調高和調式。

⑮ 驊騮：良馬名，傳為周穆王八駿之一。這裡譬喻才華不凡。

⑯ 蔡邕：東漢陳留人，字伯喈。少博學，善辭章，精音律，工書畫。靈帝時拜為郎中，董卓召為祭酒，累遷中郎將。以黨卓死獄中。後漢書有傳。劇中蔡邕故事純屬虛構。

⑰ 黃榜：皇帝發布的榜文（文告）都用黃紙書寫，故稱之為黃榜。

⑱ 賢士：有德行又深於學業的士人。

⑲ 高堂：對父母的敬稱。

⑳ 春闈：科舉時代禮部主持的中央級考試，因都在春季二月舉行，故稱春闈。闈，考場。參試者都是地方鄉試中及第的舉人，禮部試（又稱省試、會試）中式者稱貢士。

㉑ 鰲頭：殿試中由帝王選定的一甲第一名，通稱狀元或殿元。據洪亮吉北江詩話三：迎殿試榜時，狀元立於殿廷陛石上，中石雕刻升龍與巨鰲，狀元所立處正當鰲頭，故俗稱狀元及第為獨占鰲頭。鰲，「鼇」之俗字。

㉒ 香雲：女子鬢髮的美稱。

㉓ 舅姑：公婆。

淒。重廬墓㉔，一夫二婦，旌表㉕耀門閭㉖。

㉔ 廬墓：古禮云君父尊長之喪，則於墓傍築小屋守喪，稱廬墓。廬，守墓的小屋。

㉕ 旌表：表彰。古時朝廷、官府每以賜匾額立牌坊以表彰義夫節婦、孝子順孫，稱旌表。

㉖ 門閭：門庭鄉里。

第二齣❶

（生❷上唱）【瑞鶴仙】十載親燈火，論高才絕學，休誇班馬❸。風雲❹太平日，正驊騮欲騁，魚龍將化❺。沉吟一和❻，怎離雙親膝下？且盡心甘旨❼，功名富貴，付之天也。

（白）〔鷓鴣天〕❽宋玉才多未足稱，子雲識字❾浪❿傳名。奎光已透三千丈⓫，風力行看九萬程⓬。

---

❶ 第二齣：明通行本本齣標目作「高堂稱壽」。

❷ 生：宋元南戲與明清傳奇中的男主角。南詞敘錄：「生即男子之稱，史有董生、魯生。」可知其源甚古。作為戲劇扮演角色的稱謂，現知約在五代時出現。參見宋釋文瑩玉壺野史卷一〇。

❸ 班馬：即班固、司馬遷。本句意在誇飾文章才學，不必實指歷史人物。

❹ 風雲：易乾：「同聲相應，同氣相求……雲從龍，風從虎。」表示同類感應，風雲相從。後人以風雲譬喻人的際遇。

❺ 魚龍將化：謂魚將化為龍，譬喻功名成就。

❻ 一和：一回；一番。

❼ 甘旨：美味的飲食。指對父母親的奉養。禮記內則：「昧爽而朝，慈以旨甘。」又：「日入而夕，慈以旨甘。」

❽ 鷓鴣天：元本無此詞牌，錢本補。

❾ 子雲識字：子雲，即揚雄。西漢學者、辭賦家，蜀郡成都人。所作辭賦靡麗鋪張，形同字書；又著語言文字著作方言、訓纂，故稱識字。

❿ 浪：徒然；枉然。

經世手⑬，濟時英⑭，玉堂金馬⑮豈難登？要將萊彩歡親⑯意，且戴儒冠⑰盡子情。蔡邕沉酣六籍⑱，貫串百家⑲。自禮樂名物⑳以至詩賦詞章，皆能窮其妙；由陰陽星歷㉑以至聲音書數，靡㉒不極其精。抱經濟㉓之奇才，當文明之盛世。幼而學，壯而行，雖望青雲㉔之萬里；入則孝，出則弟，怎離白髮

---

⑪ 奎光句：意謂文星發動，功名可望。奎，本指奎星，屬白虎七宿之首。緯書孝經援神契言「奎主文章」，後因附會為文章之府。

⑫ 風力句：借喻功名乘風直上。莊子逍遙遊：「鵬之徙於南冥也，水擊三千里，摶扶搖而上者九萬里。」郭慶藩集釋：「摶扶搖而上，言專聚風力而高舉也。」

⑬ 經世手：治理世事的高手。

⑭ 濟時英：匡時救世的英才。

⑮ 玉堂金馬：漢之玉堂殿與金馬門，即如後世之翰林院。玉堂，宮殿名。金馬，即金馬門，又稱金門，以門傍有金馬，故名。漢書公孫弘傳：「拜為博士，待詔金馬門。」又揚雄傳：「歷金門，上玉堂。」

⑯ 萊彩歡親：春秋時楚國隱士老萊子，行年七十，父母在堂，常著五色彩衣，有時跌仆作小兒啼哭，有時調弄烏鳥以娛樂雙親，世稱老萊娛親。為二十四孝之一。

⑰ 儒冠：儒生戴的帽子。未第前為頭巾。

⑱ 六籍：指詩、書、禮、樂、易、春秋六種經典。

⑲ 百家：指先秦諸家學說。

⑳ 名物：名號器物。此為儒家禮樂制度中所重視的內涵。

㉑ 陰陽星歷：陰陽五行及占候、星卜、曆算等學問術數。

㉒ 靡：無。

㉓ 經濟：這裡意為經國濟民。

之雙親？倒不如盡菽水㉕之歡，甘齏鹽㉖之分。正是：行孝於己，責報於天。更喜新娶妻房，才方兩月。卻是陳留郡㉗人，趙氏五娘子。儀容俊雅，也休誇桃李之姿；德性幽閑，盡可寄蘋蘩㉘之托。且喜夫妻和順，父母康寧。自家記得詩中云：「為此春酒，以介眉壽㉙。」今喜雙親既壽而康，對此春光，就花下酌杯酒，與雙親稱壽㉚。昨日已分付媳婦安排，不免催促他則個。娘子，安排酒，請爹媽出來。（旦㉛內應介㉜）（外㉝扮蔡公上唱）

【寶鼎兒】㉞小門深巷裡，春到芳草，人閑清晝。（淨㉟扮蔡婆上唱）人老去星星㊱非故，春

㉔青雲：喻高位。此言蔡邕本有求取功名之期望。

㉕菽水：豆和水，借喻粗茶淡飯。禮記檀弓下：「子路曰，傷哉，貧也！生無以為養，死無以為禮也。孔子曰，啜菽飲水，盡其歡，斯之謂孝。」後借指晚輩對長輩微薄的贍養。

㉖齏鹽：切細的醬菜或醃菜，指貧苦者的菜蔬。齏，細切而與醬相拌和的菜肉。鹽，這裡是醃製的意思。

㉗陳留郡：地域名，漢置，在今河南省陳留縣境。

㉘蘋蘩：古人取之以供祭祀。蘋，水草。蘩，白蒿。詩經有采蘋、采蘩，都是祭祀篇什。

㉙為此春酒二句：見詩經七月。介，助、祝的意思。眉壽，長壽。眉長為壽之徵，故稱眉壽或豪壽。

㉚稱壽：慶壽、賀壽的意思。

㉛旦：戲劇中的女主角。漢時有胡妲，唐有弄假婦人，五代時已有扮演的旦角名稱。宋金雜劇更分細妲、粗妲。妲簡作「旦」。

㉜介：戲曲表演術語，為南戲劇本中動作、表情、效果的提示。又稱科介、科泛。雜劇多用科，南戲、傳奇多用介。

㉝外：生、末的副角，後逐漸成為扮演老年男性的獨立行當。

又來年年依舊。（旦上唱）最喜得今朝新酒熟，滿目花開似繡。（合）㊲願歲歲年年人在，花下常斟春酒。

（外、淨白）孩兒，請爹媽出來做甚麼？（生白）告爹媽：人生百歲，光陰幾何？幸得爹媽年滿八旬，孩兒一則以喜，一則以懼㊳；況當此春光佳景，閑居無事，孩兒要與爹媽稱慶歇子㊴。（外、淨白）如此，也好。（生唱）

【錦堂月】㊵簾幕風柔，庭幃晝永，朝來峭寒輕透。人在高堂，一喜又還一憂。惟願取百歲椿萱㊶，長似他三春花柳㊷。（合）酌春酒，看取花下高歌，共祝眉壽。（旦唱）

㉞ 寶鼎兒：九宮正始作寶鼎現。正始按：「現俗多作兒字，謬。沈譜曰，寶鼎現元是詩餘之名，今人多改現字作兒字，誤矣。」

㉟ 淨：戲曲角色名。一般認為係從宋金雜劇的副淨演化而來。多帶插科調笑色彩。南戲與元雜劇中也扮演正劇性的正、反面人物，性格差異很大。後又分出淨、副淨、武淨等花臉專門行當。

㊱ 星星：鬢髮花白貌。

㊲ 合：合唱；同唱。

㊳ 一則以喜二句：意為喜其長壽，懼其衰弱。見論語里仁。

㊴ 歇子：同「些子」。意為一下、一回。

㊵ 錦堂月：集曲曲牌，取晝錦堂與月上海棠數句連綴而成。

㊶ 椿萱：即父母。椿樹壽長，因以頌父。北堂古為母居，詩經伯兮：「焉得萱草，言樹之背（北堂）。」故以萱稱母。

【前腔換頭】㊸輻輳㊹，獲配鸞儔。深慚燕爾㊺，持杯自覺嬌羞。怕難主蘋蘩，不堪侍奉箕箒㊻。惟願取偕老夫妻，長侍奉暮年姑舅。（合前）（外唱）

【前腔換頭】還愁，白髮蒙頭，紅英滿眼，心驚去年時候。只恐時光，催人去也難留。惟願取黃卷青燈㊼，及早換金章紫綬㊽。（合前）（淨唱）

【前腔換頭】還憂，松竹門幽，桑榆㊾暮景，明年知他健否安否？嘆蘭玉㊿蕭條，一朵桂花難茂。惟願取連理芳年，得早遂孫枝(51)榮秀。（合前）（生唱）

【醉翁子】(52)回首，看瞬息烏飛兔走(53)。（旦唱）喜爹媽雙全，謝天相佑。（生唱）不謬，更

㊷ 長似他句：意謂願父母如三月花木，年年繁茂。

㊸ 前腔換頭：曲牌同於前曲而更換首句句格。元本同曲重出都連書不分，錢本分別標明，並旁加黑點以示增補，今從之分列。

㊹ 輻輳：聚合也。以車輪之輻湊聚於轂喻人之聚合。此處連下句言姻緣之聚合而配為夫婦。

㊺ 燕爾：指新婚。

㊻ 箕箒：灑掃用具，後指妻妾主持家庭事務。

㊼ 黃卷青燈：譬喻書生苦讀生活。

㊽ 金章紫綬：即金印與紫色絲帶。秦漢魏晉時，丞相、將軍等位在二品以上者用。

㊾ 桑榆：古人以為日落處。用以指日暮，借喻晚年。

㊿ 蘭玉：即芝蘭玉樹。後比喻優秀子弟。

(51) 孫枝：樹木子幹上所生枝條，後稱孫為孫枝。

清淡安閑，樂事如今誰更有？（合）相慶處，但酌酒高歌，共祝眉壽。（外、淨唱）

【前腔】 卑陋，論做人要光前耀後。勸我兒青雲，萬里馳驟。（生唱）聽剖，真樂在田園，何必當今公與侯？（合前）（生、旦唱）

【僥僥令】 春花明彩袖，春酒滿金甌54。但願歲歲年年人長在，父母共夫妻相勸酬。（外、淨唱）

【前腔】 夫妻長廝守，父母願長久。坐對送青排闥55青山好，看將綠護田疇綠水湫56。（合）

【十二時】 山青水綠還依舊，嘆人生青春難又，惟有快活是良謀。

（外白）逢時對酒合高歌，（淨）須信人生能幾何？

（生、旦）萬兩黃金未為寶，一家安樂值錢多。（並下）

---

52 醉翁子：醉公子的異名，首句有異。

53 烏飛兔走：謂日月交替迅速，時光易逝。相傳日中有三足烏，月中有白兔，故各代指日月。

54 甌：酒具。

55 排闥：推門而入。闥，宮中小門，也指內室。

56 湫：音ㄧㄡˊ。水流貌。

第三齣❶

（末上白）風送爐香歸別院，日移花影上閑庭。晝長人靜無他事，惟有啼鶯三兩聲。小人不是別人，卻是牛太師府裡一個院子❷。若論我那太師富貴，真個：只有天在上，更無山與齊；舉頭紅日近，回首白雲低。怎見得那富貴？只見勢壓中朝，富傾上苑❸。白日映沙堤❹，清霜凝畫戟❺。門外車輪流水❻，城中甲第❼連山。瓊樓酬月❽十二層，錦帳❾藏春五十里。香散綺羅，寫不盡園林景致；影搖珠翠，描不就庭院風光。好耍子的油壁車輕金犢肥❿，沒尋處的流蘇帳暖春雞報。畫堂內持觴勸酒，走動的

---

❶ 第三齣：明通行本本齣標目作「牛氏規奴」。
❷ 院子：家院；僕役。
❸ 上苑：帝王打獵遊玩的園林。
❹ 沙堤：沙鋪的通道。唐時，凡拜相者，府縣即令民載沙鋪路，自相府私邸至子城東街，成為定例。故此特指丞相車馬通行的道路。
❺ 畫戟：原是一種經過彩飾的兵器，後也作為高官顯爵門前的儀設。
❻ 流水：比喻車馬往來頻繁、迅疾。
❼ 甲第：豪門貴族的府第。第，房屋。
❽ 酬月：對月勸酒。
❾ 錦帳：用來遮蔽風塵和視線的錦製步障。帳，屏幕。晉時石崇與人鬥奢，作錦步障五十里。見晉書石崇傳。故這裡有「藏春五十里」之辭。

是紫綬金貂⑪；繡屏前品竹彈絲，擺列的是紅妝粉面。玳瑁筵⑫中爇寶香，真個是朝朝寒食⑬；琉璃影裡燒銀燭⑭，果然是夜夜元宵。這般福地洞天⑮，可知有仙姝玉女。休言富貴牛太師，且說賢德小娘子，看他儀容嬌媚，一個沒包彈⑯的俊臉，似一片美玉無瑕；體態幽閑，半點難勾引的芳心，似幾寸清冰徹底。珠翠叢中長大，倒欣⑰著淡雅梳妝；綺羅陣裡生來，卻厭他繁華氣象。怪聽笙歌聲韻，惟貪針指⑱工夫。愛此清幽，整白日何曾離繡閣；笑人遊冶⑲，傍青春那肯出香閨。開遍海棠花，也不問夜來多少；飛殘楊柳絮，並不道春去如何。要知他半點真心，惟有穿瑣窗⑳皓月；能使他一雙嬌

---

⑩ 油壁車句：唐溫庭筠春曉曲：「油壁車輕金犢肥，流蘇帳曉金雞早。」劇辭由此化出。油壁車，古時婦女用車，以油塗車壁得名。金犢，牛犢的美稱。

⑪ 紫綬金貂：紫色綬帶和黃金璫、貂尾裝飾的冠帽。這裡借指文武大官。

⑫ 玳瑁筵：以玳瑁裝飾坐具的宴席，指盛宴。

⑬ 寒食：寒食節。鄴中記：「寒食三日作醴酪，又煮粳米及菱為酪，搗杏仁煮作粥。」可知亦美食節日。

⑭ 銀燭：即明燭。拾遺記：「元封元年，浡忻國人貢蘭金之泥，百鑄，其色變白，有光如銀，即銀燭是也。」

⑮ 福地洞天：道家將全國名山勝境冠以十大洞天、三十六小洞天、七十二福地諸名目，為神仙及有道之士棲居之所，稱洞天福地。

⑯ 沒包彈：沒有一點瑕疵，無可挑剔。包彈，即褒彈、批評的意思。

⑰ 欣：喜歡；欣羡。

⑱ 針指：縫紉、刺繡等女工之事。

⑲ 遊冶：野遊；遊蕩。

⑳ 瑣窗：鏤刻連環圖案的窗櫺。

眼，除非翻翠帳輕風。泱非慕司馬的文君㉑，肯學選伯鸞的德耀㉒。更羨他知書知禮，是一個不趨蹡㉓的秀才；若論他有德有行，好一個戴冠兒的君子。多應是相門相種，可惜不做個廝兒㉔；少甚麼王子王孫，爭要求為佳配。呀！理會得麼？他是玉皇殿前掌書仙，一點塵心謫九天。莫怪蘭香熏透骨，霞衣㉕曾惹御爐煙。好怪麼！只見老姥姥㉖和惜春養娘㉗舞將來做甚麼？（淨扮老姥姥、丑㉘扮惜春舞上唱）

【雁兒舞】深院重重，怎不怨苦？要尋個男兒，並無門路。甚年能彀，和一丈夫，一處裡雙雙雁兒舞？

（唱舞介）（末白）老姥姥拜揖。（淨白）院子萬福。（末白）惜春姐拜揖。（丑白）院公萬福。（末白）我且問你兩個，每常間不曾恁地㉙戲耍，怎的今日十分快活？（丑白）院公，你不得知，我吃小娘子苦，

㉑ 文君：卓文君。史有卓文君私奔相如之事，故牛小姐非之。

㉒ 德耀：孟光，字德耀。後漢書梁鴻傳載：「梁鴻，字伯鸞，家貧，尚節操。孟光三十未嫁，父母問其故，對曰：『欲得賢如梁伯鸞者。』」孟梁成夫婦後，有舉案齊眉的佳話。

㉓ 趨蹡：趨走奉承。

㉔ 廝兒：俗語指男孩或男僕，這裡意為男子。

㉕ 霞衣：輕柔艷麗的衣服。

㉖ 老姥姥：老婦；老女僕。

㉗ 養娘：女僕、丫鬟的別稱。

㉘ 丑：戲曲角色名。南詞敘錄謂：「丑，以粉墨塗面，其形甚醜，今省文作丑。」

並不許我一步胡踏㉚，並不要說男兒邊廂去。苦咳！你弗要男兒，我須要他。也道我和他相似，也不放我笑一笑。今日天可憐見㉛，吃㉜我千方百計去說化他，只限我一個時辰，去花園中賞玩一番。苦咳！我如何的不快活？（淨白）便是我，也千不合萬不合前生不種福地，把我這裡做丫頭，苦如何說得？做丫頭老了，並不曾有一日得眉頭開。今日得老相公出去，我且來這裡遊賞歇子。（末白）原來恁地，可知你快活也。（淨白）院子，你伏事老相公，公的又撞著公的；我伏事小娘子，雌的又撞著雌的。（末白）又道是㉝鳳隻鸞孤。老姥姥，惜春年紀小，也怪他傷春不得。你老老大大，也這般說，甚麼樣子？（淨）哱嗯㉞！老畜生，吃你識秋茄晚結，遲花晚發；老自老，似京棗，外面皺，裡面好。你不見東村李太婆？年七十歲，頭光光的，也只是要嫁人。人問他：你老了，嫁甚的？這婆子做四句詩，做得好。（末）四句詩如何說？（淨）道是：人生七十古來稀，不去嫁人待何時？下了頭髻做新婦，枕頭上放出大播槌㉟。（末）你有些欠尊重。（丑）便是西村有個張太婆，年六十九歲，一個公公見他生得好，只是要娶他。這婆子道：你做得四句詩。做得好。（末）如何說？（丑）道是：青春年少莫蹉跎，

㉙ 恁地：如此；這樣。
㉚ 胡踏：亂跑；亂走。
㉛ 可憐見：即可憐、照應。
㉜ 吃：俗語「被」的意思。
㉝ 又道是：「又說道」、「豈不是」的意思，科諢中的嘲笑語。
㉞ 哱嗯：噴噓聲，含不屑意。
㉟ 大播槌：謔語大光頭。播槌，木杵。

床公㊱尚自討床婆㊲。紅羅帳裡做夫婦，枕頭上安著兩個大西瓜。（淨）休閑說，今日能㲄得在此閑戲歇子，也不是容易。正撞著院公在此，咱每㊳兩三個自作耍歇子。（丑）還是做甚麼耍好？（淨）踢氣球㊴耍。（末）不好。（淨、丑）怎地不好？（末白）〔西江月〕白打㊵從來逞勢，官場㊶自小馳名。如今年老腳臁㊷疼，圓社㊸無心馳騁。空使繡襦汗溼，謾教羅襪生塵。兀的㊹是少年子弟俏門庭㊺，不似寶妝㊻行徑。（丑）鬥百草㊼耍。（末）也不好。（淨）怎的不好？（末白）〔西江月〕香徑裡扳殘草色，雕闌畔折損花容。又無巧藝動王公，枉費了工夫何用？驚起嬌鶯語燕，打開浪蝶狂蜂。若還尋得併頭紅，早把你芳心引動。（淨、丑）打秋千耍。（末）這個卻好。（淨、丑）打秋千怎的便中㊽？（末白）你

㊱ 床公：床神。迷信以為祀之可保安寢。

㊲ 床婆：同㊱。

㊳ 咱每：咱們。

㊴ 氣球：唐宋時的一種運動與遊戲球具。內裝羽毛，外用皮片縫合。唐時已有，至宋元而盛行。

㊵ 白打：踢球的一種方式。明王志堅表異錄言行：「白打，蹴踘戲也。兩人對踢為白打，三人角踢為官場。」

㊶ 官場：見㊵。

㊷ 臁：脛臁，即小腿兩側。

㊸ 圓社：宋元時踢氣球的團體。

㊹ 兀的：指示詞「這」、「這個」。

㊺ 俏門庭：風流門徑、行徑。

㊻ 寶妝：寶釵、寶鈿一類妝束。這裡指女子。

㊼ 鬥百草：以草比賽的遊戲。玩時或對花草名，或比草的品種多寡，或鬥草的韌性。一般在端陽節踏青時舉行。

聽我說：〔西江月〕玉體輕流香汗，繡裙蕩漾明霞。纖纖玉手把彩繩拿，真個堪描堪畫。本是北方戎戲㊾，移來上苑豪家。女娘撩亂隔牆花，好似半仙㊿戲耍。（淨、丑）恁地便打秋千。只是那裡有秋千架？（末）我這花園裡那討51秋千架？一來相公不忻，二來娘子又不好，縱有也拆了。（丑）院公，沒奈何，咱每三個在這裡，廝論52做個秋千架，一人打，兩人抬。（做架介）（末）誰先打？（淨、丑）我兩人抬，院公，你先打。（介）（貼旦53在戲房內叫）老姥姥，將我的列女傳54那裡去了？（淨、丑放）（末跌介）（末起白）你兩人騙得我好也！（淨）今番當我打。（末、丑）老姥姥打。（淨打介）（貼旦又叫介）惜春，將我針線箱兒那裡去了？（末、丑放）（淨不跌介）（末）你奸55得我索性56。（丑）今番當我打，疾忙著。（丑打介）（貼旦上白）莫信直中直，須防仁不仁。（末、淨放走下）（丑做不知介）（白）又

㊽ 中：即「行」、「好」的意思。

㊾ 北方戎戲：古時北方山戎民族的遊戲，這裡謂打秋千。荊楚歲時記引古今藝術圖：「秋千，北方山戎之戲，以習輕趫者。齊桓公戰山戎，此戲始傳中國。一說漢武帝時傳入。」

㊿ 半仙：喻秋千打得高。王仁裕開元天寶遺事：「天寶宮中，至寒食節，競豎秋千，令宮嬪輩戲笑以為宴樂，帝呼為半仙之戲，都中士民因而呼之。」

51 討：覓取。

52 廝論：即輪流。六十種曲本作「廝輪」。

53 貼旦：正旦以外再貼的旦角。簡作「貼」或「占」。

54 列女傳：漢劉向所撰寫的賢妻良母等婦女事跡，後成為古代婦女行為規範的教科書。

55 奸：這裡意為騙、作弄。

56 索性：利索；乾脆。

耍，罷罷，來麼！輪當我打，便奚落57人。（貼旦扯丑耳）（丑驚介）（貼旦白）賤人！你直恁的為人不自重，只要閑嬉並閑哄。（丑）娘子，交人怎不去閑嬉？（貼）怎的？（丑）你看麼，秋千架尚兀自58走動。（貼）賤人！我只教你在此賞玩片時，誰許你在此閑哄？（丑）娘子，奴家名喚做惜春，見這春去，自傷春起來，如何不悶？（貼）你有甚傷春？（丑）娘子，我早晨間見疏刺刺59寒風，吹散了一簾柳絮；晌午間只見淅零零小雨，打壞了滿樹梨花。一霎時囀幾對黃鸝，猛可地60叫數聲杜宇61。見此春去，如何不悶？（貼）春光自去，你有甚麼悶來？我和你去習些女工便了。（丑）苦咳！這般天氣，誰不去閑嬉？娘子卻教惜春去習女工，兀的不是悶殺惜春麼？（貼）婦人家誰許你閑嬉？不習女工，有甚勾當62？你卻不學不出閨門的。（丑）娘子，你有千箱羅綺，滿頭珠翠，少甚麼子，卻這般自苦？（貼）賤人！好怪麼？做生活是你本分的事，問有和不有做甚麼？（丑）恁的，惜春辭娘子去了，我伏事別人，與他傳消遞息，隨趁63也得些快活。伏事著你，見男兒也不許我抬眼。前日艷陽天氣，花紅柳綠，貓兒狗兒也動心，你也不動一動；如今暮春時候，鳥啼花落，誰不傷情？你也不愁一愁。惜春其實難

57 奚落：這裡意為捉弄、戲弄。

58 兀自：意為「尚且」、「還」、「一直」。

59 疏刺刺：形容風雨的狀聲詞。

60 猛可地：突然；忽然。

61 杜宇：古蜀帝名，傳說化為杜鵑，即子規、鶗鴂。其鳴若曰「不如歸去」，故又稱催歸鳥。

62 勾當：這裡意為事情。

63 隨趁：跟隨。這裡指隨從的丫鬟。

和娘子過活。（貼）賤人！你是狂是顛？我對老相公說，教好生施行[64]你。（丑）娘子可憐見，惜春心裡悶，自這般說。（貼）你看麼？（唱）

【祝英台近】綠成陰，紅似雨，春事已無有。（丑唱）聞說西郊，車馬尚馳驟。（貼唱）怎如柳絮簾櫳，梨花庭院，（合）好天氣清明時候。

（丑白）〔玉樓春〕清明時節單衣試，爭奈晝長人靜重門閉。（貼白）我芳心不解亂縈牽，羞見游絲[65]與飛絮。（丑白）繡窗欲待拈針指，忽聽鶯燕雙雙語。（貼白）無情何處管多情？任取春光自來去。（丑白）娘子，有甚法度教惜春休悶了？（貼唱）

【祝英台序】把幾分春三月景，分付與東流。（丑白）鳥啼花落，須煩惱你。（貼唱）啼老杜鵑，飛盡紅英，端不為春閑愁。（丑白）不閑愁，也去賞玩否？（貼唱）休休，婦人家不出閨門，怎去尋花穿柳？（丑白）不遊賞，只怕消瘦了你。（貼唱）把花貌，誰肯因春消瘦？（丑唱）

【前腔換頭】春晝，只見燕雙飛，蝶引隊，鶯語似求友[66]。（貼白）你是人物，說那蟲蟻[67]做甚麼？（丑唱）那更柳外畫輪，花底雕鞍，都是少年閑遊。（貼白）這賤人，你是婦人家，說那少

---

[64] 施行：處置；發落。

[65] 游絲：飄忽的蛛絲。絲，與「思」雙關。

[66] 鶯語似求友：詩經伐木：「嚶其鳴矣，求其友聲。」原詠鳥鳴求友，後相沿成誤作鶯鳴求友。唐李綽尚書故實：「頃歲省試早鶯求友詩，別書故無證據，豈非誤與？」可見唐時已將「嚶」作「鶯」了。

[67] 蟲蟻：指上文所云燕、蝶與鶯之類。

年事做甚麼？（丑唱）難守，孤房清冷無人，也尋一個佳偶。（貼白）呀，賤人！你倒思量男兒。（丑唱）這般說，終身休配鸞儔。（貼唱）

【前腔換頭】知否？我為何不捲珠簾，獨坐愛清幽？（丑白）清幽，清幽，爭奈人愁！（貼唱）千斛悶懷，百種春愁，難上我的眉頭。（丑白）只怕你不長恁地。（貼唱）休憂，任他春色年年，我的芳心依舊。（丑白）只怕風流年少哄著你。（貼唱）這文君，可不擔閣了相如琴奏。（丑唱）

【前腔換頭】今後，方信你徹底澄清，我好沒來由。（貼白）你怎的不收拾了心下？（丑唱）想像暮雲，分付東風，情到不堪回首。（貼白）你怎不學我？（丑唱）聽剖：你是蕊宮瓊苑[68]神仙，不比塵凡相誘。（貼白）恁地，自隨我習些女工便了。（丑唱）謹隨侍，窗下拈針挑繡。

（貼白）休聽枝上子規啼，（丑白）悶在停針不語時。
（貼白）窗外日光彈指過，（合）席前花影坐間移。（並下）

[68] 蕊宮瓊苑：仙女居住的宮苑。

第四齣❶

（生上唱）【一剪梅】浪暖桃香欲化魚，期逼春闈❷，詔赴春闈。郡中空有辟賢書❸，心戀親闈❹，難捨親闈。

（白）世間好物不堅牢，彩雲易散琉璃脆。蔡邕本欲甘守清貧，力行孝道。誰知朝廷黃榜招賢，郡中把自家保申上司去了；一壁廂來辟召，自家力以親老為辭。這吏人雖則已去，只怕明日又來，我只得力辭。正是：人爵不如天爵貴❺，功名爭似孝名高？（生唱）

【宜春令】雖然讀萬卷書，論功名非吾意兒。只愁親老，夢魂不到春闈裡。便教我做到九棘三槐❻，怎撇得萱花椿樹？我這衷腸，一點孝心，對誰人語？（末扮張大公上唱）

---

❶ 第四齣：明通行本本齣標目作「蔡公逼試」。

❷ 春闈：春試。科舉時代，禮部考進士科的會試依例都在春二月舉行，故會試（省試）稱春闈。闈，鎖闈，即考場。

❸ 辟賢書：漢代由州郡向朝庭薦舉賢才的文書稱辟書或辟召書。此云辟賢書，意同。辟，徵召。

❹ 親闈：父母。闈，即內室。

❺ 人爵句：孟子告子：「仁義忠信，樂善不倦，此天爵也。公卿大夫，此人爵也。」可見天爵以德，人爵以祿；德貴於祿，故以天爵為貴。爵，爵位；爵祿。人爵，指人為的、現實的爵位。天爵，指道德的、天然的爵位。

❻ 九棘三槐：周禮秋官載：「上古群臣外朝，立左右九棘為標幟，以區別孤卿大夫及公侯之位，三公面向三槐

【前腔】相鄰並相依倚，往常間有事來相報知。（生白）來的卻是張大公。公公拜揖。（末）解元❼拜揖。解元：（唱）試期逼矣，早辦行裝前途去。（生白）雙親老了，不敢去。（末笑介唱）子雖念親老孤單，親須望孩兒榮貴。解元，趁此，青春不去，更待何日？

（末白）解元既不肯去，更待老員外和大娘子出來，看如何說；也只是勸解元去分曉❽。道由未了，兀的便是老員外來。（外上唱）

【前腔】時光短，雪鬢垂，守清貧不圖著甚的。有兒聰慧，但得他為官吾足矣。（外、末相見介）（外唱）孩兒，天子詔招取賢良，秀才每都求著科試。快赴春闈，急急整著行李。

（外白）孩兒，如今黃榜招賢，郡中既然辟召你，你如何不去赴選？（末白）兀的大娘子也出來了。（淨上唱）

【吳小四】眼又昏，耳又聾，家私空又空。只有孩兒肚內聰，他若做得官時運通，我兩人不怕窮。

（淨白）我倒不合娶媳婦與孩兒，只得六十日，便把我孩兒都瘦了；若更過三年，怕不做一個骷髏。

（末白）只要他不諧。（外白）孩兒，如今黃榜招賢，試期已迫，你這般人才，如何不去赴選？（末白）

而立。」後借以稱三公九卿一類大官。

❼ 解元：宋元時對士人的尊稱，非後世所指鄉試第一人。

❽ 去分曉：六十種曲本作「去的分曉」。分曉，謂結果。此句意謂：結果還是會勸您去的。

老員外和大娘子，不可不作成秀才走一遭。（生白）告爹爹：孩兒非不要去，爭奈爹媽年老，家中無人侍奉。（淨白）苦麼！你又沒七子八婿，只有一個孩兒。老賊！你眼又昏，耳又聾，又走動不得，教孩兒出去，萬一有些差池，教兀誰管來？你真個沒飯吃便著餓死，沒衣穿便著凍死。（外白）你理會得甚麼！孩兒做官，也改換門閭，如何不教他去？（生白）孩兒難去。（唱）

【繡帶兒】親年老光陰有幾？行孝正是今日。終不然為著一領藍袍⑨，卻落後了戲彩斑衣。思之，此行榮貴雖可擬，怕親老等不得榮貴。（外唱）春闈裡紛紛大儒，難道是沒爹娘的孩兒方去？（末唱）

【前腔換頭】休迷！男兒漢凌雲志氣，何必苦⑩恁淹滯？可不干費了十載青燈，枉捱半世黃虀？須知，此行是親志休故拒。秀才，你那些個養親之志⑪？（淨唱）百年事只有此兒，老賊！難道是庭前森森⑫丹桂⑬？（外唱）

⑨ 藍袍：官服。三峰集載唐李固言未第時，過古柳下，柳神九烈君對他說：「已用柳汁染子衣矣，科第無疑；果得藍袍，當以棗糕祀我。」固言許之，未幾狀元及第。

⑩ 苦：苦苦；偏。

⑪ 那些個句：孟子離婁上載，曾元養曾子乃養口體；曾子養曾皙乃為養志。事親當如曾子，言上孝養志，下孝養口體。那些個，宋元俗語「那裡是」的意思。

⑫ 森森：繁密貌。

⑬ 丹桂：比喻子息。舊稱人子為桂子。

【太師引】他意兒難提起，這其間就裡我自知。（末白）他為甚麼？（外唱）他戀著被窩中恩愛，捨不得離海角天涯。（白）你是讀書人，說個比仿與你：（唱）塗山四日離大禹⑭，你直恁地捨不得分離。（末白）敢是⑮如此。秀才，你貪鴛侶守著鳳幃，多誤了鵬程鶚薦⑯的消息。（淨唱）

【前腔】他意裡只要供甘旨，又何曾貪歡戀妻？自古道曾參⑰純孝，何曾去應舉及第？功名富貴天付與，天若與不求須來至。（生唱）娘行⑱是望爹行聽取。（生白）孩兒戀媳婦不肯去呵，（唱）天須鑒孩兒不孝的情罪。

（生白）告爹爹：教孩兒出去，把爹爹媽媽獨自在家，萬一有些差池，一來別人道孩兒不孝，撇了爹娘去取功名；二來道爹娘所見不達，只有一子，教他遠離；以此上不相從。（外白）不從我的言語也由你，但說如何喚做孝？（淨白）老賊！你年七八十歲，也不識做孝。披麻帶索便是孝。（末收介⑲）（生白）告爹爹：凡為人子者，冬溫而夏凊，昏定而晨省⑳，問其寒燠，搔其疴癢，出入則扶持之，問所

---

⑭ 塗山句：相傳大禹三十未娶。後娶塗山之女，為治水，四日即離去。見史記、吳越春秋。

⑮ 敢是：或許就是。推測之辭。

⑯ 鶚薦：舉薦。孔融上表薦禰衡，表文稱：「鷙鳥累百，不如一鶚。使衡立朝，必有可觀。」後因稱舉薦人材為鶚薦。見文選。

⑰ 曾參：孔子弟子，述大學，作孝經，事親至孝。

⑱ 行：人稱詞後之「行」，音ㄏㄤˊ。意為這裡、那裡，這邊、那邊。

⑲ 收介：結束科介。錢注謂收束插科打諢而言歸正傳之意。

欲則敬進之㉑。是以父母在，不遠遊㉒；出不易方，復不過時㉓。古人的大孝，也只如此。（外白）孩兒，你說的都是小節，不曾說那大孝。（淨白）老賊！你又不死，只管教他做大孝，趕出去赴選不得。（末白）這話有些個不祥。（外白）孩兒，你聽我說：夫孝始於事親，中於事君，終於立身。身體髮膚，受之父母，不敢毀傷，孝之始也。立身行道，揚名於後世，以顯父母，孝之終也㉔。是以家貧親老，不為祿仕，所以為不孝。你去做官時節，也顯得父母好處，不是大孝，卻是什麼？（生白）爹爹說得自是。知他是去做官不做官？若還不中時節，又不能彀事君，又不能彀事親，可謂兩耽閣了。（末白）秀才，說話錯了。老漢常聽得秀才每說道：幼而學，壯而行；懷寶迷邦，謂之不仁㉕。孔席不暇暖，墨突不得黔㉖，伊尹負鼎俎以干湯㉗，百里奚把五羊之皮自鬻㉘，也只要順時行道，濟世安民。秀才，

⑳ 冬溫二句：見禮記曲禮。意為冬則使暖，夏則使涼，夜則備床席，晨則問安否，表示兒女侍奉父母無微不至。清，寒；涼。

㉑ 問其寒燠四句：見禮記內則：「下氣怡聲，問衣燠寒。疾痛苛癢，而敬抑搔之。出入則或前或後，而敬扶持之……問所欲而敬進之。」古時子、婦事奉父母之禮。苛，疥瘡。

㉒ 是以二句：見論語里仁。

㉓ 出不易方二句：見禮記玉藻。方，一定的地方。復，返。

㉔ 夫孝等句：語出孝經開宗明義章，唯按原文，前三句在後。原注：「言孝行以事親為始，事君為中，忠孝道著，乃能揚名榮親，故曰終於立身也。」

㉕ 懷寶二句：論語陽貨：「懷其寶而迷其邦，可謂仁乎？曰：不可。」意謂才德之士，知國不治而不為政，是使迷亂其國，故不能稱作仁。寶，比喻才德。迷，迷亂。

㉖ 孔席二句：文選班孟堅答賓戲：「孔席不暖，墨突不黔。」淮南子脩務則說：「孔子無黔突，墨子無暖席。」

這個正是學成文武藝，合當貨與帝王家。秀才，你這般人才，如何不去做官，濟世安民？（淨白）你都有言語勸我兒，我有個故事說與你聽：在先東村有個李員外孩兒，他爹爹每日只閑炒，只是教孩兒去做官。他吃不過爹爹閑炒，去到長安，那裡無人抬舉他，流落教化㉙，見平章㉚宰相，疾忙田地上拜著。丞相可憐見他，道：我與你個養濟院㉛頭目，去管你爹娘。這個人道：做養濟院頭目，如何去管得爹娘？比及他回來，爹娘果在養濟院裡。他爹問他娘道：我教孩兒去的是？今日我孩兒做頭目，人也不敢欺負我。你今日去，千萬取個養濟院頭目，卑田院㉜大使回來，也休教人欺負我。（末白）只有乞丐相，教我聽了半日。（外白）孩兒，你便去。（生介）孩兒去則㉝不妨，爹媽教誰看管？（末白）秀才，自古道：千錢買鄰，八百買舍。老漢既忝在鄰舍，秀才但放心前去，不揀有甚欠缺，或是大員外老安人有些疾病，老漢自當早晚應承。（生白）如此，謝得公公！凡事專托公公周濟。如此，卑人沒奈何，只得收拾行李便去。（生唱）

高誘注：「黔言其突竈不至於黑，坐席不至於溫，歷行諸國，汲汲於行道也。」突，煙囪。黔，黑。

㉗ 伊尹句：史載伊尹身執鍋具砧板，陳說食物滋味，使湯致於王道。伊尹名摯，商湯臣。干，謀求進身為官。

㉘ 百里奚句：百里奚為秦國大夫，傳說他曾以五張羊皮的身價，賣身到秦，為人養牛，終為穆公重用。

㉙ 教化：亦作「叫化」。即乞丐。

㉚ 平章：官名，唐宋時為代行宰相職務。

㉛ 養濟院：收養老疾孤寡及乞丐的地方。

㉜ 卑田院：即養濟院。佛家以施貧為悲田，因稱救養院為悲田院，也訛作卑田院。

㉝ 則：「雖」的意思。

【三學士】謝得公公意甚美，凡事仗托維持。假饒一舉登科㉞日，難道是雙親未老時。只恐錦衣歸故里，雙親的怕不見兒。（外唱）

【前腔】萱室椿庭衰老矣，指望你換了門閭。你休道無人供奉，你做得官呵，三牲五鼎㉟供朝夕，須勝似啜菽並飲水。你若錦衣歸故里，我便死呵，一靈兒終是喜。（末唱）

【前腔】托在鄰家相倚依，專當效些區區。秀才，你為甚在十年窗下無人問？只圖個一舉成名天下知。你若不錦衣歸故里，誰知你讀萬卷書？（淨唱）

【前腔】一旦分離掌上珠㊱，我這老景憑誰？忍將父母飢寒死，博換得孩兒名利歸。你縱然衣錦歸故里，補不得你名行虧。

（外白）孩兒，急辦行裝赴試闈。（生）父親嚴命怎生違？

（合）一舉首登龍虎榜㊲，十年身到鳳凰池㊳。（並下）

㉞ 登科：登第做官。

㉟ 三牲五鼎：泛指供奉之奢侈。三牲，牛羊豬三種祭品。五鼎，盛有豬羊肉魚之類的食器。

㊱ 掌上珠：極言珍愛的子女和親人。也作「掌中珠」、「掌上明珠」。

㊲ 龍虎榜：唐歐陽詹、韓愈、李觀等二十三人，貞元八年（西元七九二年）於陸贄榜聯第，詹等都有文名，時稱龍虎榜。後稱會試中選為登龍虎榜。

㊳ 鳳凰池：魏晉南北朝設中書省於禁苑，掌管機要，故稱中書省為鳳凰池，權在尚書之上。

第五齣❶

（旦上唱）【謁金門】春夢斷，臨鏡綠雲❷撩亂。聞道才郎遊上苑，又添離別嘆。（生接唱）苦被爹行逼遣，脈脈此情何限。骨肉一朝成拆散，可憐難捨拚❸。

（旦白）解元，雲情雨意，雖可拋兩月之夫妻；雪鬢霜鬟，更不念八旬之父母。功名之念一起，甘旨之心頓忘，是何道理？（生白）娘子，休說那話。膝下遠離，豈無眷戀之意？奈堂上父母力勉，不聽分剖之辭，教卑人如何是得❹？（旦白）我多猜著你了：（唱）

【忒忒令】你讀書思量要做狀元，我只怕你學疏才短。（生白）我不曾才短。（旦唱）只是孝經、曲禮❺，你早忘了一半。（生白）我不曾忘了。（旦白）你身曾忘了：（唱）卻不道夏清與冬溫，昏須定，晨須省，親在遊怎遠？（生唱）

【前腔】我哭哀哀推辭了萬千，他鬧炒炒抵死來相勸。將我深罪，不由人分辨❻。（旦白）

❶ 第五齣：明通行本此齣標目作「南浦囑別」。
❷ 綠雲：形容女子髮多而黑。
❸ 苦被四句：九宮正始作〔換頭〕。何限，作「無限」。捨拚，割捨。
❹ 得：用於反問句末，猶云「那」。
❺ 曲禮：禮記篇名，多記生活中屈曲小禮節。前齣及下文冬溫夏清、昏定晨省之文即出自此篇。

罪你甚麼？（生唱）只道我戀新婚，逆親言，貪妻愛，不肯去赴選。（旦唱）

【沉醉東風】你爹行見得你❼好偏，只一子不留在身畔。（介）我和你去說咱。休休❽，他只道我不賢，要將你迷戀。苦！這其間怎不悲怨？（合）為爹淚漣，為娘淚漣，何曾為著夫妻上意牽？（生唱）

【前腔】做孩兒節孝怎全？做爹行不從人幾諫❾。呀！俺為人子，不當恁地說。也不是要埋冤，影隻形單，我出去有誰來看管。（合前）

（生白）娘子，爹爹媽媽來，你且揾了眼淚。（外、淨上唱）

【臘梅花】我孩兒出去在今日中，爹爹媽媽來相送。但願得❿魚化龍，青雲得路，桂枝高折步蟾宮⓫。

（外白）孩兒，安排行李了未？（生白）安排已了。（外白）安排既了，如何不去？（淨白）他若出去，

---

❻ 辨：九宮正始冊十十二時作「辯」。

❼ 你：九宮正始無「你」字。

❽ 休休：原作曲文，錢本據巾箱本改。

❾ 幾諫：對尊長婉言規勸。幾，微。

❿ 得：錢本據巾箱本、九宮正始補。

⓫ 桂枝句：本句意謂應試得中。晉郤詵賢良對策最優，自謂桂林一枝。蟾宮，即月宮，舊以月中折桂為登科之典。

家中更無第二人，只有一個媳婦，如何不分付他幾句？（生白）孩兒沒別事，只等張大公來，把爹娘托付與他，教他早晚應承，孩兒庶可放心前去。（旦白）張大公早來。（末上白）仗劍對樽酒，恥為遊子顏。所志在功名，離別何足嘆。（相見介）（生白）卑人如今出去，家中並無親人。爹爹媽媽，年老衰倦；一個媳婦，只是女流之輩，他理會得甚麼？凡事全賴公公相與扶持，早晚看管；家中有些欠缺，亦望公公周濟。昨日已蒙親許，今日特此拜懇。卑人稍有寸進，自當效結草銜環⑫之報，決不敢忘恩！（末白）受人之托，必當終人之事。況一言既出，駟馬⑬難追。昨日已許秀才，去後決不相誤。（生旦）謝得公公！（外白）孩兒去。（生白）孩兒拜辭爹媽便去。（拜唱）

【園林好】兒今去，爹媽休得要意懸。兒今去今年便還，但願得雙親康健。（合）須有日拜堂前，須有日拜堂前。（外唱）

【前腔】我孩兒不須掛牽，爹只望孩兒貴顯。若得你名登高選，（合）須早把信音傳，須早把信音傳。（淨唱）

【江兒水】膝下嬌兒去，堂前老母單，臨行只得密縫針線。眼巴巴望著關山⑭遠，冷清清倚定門兒遍，教我如何消遣⑮？（合）要解愁煩，須是寄個音書回轉。（旦唱）

---

⑫ 結草銜環：指感恩圖報。見左傳宣公十五年老人結草救魏顆及吳均續齊諧記黃雀銜環故事。

⑬ 駟馬：車之四匹馬，這裡喻其快。

⑭ 關山：關隘、山河。

⑮ 消遣：消解；排遣。

【前腔】妾的衷腸事，萬萬千，說來又怕添縈絆。六十日夫妻恩情斷，八十歲父母如何展⑯？教我如何不怨？（合前）（末唱）

【五供養】貧窮老漢，托在鄰家，事體相關。此行須勉強，不必恁留連。你爹娘早晚，早晚裡我專來陪伴。丈夫非無淚，不灑別離間。（合）骨肉分離，寸腸割斷。（生跪介唱）

【前腔】公公可憐，俺的爹娘，望你周全。此身還⑰貴顯，自當效銜環。（旦唱）有孩兒也枉然，你爹娘倒教別人來看管。此際情何限，偷把淚珠彈。（合前）（外唱）

【玉交枝】別離休嘆，我心下非不痛酸。非爹苦要輕拆散，也只是要圖你榮顯。（淨唱）蟾宮桂枝須早扳，北堂萱草時光短。（合）又不知何日再圓？又不知何日再圓？（生唱）

【前腔】雙親衰倦，你扶持著他老年。飢時勸他加餐飯，寒時頻與衣穿。（旦唱）做媳婦事舅姑不待你言，你做孩兒離父母何日返？（合前）（外唱）

【川撥棹】歸休晚，莫教人凝望眼。（生唱）但有日回到家園⑱，怕回來雙親老年。（合）怎教人心放寬？不由人不淚彈。（旦唱）

【前腔換頭】我的埋冤⑲怎盡言？我的一身難上難。（生唱）娘子，你寧可將我來埋冤，莫

---

⑯ 展：省視；察看。禮記檀弓：「反其國不哭，展墓而入。」鄭注：「展，省視。」

⑰ 還：若；如。

⑱ 但有日句：九宮正始冊八仙呂入雙調引疊一句。下曲「你寧可」句同。

將我爹娘來冷看。（合前）

（生白）此行勉強赴春闈，（外、淨、末、旦）專望你明年衣錦歸。

（合）世上萬般哀苦事，無過死別共生離。

（外、淨、末先下）（生、旦在場）（旦白）秀才，你如何割捨便去？（生白）教卑人如何是得？（旦唱）

【尾犯】懊恨別離輕，悲豈斷弦⑳，愁非分鏡㉑。只慮高堂，怕風燭㉒不定。（生唱）腸已斷欲離未忍，淚難收無言自零。（合）空留戀，天涯海角，只在須臾頃。（旦唱）

【尾犯序】無限別離情，兩月夫妻，一旦孤另㉓。此去經年，望迢迢玉京㉔。思省，奴不慮山遙路遠，奴不慮衾寒枕冷；奴只慮，公婆沒主一旦冷清清。（生唱）

【前腔換頭】何曾，想著那功名？欲盡子情，難拒親命。我年老爹娘，望伊家㉕看承。畢竟，你休怨朝雨暮雲，只得替著我冬溫夏凊。思量起，如何教我割捨得眼睜睜。（旦唱）

---

⑲ 埋冤：即埋怨。怨恨；責備。

⑳ 斷弦：舊稱喪妻為斷弦。

㉑ 分鏡：比喻夫婦離散。典出南朝陳太子舍人徐德言與樂昌公主破鏡重圓的故事。見孟棨本事詩情感。

㉒ 風燭：風中之燭。比喻生命不長。

㉓ 孤另：原作「孤冷」，錢本據巾箱本改。

㉔ 玉京：指帝京。

㉕ 伊家：這裡作第二人稱，即你。

【前腔】儒衣才換青㉖，快著歸鞭，早辦回程。十里紅樓㉗，休重娶娉婷。叮嚀，不念我芙蓉帳冷，也思親桑榆暮景。親祝付㉘，知他記否空自語惺惺㉙。（生唱）

【前腔】寬心須待等，我肯戀花柳，甘為萍梗㉚？只怕萬里關山，那更音信難憑。須聽，我沒奈何分情破愛，誰下得㉛虧心短行？（合）從今去，相思兩處一樣淚盈盈。

（旦白）官人去，千萬早早回程。（生白）卑人有父母在上，豈敢久戀他鄉！（生唱）

【鷓鴣天】萬里關山萬里愁。（旦唱）一般心事一般憂。（生唱）親闈暮景應難保，客館風光怎久留？（生先下）（旦唱）他那裡，謾凝眸，正是馬行十步九回頭。歸家只恐傷親意，閣淚汪汪不敢流㉜。（旦下）

㉖ 換青：換上青袍。青袍，官服。

㉗ 紅樓：泛指富貴家婦女所住的華麗的樓房。

㉘ 祝付：即囑咐。張協狀元四十二齣：「聽得丁寧祝付，小心伏事恩家。」

㉙ 惺惺：聰明伶俐。這裡意為殷勤。

㉚ 萍梗：浮萍斷梗。比喻行蹤無定。

㉛ 下得：忍得。

㉜ 他那裡五句：九宮正始冊三作前腔換頭。閣，即擱，忍住之意。原作「各」，錢本據九宮正始改。董西廂卷四：「閣不定粉淚漣漣。」

第六齣❶

（末上白）大道青樓御苑東，玉闌朱戶閉簾櫳。金鈴犬吠梧桐月，朱鬣馬嘶楊柳風。小人卻是牛太師府中一個老院子。這幾日老相公出朝，不知有甚勾當，久留省中❷，未曾回府。聞知府中幾個姑媽和老姥姥，幸得相公出去，每日在後花園閑耍；今日想必知道相公回來，都不見了。小人免不得灑掃廳堂，安排書館，等相公回來。好怪麼！只見一個婆婆走入來做甚麼？（淨上唱）

【字字雙】我做媒婆甚妖嬈，談笑。說開說合口如刀，波俏❸。合婚問卜❹若都好，有鈔。只怕假做庚帖被人告，吃拷。

（末白）婆婆，來做甚麼？（淨白）院公萬福！老媳婦特來與張直閣❺做媒。（末白）我這小娘子不比別的，老相公不輕許，且慢著。又有一個媒婆來。（丑上唱）

【前腔】我做媒婆甚艱辛，尋趁❻。有個新郎要求親，最緊。我每只得便忙奔，討信。

---

❶ 第六齣：明通行本本齣標目作「丞相教女」。
❷ 省中：宮禁之內。漢制總群臣而聽政為省，尚書、中書、門下等官署皆設於禁中，因稱為省。
❸ 波俏：俊俏；妖嬈。這裡指伶俐、厲害。
❹ 合婚問卜：舊時婚俗中的問名卜吉，即問女名、生辰八字，歸以占卜命相。統稱合婚。
❺ 直閣：凌刻臞仙本注：「直閣、承奉，乃公子別稱，如衙內之類。」

（介）路上更有早行人，心悶。

（末白）婆子，你來做甚麼？（丑白）老媳婦特來與李承奉求親。（末白）我方才卻⑦對那婆婆說，我這媒怕難做。（丑白）原來這婆子也來做媒。苦咳！我是張媒婆，幾年在府前住，今日這媒吃你做？（淨介）偏你會做媒？但是門當戶對的便了。終不然你在府前住，定要你做媒，你與乞兒做媒，也嫁他？

（末白）休鬧！等相公回來，自有區處。（外扮牛太師上唱）

【齊天樂】鳳凰池上歸環珮⑧，袞袖御香猶在。棨戟門前，平沙堤上，何事車填馬隘？星霜鬢改，怕玉鉉⑨無功，赤舄⑩非才。回首庭前，淒涼丹桂好傷懷。

（末喏⑪）（淨、丑白）相公萬福！（外白）這兩個婆子做甚麼？（淨白）奴家是張尚書府裡來求親。（丑白）奴家是李樞密家裡特來做媒。（外白）不揀甚麼人，但是有才學，一筆掃盡千張紙的，方可中選。

（淨白）告相公：奴家的新郎，一筆掃盡一千五百張紙。（丑白）直屁！我的新郎⑫，一筆掃盡三萬三

---

⑥ 尋趁：尋覓；追逐；打交道。

⑦ 卻：猶云「正」、「恰」。

⑧ 環珮：玉佩，衣帽飾物。禮記經解：「行步則有環珮之聲，升車則有鸞和之音。」

⑨ 玉鉉：比喻處在高位的大臣。鉉，鼎扛，在鼎最高處以舉鼎。

⑩ 赤舄：古代帝王與貴族所穿的禮鞋。

⑪ 喏：唱喏，行禮作揖並揚聲致敬。

⑫ 新郎四句：巾箱本「新郎」後作「一筆掃盡五千五百張紙。（丑白）你的真屁，我個新郎」。

千三百三十單三張紙。（末收介）休得這裡閑炒！（外白）不要胡說。除非做得天下狀元，方可嫁他；若是別人，不許問親。（淨白）告相公：這個新郎庚帖，人算他命，道他做得天下狀元。（丑背後搶介）相公，他的不做狀元；奴家這個庚帖，定做狀元。（淨又搶，相打介）（外怒）這兩人到來我家裡無禮！左右，與我搜看，不揀有甚麼庚帖婚書，都與我扯碎。（末搜，扯破介）（淨、丑哭介）（外白）左右，把他兩個吊在廳前，各打十八。（末）領鈞旨。（介）（外）急把媒婆打離廳。（末）除非狀元方可問姻親。（淨丑）乾吃十八下黃荊杖，（合）那些個成與不成吃百瓶？（末、淨、丑先下）（外在場白）光陰似箭催人老，日月如梭趲⑬少年。自家沒了夫人，只有一個女兒，如今不覺長大成人，又未曾問親。只是一件，我的女孩兒，性格溫柔，是事⑭實會，若教他嫁一個膏粱子弟，怕壞了他；只教他嫁個讀書人，成就他做個賢婦，多少是好？這幾日自不在家，聽得使喚每日都去後花園中閑耍，這是我的女孩兒不拘束他。如今人來做媒，相將做人媳婦，怎不教道他？孩兒和惜春、老姥姥過來。（貼上唱）

【花心動】幽閣深沉，問佳人：為何懶添眉黛？針線日長，圖史春閑，誰解屢傍妝臺？絳羅深護奇葩⑮小，還不許蜂識鶯猜。（淨、丑唱）笑瑣窗，多少玉人無賴⑯！

（貼白）爹爹萬福！（外白）孩兒，婦人之德，不出閨門，你如何不省得？我這幾日出朝去，見說道幾

---

⑬ 趲：催趕。

⑭ 是事：凡事；事事。

⑮ 奇葩：特別美的花，比喻小姐。

⑯ 無賴：無聊；無奈。

個使喚都在後花園閑耍，卻是你不拘束他。你如今年紀長大，今日是我孩兒，他日做別人媳婦，你如今不鈐束⑰他，倘或他做出歹事來，也把你名兒污了。（貼白）謝得爹爹教道！孩兒再來自拘束他。（外白）老姥姥，你年紀大矣，你做管家婆婆，倒哄著女使每閑嬉，是何所為！（淨白）不干老姥姥事，都是惜春。（丑白）這都是你。（介）（淨）是你。（介）（外唱）

【惜奴嬌】孩兒來，杏臉桃腮，又當有松筠節操，蕙蘭⑱襟懷。閨中言語，不出閫閾⑲之外。老姥姥，不教孩兒伊之罪。惜春，這風情今休再。（合）記再來，但把不出閨門的語言相戒。（貼唱）

【前腔換頭】堪哀，萱室先摧。嘆婦儀姆訓⑳，未曾諳解。蒙爹嚴命，從今怎敢不改！老姥姥，早晚望伊家將奴誨。惜春，改前非休違背。（合前）（淨唱）

【黑麻序】聽浼㉑：父母心，婚姻事要早諧。勸相公，早畢兒女之債。（外唱）休呆，如何女子前，將此口亂開。（合）記今來，但把不出閨門的語言相戒。（丑唱）

【前腔】輕浼，我受寂寞擔煩惱，教我怎捱？細思之，怎不教人珠淚盈腮？（貼唱）寬待，

⑰ 鈐束：管束。鈐，鎖。
⑱ 蕙蘭：香草名，常用來比喻品性高潔。
⑲ 閫閾：閨閣。閫，閨門。閾，門檻。
⑳ 婦儀姆訓：婦女的儀容禮節，女師的訓誨。
㉑ 浼：請；央。

溫衣並美食，何須苦掛懷？（合前）

（外白）婦人不可出閨門，（貼白）多謝家尊教育恩。

（合）休道成人不自在，須知自在不成人。（並下）

第七齣❶

（生上唱）【滿庭芳】飛絮❷沾衣，殘花隨馬，輕寒輕暖芳辰。江山風物，偏動別離人。回首高堂漸遠，嘆當時恩愛輕分。傷情處，數聲杜宇❸，客淚滿衣襟。（末上唱）【前腔換頭】萋萋芳草色，故園人望，目斷王孫。謾憔悴郵亭，誰與溫存？（淨、丑上唱）聞道洛陽近也，還又隔幾個城闉❹。（合）澆愁悶，解鞍沽酒，同醉杏花村。

（生白）〔浣溪沙〕千里鶯啼綠映紅，（丑白）水村山郭酒旗風，（淨白）行人如在畫圖中。（末白）不暖不寒天氣好，或來或往旅人逢，（合）此時誰不嘆西東❺。（生唱）

【甘州歌】衷腸悶損，嘆路途千里，日日思親。青梅如豆❻，難寄隴頭音信❼。高堂已添

---

❶ 第七齣：明通行本本齣標目作「才俊登程」。

❷ 飛絮：柳絮。

❸ 杜宇：見第三齣[61]。

❹ 城闉：城曲重門。闉，音ㄧㄣ。

❺ 此時句：此句後，汲古閣六十種曲本有生、末、淨、丑一段對白。

❻ 如豆：指梅子初長時，其果實如豆，梅花則早已凋謝矣。

❼ 隴頭音信：指春日相思的音信。盛弘之荊州記：「陸凱與范曄相善，自江南寄梅花一枝詣長安與曄，並贈詩

雙鬢雪，俺客路空瞻一片雲。（合）途中味，客裡身，爭如流水蘸柴門？休回首，欲斷魂，數聲啼鳥不堪聞。（末唱）

【前腔】風光正暮春，便縱然勞役，何必愁悶？綠英紅雨，征袍上染惹芳塵。雲梯⑧月殿圖貴顯，水宿風餐莫厭貧。（合）乘桃浪，躍錦鱗，一聲雷動過龍門⑨。榮歸去，綠綬⑩新，休教妻嫂笑蘇秦⑪。（淨唱）

【前腔】誰家近水濱，見畫橋煙柳，朱門隱隱。秋千影裡，牆頭半出紅粉。他無情笑語聲漸杳，卻不道惱殺多情牆外人。（合）思鄉遠，愁路貧，肯如十度謁侯門？行看取，朝紫宸⑫，鳳池鰲禁聽絲綸⑬。（丑唱）

【前腔】遙望霧靄紛，想洛陽宮闕，行行將近。程途勞倦，欲待共飲芳樽。垂楊瘦馬莫暫停，只見那古樹昏鴉棲漸盡。（合）天將暝，日已曛，一聲殘角⑭斷譙門⑮。尋宿處，

曰：「折花逢驛使，寄與隴頭人。江南無所有，聊寄一枝春。」見太平御覽卷九七〇。

⑧ 雲梯：這裡指置身青雲之上的階梯。

⑨ 躍錦鱗二句：喻登第。錦鱗，紅鯉魚。舊傳鯉魚躍過龍門，即化為龍。

⑩ 綠綬：漢制二千石以上，銀印綠綬。綬，絲帶，用來繫印環。

⑪ 蘇秦：洛陽人，戰國末縱橫家，初出遊困歸，被兄嫂妻妾竊笑。戲曲中有凍蘇秦、金印記演其事。

⑫ 紫宸：唐內朝正殿，也指代帝王。

⑬ 絲綸：禮記緇衣：「王言如絲，其出如綸。」後用以稱詔書敕旨。

行步緊，前村燈火已黃昏。(合唱)

【餘文】⑯向人家，忙投奔，解鞍沽酒共論文，今夜雨打梨花深閉門。

(生白)江山風物自傷情，(合)南北東西為利名。

路上有花並有酒，一程分作兩程行。(並下)

---

⑭角：吹奏樂器名。

⑮譙門：建有望樓的城門。原作「樵門」，據九宮正始改。

⑯餘文：九宮正始作情未斷煞。

第八齣❶

（旦上唱）【破齊陣】翠減祥鸞❷羅幌，香銷寶鴨❸金爐。楚館❹雲閑，秦樓月冷，動是離人愁思。目斷天涯雲山遠，人在高堂雪鬢疏，緣何書也無？

（白）〔古風〕❺明明匣中鏡，盈盈曉來妝。憶昔事君子，雞鳴下君床。臨鏡理笄總❻，隨君問高堂。一旦遠別離，鏡匣掩清光。流塵暗綺練❼，青苔生洞房。零落金釵鈿，慘淡❽羅衣裳。傷哉憔悴容，無復蕙蘭芳。有懷淒以苦，有路阻且長。妾身豈嘆此，所憂在姑嫜。念彼猿猱❾遠，眷此桑榆光。願言盡婦道，遊子不可望。勿彈綠綺琴❿，弦絕令人傷。勿聽白頭吟⓫，哀音斷人腸。人事多錯迕，羞

❶ 第八齣：本齣明通行本為第九齣，其第八齣「文場選士」，元本無。本齣標目明通行本作「臨妝感嘆」。

❷ 鸞：鳳凰之類的神鳥，赤色，五彩，形如雞，俗用以表示吉祥。

❸ 寶鴨：香爐作成鴨形，故稱。

❹ 楚館：館舍，與秦樓舊多指遊冶之所。這裡是自嘆淒涼冷落之辭。

❺ 古風：與近體詩相對的詩體，用韻、格律比較自由。

❻ 笄總：梳髮理妝。笄，簪子。總，束髮。禮記內則：「婦事舅姑，如事父母。雞初鳴，咸盥漱，櫛縰，笄總。」

❼ 綺練：華美的絲綢織物。

❽ 慘淡：淒涼的景象。

❾ 猿猱：比喻遊子輕於離別。

彼雙鴛鴦。奴家嫁與伯喈，才方兩月。指望與他同侍雙親，偕老百年。誰知公公嚴命，強他赴選。自從去後，到今並無一個消息。把公婆拋撇在家，教奴家獨自應承。奴家一來要成丈夫之孝，二來要盡為婦之道，盡心竭力，朝夕奉養。正是：天涯海角有窮時，只有此情無盡處。（唱）

【風雲會四朝元】春幃催赴，同心帶⑫綰初。嘆陽關⑬聲斷，送別南浦⑭，早已成間阻。謾羅襟上淚漬，謾羅襟上淚漬⑮，和那琴瑟塵埋，錦被羞鋪。寂寞瓊窗⑯，蕭條朱戶，空把流年度。嗏，酩子裡⑰自尋思，妾意君情，一旦如朝露。君行萬里途，妾心萬般苦。君還念妾，迢迢遠遠也索回顧。

【前腔】朱顏非故，綠雲懶去梳。奈畫眉人⑱遠，傅粉郎⑲去，鏡鸞羞自舞⑳。把歸期暗

⑩ 綠綺琴：原是司馬相如的著名古琴，後為琴的通稱。

⑪ 白頭吟：樂府楚調曲名。傳司馬相如將聘茂陵人女為妾，卓文君作白頭吟以自絕。見西京雜記。樂府詩集楚調曲錄古辭二首。

⑫ 同心帶：謝氏詩源：「輕雲鬢髮甚長，每梳頭立於榻上，猶拂地。已綰髻，左右餘髮各粗一指，結束作同心帶。」多用以喻堅貞。

⑬ 陽關：曲調名，又名渭城曲。王維作送元二使安西，入樂府，後以為送別曲。

⑭ 南浦：南面的水濱。屈原九歌：「送美人兮南浦。」江淹別賦：「送君南浦，傷如之何？」故泛指送別之地。

⑮ 謾羅二句：九宮正始該句不疊。後三曲第七句同。

⑯ 瓊窗：瑰麗之窗。

⑰ 酩子裡：暗中；暗地裡。酩子，又作「冥子」、「瞑子」。

數，把歸期暗數，只見雁杳魚沉㉑，鳳隻鸞孤。綠遍汀洲，又生芳杜㉒，空自思前事。嗏，日近帝王都，芳草斜陽，教我望斷長安路。君身豈蕩子，妾非蕩子婦。其間就裡，千千萬萬有誰堪訴？

【前腔】輕移蓮步，堂前問舅姑。怕食缺須進，衣綻須補，要行須與扶。奈西山景暮㉓，奈西山景暮，教我倩著誰人，傳語我的兒夫：你身上青雲，只怕親歸黃土，臨別也曾多祝付。嗏，那些兒個意孜孜，只怕十里紅樓，貪著人豪富。雖然是忘了奴，也須索㉔念父母。無人說與，這淒淒冷冷怎生辜負？

【前腔】文場選士，紛紛都是才俊徒。少甚麼鏡分鸞鳳，都要榜登龍虎，遍他將我誤。也不索氣苦，也不索氣苦，既受托了蘋蘩，有甚推辭？索性做個孝婦賢妻，也得名書青

⑱ 畫眉人：這裡指夫婿。漢張敞有為婦畫眉的故事。

⑲ 傅粉郎：魏何晏喜修飾，粉白不離手，人稱傅粉何郎。後以稱美男子。

⑳ 鏡鸞羞自舞：比喻失偶。范泰鸞鳥詩序：「昔罽賓王得鸞鳥，甚愛之，欲其鳴而不能致。夫人云，聞鳥得類而後鳴，何不懸鏡以映之？王從其言。鸞鳥覩影而鳴，一奮而絕。」

㉑ 雁杳魚沉：比喻杳無音信。古傳魚、雁可以傳遞書信。

㉒ 芳杜：香草。即杜蘅、杜若。

㉓ 西山景暮：以日沒西山比喻老年晚境。

㉔ 索：即須。

史，省了些閑淒楚。㗛，俺這裡自支吾㉕，休得污了他的名兒，左右與他相回護。你腰金與衣紫，須記得釵荊與裙布㉖。一場愁意緒，堆堆積積宋玉難賦。

（白）高堂回首日已斜，遊子何事在天涯？

紅顏勝人多薄命，莫怨春風當自嗟。（下）

㉕ 支吾：應付；支對。

㉖ 釵荊與裙布：以荊為釵，以布作裙，謂貧婦簡陋的衣飾。這裡是五娘自喻。

第九齣❶

（末上白）朝為田舍郎，暮登天子堂。將相本無種，男兒當自強❷。自家不是別人，卻是河南府中首領官。每年狀元及第，赴瓊林宴❸，遊街三日，不揀鞍馬、酒席供設，樂人祗應❹，都是河南府尹提調辦事。今年蔡伯喈做狀元，今日赴宴，俺府尹相公不出來，委著自家提調。昨日已分付太僕寺❺掌鞍馬祗候，洛陽縣管排設的令史，鳴鼓三通，都要到此聚會，聽點視。（擂鼓介）掌鞍馬的祗候那裡？（丑上白）有問即對，無問不答。（末白）鞍馬備辦了未曾？（丑白）告郎中：馬多在。先有一萬好馬。（末白）怎見得好馬？（丑白）但見耳批雙竹❻，鬃散五花❼。展開鳳臆❽龍鬐❾，抬起烏頭❿虎頷⓫。嚮

❶ 第九齣：本齣標目明通行本作「杏園春宴」。
❷ 朝為四句：見宋汪洙神童詩。
❸ 瓊林宴：宋太平興國太宗賜宴新科進士於瓊林苑，後即指皇帝賜新科進士的宴會為瓊林宴。
❹ 祗應：承應；供奉。
❺ 太僕寺：官署名，掌輿馬及牧畜之事。
❻ 耳批雙竹：謂兩耳如劈竹。埤雅：「馬耳欲如劈竹。」
❼ 五花：毛色斑駁。或言剪馬鬣為五瓣，亦有據。
❽ 臆：胸。
❾ 鬐：馬鬣。

篤篤翠蹄削玉，點滴滴赤汗⑫流珠。隅目青熒夾鏡懸，肉騣磊磈連錢動⑬。一跳時尾捎雲漢，只驀⑭過玄圃⑮崆峒⑯；一霎時走遍神州，直趕上流星奔電。九方皐⑰管教他稱賞，千金價也不枉追求。（末白）有甚顏色的？（丑白）布汗、論聖、虎刺、合里烏、赭啞兒、爺屈良、蘇盧⑱、棗騮、栗色、燕色、兔黃、真白、玉面、銀鬃、秀膊、青花。（末白）有甚好名兒？（丑白）飛龍、赤兔、騕褭、騂騮、紫燕、驌驦、嚙膝、踰暉、騏驎、山子、白羲、絕塵、浮雲、赤電、絕群、逸驃、騄驪、龍子、驎駒、騰霜驄、皎雪驄、凝露驄、懸光驄、決波騟、飛霞驃、發電赤、流金騧、翔麟紫、奔紅赤、照夜白、一丈烏、九花虬、望雲騅、忽雷駁、拳毛騧、獅子花、玉逍遙、紅叱撥、紫叱撥、金叱撥⑲。青海月支⑳生下，大宛㉑越賧㉒將來。（末白）有甚麼好馬廄？（丑白）飛龍、翔驎、吉良、龍媒、騊駼、駃

⑩ 烏頭：六十種曲作「豹頭」。
⑪ 虎頷：梅谿釣徒琵琶記箚記作「虎額」。
⑫ 赤汗：傳大宛舊有天馬，蹋石汗血，汗從前肩髆出，如血，稱赤汗馬。
⑬ 隅目二句：見杜甫驄馬行。連錢，馬毛斑駁如錢相連。
⑭ 驀：越過；超過。
⑮ 玄圃：仙山名。
⑯ 崆峒：仙山名。
⑰ 九方皐：春秋時善於相馬的人。見列子說符。
⑱ 布汗等句：見方齡貴元明戲曲中的蒙古語。虎刺，黃色或黃褐色。合里烏，黑鬃黃尾馬。
⑲ 飛龍等句：所列四十種馬名，皆史傳與傳說中的名馬，見穆天子傳、西京雜記、新唐書骨利幹傳諸書。這裡是誇張之辭。

騠、鵷鸞、六群、天花、鳳苑、奔星、內駒、左飛、右飛、左方、右方、東南內、西南內㉓。盡印三花飛鳳㉔字，中藏萬匹好龍媒。（末白）怎的打扮？（丑白）錦韉㉕燦爛披雲，金鐙熒煌耀日，香羅帕深護金鞍，紫遊韁牽動玉勒。瑪瑙妝就轡頭，珊瑚做成鞍子。（末白）如今選幾個在這裡？（丑白）告郎中：如今無了。只有一萬匹馬，一千三百個漏蹄㉖，二千七百個抹靨㉗，三千八百個熟瘸，二千二百個慈眼㉘。鞍韉又破損，坐子又攲傾。抽轡盡是麻繩，鞭子無非荊杖。餓老鴟全然拉搭㉙，雁翅板㉚片片雕零。鞍轡並不周全，牽鞚何曾完備，其實不中㉛。（末白）休胡說！若還不完備時節，我對府尹

---

⑳ 月支：古國名，其先在今甘肅省敦煌縣與青海省祁連縣之間，又作月氏。史記大宛列傳索隱引外國傳：「外國稱天下有三眾：中國人眾，大秦寶眾，月氏馬眾。」

㉑ 大宛：古國名，在匈奴西南，多善馬。見史記大宛列傳。

㉒ 越賧：地名，唐屬永昌節度。新唐書南詔傳謂越賧之西產善馬，稱越賧駿，日馳數百里。

㉓ 飛龍等句：皆唐宮內馬廄名，見新唐書百官二。唯「翔驎」作「祥麟」，「天花」作「天苑」，「左方」作「左萬」，「右方」作「右萬」，「騶駼」作「騊駼」。奔星、內駒不詳。

㉔ 三花飛鳳：馬上印記。新唐書百官二：「凡外牧歲進良馬，印以三花、飛鳳字。」

㉕ 韉：即韉，襯托馬鞍的坐墊。

㉖ 漏蹄：牲口腳病，蹄子穿洞，不能行走。

㉗ 抹靨：疑馬面病。

㉘ 慈眼：眼病。

㉙ 拉搭：下垂貌。

㉚ 翅板：翅膀。

相公說，好生打你。（丑白）郎中可憐見，小人一壁廂自理會。（末白）馬完備時節，牽在五門㉜外廂，候狀元謝恩出來，騎馬遊街。（丑白）不妨事，只教春風得意馬蹄疾，一日看盡長安花。（丑先下）（末白）洛陽縣管排設的令史過來。（淨上白）廳上一呼，階下百喏。（末白）排設完備了未？（淨白）都完備了。但見珠簾高捲，翠幕低垂。珊瑚席邐逼㉝精神，玳瑁筵安排奇巧。金爐內謾騰騰的焚瑞腦，玉瓶內嬌滴滴的插奇花。四圍環繞畫屏山，滿座重鋪錦褥子。金盤犀箸光錯落，掩映異果珍羞；銀海瓊舟㉞影搖蕩，番動蒲萄玉液。灑掃乾乾淨淨，並無半點塵埃；安排整整齊齊，另是一般氣象。正是：移將金谷㉟繁華景，整點瓊林富貴天。（末白）恁的，你去那裡等候。一霎時不完備，定施行你。（淨白）瓊林深處風光好，別是人間一洞天。（淨下）（末白）〔臨江仙〕日映宮花明翠幙，藍袍嫩綠新裁。五花門外榜初開，金鞍乘駿馬，敕賜上天階。十里紅樓簾盡捲，美人爭看名魁。黃旗影裡鬧咳咳㊱，大家齊雅靜，看取狀元來。（下）（生、淨、丑騎馬上唱）

【窣地錦襠】 **姮娥剪就綠雲衣，折得蟾宮第一枝。宮花斜插帽檐低，一舉成名天下知。**

㉛ 不中：不行；不管用。
㉜ 五門：古傳天子五門。自內而外，為路門、應門、皋門、雉門、庫門。
㉝ 邐逼：準備；安排。
㉞ 銀海瓊舟：大而精美的酒杯。
㉟ 金谷：金谷園，晉石崇所築名園，在洛陽西北。
㊱ 鬧咳咳：喧譁；吵鬧。咳，或作「垓」、「該」。

【哭岐婆】洛陽富貴，花如錦綺。紅樓數里，無非嬌媚。春風得意馬蹄疾，天街賞遍方歸去。

（生、淨先下）（丑墜馬介）救我！爹爹、奶奶、媳婦、孩兒、哥哥、嫂嫂、兄弟、伯伯、叔叔，都來救我歇子。（末作陪宴官騎馬上唱）

【水底魚兒】朝省尚書，昨日蒙聖旨：道狀元及第，教咱去陪宴席。（馬跳過丑身上）（丑叫跌壞了人胎！（末介、馬不行介）越著鞭越退，遣人心下疑。轉頭回望，（丑叫介）叫我的還是誰？

（末下馬見介，丑叫末白）漢子，你是誰？（丑白）我是墜馬的狀元。（末扶丑介）（丑白）問你是誰？（末白）我是中書省陪宴官。你為甚墜馬？（丑唱）

【北叨叨令】鬧炒炒街市上遊人亂，（末白）你馬驚了？（丑唱）乖頭口抵死要回身轉。（末白）怎的不勒過？（丑唱）戰兢兢只怕韁繩斷，（末白）為甚不打他？（丑唱）怯書生早已神魂散。（末白）不害事麼？（丑唱，呻吟介）險跌折了腿也麼哥[37]，險揞破了頭也麼哥，我好似小秦王三跳澗[38]。

（末白）你馬那裡去了？（丑白）知他那裡去。傷人乎？不問馬[39]。（末白）猶骨自[40]文驟驟[41]的。我

[37] 也麼哥：北曲叨叨令定格語辭，有聲無義。

[38] 小秦王句：李世民故事。元明雜劇有小秦王跳澗，明諸聖鄰大唐秦王詞話有三跳虹霓澗情節。

就這裡人家借一個與你騎。（丑白）休，靜辦㊷！若借馬與小子騎，更著死。（末白）怎地便著死？（丑白）你不聞孔夫子說：有馬者借人乘之，今亡已夫㊸！（末白）一口胡柴㊹。遠遠望見有二個人來，你在這裡等著，怕他有馬，就借一個與你騎。（生、淨騎馬上唱）

【窣地錦襠】荷衣新惹御香歸，引領群仙下翠微。杏園惟有後題詩，此是男兒得志時。

（丑叫白）同行也好！我攧得渾身都粉磕麻碎了，你二人自去了。（淨白）原來足下墜馬。（丑白）可知㊺。（末白）不是小子相搭救時節，險送了他性命。（生、淨白）如此，更賴相公之力。（丑白）你二人自去赴宴，我去太平坊下李郎中家裡去便來。（生、淨、末問）去做甚麼？（丑白）我去醫攧撲傷損瘡。（生、淨、末白）你且來，我從人有馬，索一個與你騎。（丑白）小子告退，你三人自去。（末白）怎道你是狀元，如何不去赴宴？（丑白）赴宴也自好，只是騎馬不得。休休，你三人騎馬先走，我隨著你提胡床㊻

㊴ 傷人乎二句：見論語鄉黨。這是借儒家經典來開玩笑。

㊵ 骨自：還、尚的意思。

㊶ 驟驟：明本作「縐縐」。

㊷ 靜辦：安靜；清靜。

㊸ 有馬者二句：論語衛靈公：「吾猶及史之闕文也，有馬者借人乘之，今亡矣夫。」正義：「良史於書字有疑，則闕焉以待能者，不敢穿鑿。」此二句舉例比喻「己有馬不能調良，當借人乘習之也」。亡，無也，丑作死亡解。戲中丑角截取論語，無論文意或字義解釋都穿鑿可笑。

㊹ 胡柴：胡扯；瞎說。

㊺ 可知：當然；正是。

來。（末白）甚模樣！（丑白）卻有兩說：路上人問，你便道是使喚的伴當㊼；若是筵席之中，卻說是打伴當人。（末白）好窮對副㊽。（合唱）

【哭岐婆】玉鞭裊裊，如龍驕騎。黃旗影裡，笙歌鼎沸。如今端的是男兒，行看錦衣歸故里。

（末白）這裡便是杏園，請眾人少駐。（丑白）馬都牽將僻處去，人道四位官員，只有三個馬，不惡模樣？（末白）教誰牽？（丑白）小子自牽。（末白）自不怕羞。諸公既然到此，年例請留佳作。（生白）小子措思。（介）詩有了。（淨、丑白）請教。（生白）道是五百名中第一仙，花如羅綺柳如煙。綠袍乍著君恩重，黃榜初開御墨鮮。禮樂三千㊾傳紫禁，風雲九萬上青天。時人謾訝登科早，未許姮娥愛少年。（眾白）好詩！（淨白）小子也有一首詩。（生、末、丑白）願聞，願聞。（淨白）道是遲日江山麗，春風花草香。泥融飛燕子，沙暖睡鴛鴦㊿。（生、末、丑白）使不得，這是別人的。（淨白）魍魎51賊！我三場都是別人的也中了，一首詩使別人的倒不得？（末白）又道是七步成章52。（淨白）你道我真個

㊻胡床：一種輕便、可以折疊的坐具，又名交床、交椅，傳自胡地，故稱胡床。

㊼伴當：隨從；僕人。

㊽對副：浙江古籍出版社高則誠集作「對付」。

㊾禮樂三千：禮記中庸：「禮儀三百，威儀三千。」疏：「威儀三千者即儀禮行事之威儀。儀禮雖十七篇，其中事有三千。」

㊿遲日四句：為杜甫絕句之一。

51魍魎：鬼怪。

做不得，也闒閮53做一首：道是赴選何曾入貢闈，此身不擬著荷衣。三場盡是渾身代54，一個全然放屁龜。自笑持杯濫叨酒，卻愁把筆怎題詩？有人問我求佳作，（眾白）如何回他？（淨白）問我先生便得知。（末白）又道是當仁不讓於師55。（丑白）尊兄諸位做律詩，小人不要說律詩，做一篇古風；尊兄都說赴選事，小人不要說那熟套，另立一題。（眾白）還是把甚為題？（丑白）便把小子方才墜馬為題。這是奇事，不可不入詠。小子56做古風。（眾白）願聞。（丑白）道是君不見去年騎馬張狀元，跌了左腿不相連？又不見前年跨馬李試官，跌了骨臀沒半邊？世上三般拚命事，行船走馬打秋千。小子今年大拚命，也來隨趁跨金鞍。跨金鞍，災怎躲？叵耐57畜生侮弄我。大叫三聲不肯行，連攛兩攛不是耍。便把轡繩緊緊拿，縱有長鞭怎敢打？須臾之間掉下來，一似狂風吹片瓦。昨日行過樞密院，三個軍人來唱喏。小子慌忙走將歸，（眾白）如何？（丑白）沒58，怕他請我交59戰馬。（末白）這夢休學。（把酒介，唱）

---

52 七步成章：曹植七步成詩事。詩詞曲語辭匯釋卷四謂：「七諎竊，譏其竊人文章。」

53 闒閮：掙扎；勉力支撐。

54 渾身代：疑為渾身黛，龜的顏色。

55 當仁不讓句：見論語衛靈公。

56 小子：原作「小人」，據錢本改，下同。

57 叵耐：原意不可耐，轉為可恨、可惡。

58 沒：否定語氣。

59 交：明汲古閣六十種曲本作「教」。

【五供養】文章高[60]晁董[61]，對丹墀已膺天寵。（合）赴瓊林新宴，顫宮花緩引黃金鞓。（淨、丑唱）九重天[62]上聲名動，紫泥封[63]已傳丹鳳。（合）便催歸玉簡[64]侍宸旒，他日歸來金蓮[65]送。（末唱）

【山花子】玳筵開處遊人擁，爭看五百名英雄。（生唱）喜鰲頭一戰有功，荷君奏捷詞鋒。（合）太平時車書已同[66]，干戈盡戢文教崇，人間此時魚化龍。留取瓊林，勝景無窮。（淨唱）

【前腔】三千禮樂如泉湧，一筆萬丈長虹。看奎[67]光飛纏紫宮[68]，光搖萬玉[69]班中。（合前）

---

[60] 高：九宮正始作「過」。

[61] 晁董：指晁錯、董仲舒。漢書有傳。

[62] 九重天：比喻帝王所處。

[63] 紫泥封：皇帝書函古以紫泥封口，因借指詔書。

[64] 玉簡：玉製簡札。

[65] 金蓮：指宮廷所用金蓮燭。傳奇金蓮記有以金蓮燭送蘇軾歸院事。

[66] 車書已同：意謂天下統一。禮記中庸：「今天下車同軌，書同文。」

[67] 奎：舊傳主文運的星宿。

[68] 紫宮：天帝居室；帝王宮禁。

[69] 萬玉：比喻賢士眾多。張說上黨舊宮應制：「警蹕千戈捧，朝宗萬玉趨。」

（生唱）

【前腔換頭】青雲路通，一舉能高中，三千水擊飛沖。又何必扶桑掛弓？也強如劍倚在崆峒⑩。（合前）（丑唱）

【前腔換頭】恩深九重，絡繹八珍⑪送，無非翠釜⑫駝峰⑬。（末唱）看吾皇待賢恁隆，也不枉了十年窗下把書來攻。（合前）（生唱）

【大和佛】寶篆沉煙香噴濃，（合）濃雲羅繡叢。（丑、淨唱）瓊舟銀海番動酒鱗⑭紅，一飲盡教空。（生唱）傳杯自覺心先痛，縱有香醪，欲飲難下我喉嚨。他寂寞高堂菽水誰供奉？俺這裡傳杯喧哄。（合）休得要，對此歡娛意沖沖⑮。（眾唱）

【舞霓裳】願取群賢盡⑯貞忠，盡貞忠。管取雲臺畫⑰形容，畫形容。時清無報君恩重，

⑩扶桑二句：扶桑，神木名。掛弓、倚劍表示勇武。
⑪八珍：古代八種烹飪方法，後多指珍貴食品。
⑫翠釜：翠色食器。
⑬駝峰：駱駝羹，貴族家的名菜。
⑭酒鱗：酒的波紋。
⑮沖沖：憂愁貌。六十種曲本作「忡忡」。
⑯盡：原本無，據六十種曲補。下句同。
⑰畫：原本無，據六十種曲補。疊句同。

惟有一封書上勸東封78，更撰個河清德頌79。乾坤正，看玉柱80擎天又何用？（合唱）

【紅繡鞋】猛拚沉醉東風，東風。倩人扶上玉驄，玉驄。歸去路，望畫橋東。花影亂，日曈曨。沸笙歌影裡紗籠，紗籠81。

【意不盡】今宵添上繁華夢，明早遙聽清禁鐘，皇恩謝了鵷行豹尾82陪侍從。

（生白）名傳金殿換青袍，（淨、丑白）酒醉瓊林志氣豪。

（末）君看萬般皆下品，（合）思量惟有讀書高。（並下）

78 東封：指於泰山封禪。古時帝王德修世治，天下太平，則行封禪大典。

79 河清德頌：南朝宋元嘉中，黃河、濟水俱清，鮑照因作河清頌以頌宋德。這裡泛指歌頌時世昇平之作。

80 玉柱：傳說天有八山為柱。玉柱，柱之美稱。後以擎天柱比喻擔當重任的人。

81 紅繡鞋等句：紅繡鞋句格例作「三三」，據六十種曲「花影亂」二句為：「沸笙歌，引紗籠。」

82 鵷行豹尾：指上朝與隨駕出巡。鵷行，上朝時的行列。豹尾，皇帝屬車最後一乘懸豹尾為飾，稱豹尾車。

第十齣❶

（旦上唱）【憶秦娥】長吁氣，自憐薄命相遭際。相遭際，晚年舅姑，薄情夫婿。

（白）〔清平樂〕夫妻兩月，一旦成分別。沒主公婆甘旨缺，幾度思量悲切。　家貧先自艱難，那更不遇豐年。恁的千辛萬苦，蒼天也不相憐。奴家自從兒夫出去，遭此饑荒；況兼公婆年老，朝不保夕。教奴家獨自如何區處？婆婆日夜埋冤❷公公，當初不合教孩兒出去。如今饑荒，教媳婦怎生區處。公公又不伏善，只管在家煎炒。免不得等公公婆婆出來，待奴家著❸些道理，勸解則個。（外上唱）

【前腔】孩兒一去無消息，雙親老景難存濟❹。（淨上唱，扯外耳）難存濟，不思前日，強教孩兒出去。

（旦勸介）（淨白）老賊！抵死教孩兒出去赴選，今日沒飯吃，他便做得狀元，濟你甚事？若是孩兒在家裡，也會區處裨補，也不到得恁地狼狽。老賊，你死休！（外白）我是神仙，知道今日恁地饑荒！誰家不忍飢忍餓，誰似你這般埋冤？休休，我死，我死！今日饑荒也是死，我被你埋冤，吃不過也索

---

❶ 第十齣：明通行本本齣標目作「蔡母嗟兒」。

❷ 埋冤：即埋怨。

❸ 著：將、用的意思。

❹ 存濟：安排措置。

死。（旦扯住介）公公婆婆且息怒，聽奴家一句分剖：當初教孩兒出去時節，不道今日恁地饑荒，婆婆難埋冤公公。今日婆婆見這般荒歉，孩兒又不在眼前，心下焦燥，公公也休怪婆婆埋冤。請自寬心，奴家如今把些釵梳首飾之類，去典些糧米，以充公婆一❺時口食。寧可餓死奴家，決不將公婆落後了。

（淨白）媳婦，你說得好，我只恨這老賊。（淨唱）

【金索挂梧桐】❻區區個孩兒，兩口相依倚。沒事❼為著功名，不要他供甘旨。教他去做官，要改換門閭。他做得官時你做鬼，老賊！你圖他三牲五鼎供朝夕，今日裡要一口粥湯卻教誰與你？相連累，我孩兒因你做不得好名儒。（合）空爭著閑非閑是，空爭著閑非閑是，只落得雙垂淚。（外唱）

【前腔】養子教讀書，只望他身榮貴。黃榜招賢，誰不去登科試？譬如范杞梁❽，差去築城池，他的親娘埋冤誰？合生合死都由命，少甚麼孫子森森也忍飢。休聒絮，畢竟是咱每兩口受孤恓。（合前）（旦唱）

【前腔】孩兒雖暫離，須有日回家裡。奴自有些金珠❾，解當❿充糧米。公公婆婆休爭麼，

❺一：原作「二」，據明本改。

❻金索挂梧桐：九宮正始、矐仙本均作金絡索。矐本眉批：「此調或作金索挂梧桐，非。」

❼沒事：無端。

❽范杞梁：春秋齊大夫杞梁，莊公四年戰死於莒城，其妻迎喪於郊，枕屍哭，城為之崩。後衍為范喜良築長城，孟姜女哭長城的故事。

教旁人道媳婦每，有甚差池，致使公婆爭恁地。婆婆，他心中愛子只望功名就；公公，他眼下無兒必是埋冤語。難逃避，兀的不是從天降下這災危？（合前）（外唱）

【劉潑帽】我每不久須傾棄，嘆當初是我不是。苦！不如我死了倒無他慮。（合）一度思量，一度也肝腸碎。（淨唱）

【前腔】有兒卻遣他出去，教媳婦怎生區處？媳婦，可憐誤你芳年紀。（合前）（旦唱）

【前腔】媳婦便是親兒女，勞役本分當為。但願公婆從此去，相和美。（合前）

（外白）形衰力倦怎支吾？（旦）口食身衣只問奴。

（淨）莫道是非終日有，（合）果然不聽自然無。（並下）

❾ 金珠：臞仙本作「釵梳」。

❿ 解當：典當；抵押。

第十一齣❶

（末上白）縹緲紗窗映霧煙，深沉金屋鎖嬋娟。屏中孔雀❷人難中，幕裡紅絲❸誰敢牽。自家是牛丞相府中堂候官❹。這幾日聽得府中喧傳，相公要招女婿。我這小娘子，不比別的小娘子，一來丞相之女，二來他才貌兼全，必須有文章、有官祿、有福分的，方可做得一婿❺，如何容易？不知招得甚麼人？只在此等候相公出來，便知端的。相公早來。（外上唱）

【似娘兒】華髮漸星星，憐愛女欲遂姻盟，蟾宮仙子才堪並。紅樓此日，紅絲待選，須教紅葉傳情❻。

---

❶ 第十一齣：明通行本本齣標目作「奉旨招婿」。

❷ 屏中孔雀：新唐書竇后傳載，竇毅為女擇婿，於屏上畫二孔雀，請求婚者射二矢，中目者始許之。後以此比喻擇婿。

❸ 幕裡紅絲：王仁裕開元天寶遺事載，宰相張嘉貞欲招郭元振為婿，使五個女兒各持一絲，郭於幔前取便牽一紅絲，得第三女。後以紅絲比喻姻緣。

❹ 堂候官：堂吏。

❺ 一婿：臞仙本作「女婿」。

❻ 紅葉傳情：唐宋小說中紅葉傳情的故事頗多，往往事同人異。中以于祐與韓氏事最為流行，見青瑣高議流紅記。紅葉，這裡指媒人。

（末喏）（外白）男子生而願為之有室，女子生而願為之有家。老夫人傾棄多年，只有一女，美貌娉婷。昨日見官裡❼，問我：你的女孩兒嫁了未？我回道：不曾。官裡道：如今蔡伯喈好人物，好才學，你招做了女婿不是好？那時節我謝恩了，官裡又道：我與你主媒。我如今要喚個官媒，教他去蔡伯喈根底❽說親，如何？（末白）告丞相：男大當婚，女長當嫁。小娘子是瑤臺閬苑❾神仙，蔡狀元是天祿石渠❿貴客，何況玉音主盟，金口肯與說合；若做了百年夫婦，不枉了一對姻緣。相公，佳人才子實堪誇，天付姻緣事不差。試看月輪還有意，定知仙桂近姮娥。（外白）既如此，你與我喚過府前張媒婆來，教他去說親。（末）領鈞旨。（叫介）（丑做媒婆挑鞋秤等物上唱）

【醉太平】張家李家，都來喚我。我每須勝別媒婆，（末白）為甚麼？（丑唱）**有動使⓫惹⓬多。**

（末白）婆婆，我且問你：挑著惹多鞋做甚麼？（丑白）總領哥，你不知近日來宅院中小娘子要嫁得緊了，媒婆與他攛掇⓭出門去，臨行做對鞋謝媒婆。今年知他攛掇了多少親事，鞋都穿不迭，有剩的都賣了。（末）有誰買？（丑）只是宅院小娘子買去。（末白）宅院裡小娘子，腳都小小的，買這鞋做甚麼

❼ 官裡：皇帝。
❽ 根底：跟前；面前。
❾ 瑤臺閬苑：神仙所居的仙境。
❿ 天祿石渠：漢殿閣名，為藏祕書、處賢才之所。
⓫ 動使：器具；用具。又作「動事」、「動用家事」。
⓬ 惹：臞仙本作「偌」。下同。
⓭ 攛掇：慫恿；勸誘。

用？（丑）魍魎賊！他要嫁得緊了，買來謝媒婆，省得做。（末收科介）（外）左右，媒婆那裡？（末）有。（引見外介）（外白）媒婆，你挑著惹多東西做甚麼？（丑白）覆相公：這個便是媒婆的招牌。（外白）且問他這斧頭做甚麼？（末白）婆子，相公問你：這斧頭做何用？（丑白）毛詩⑭裡面說得好，道是析薪如之何？匪斧弗克。娶妻如之何？匪媒不得⑮。以此把斧頭為招牌。（末白）休在魯班面前掉快口⑯。（外白）更問他襪做甚麼？（末）婆婆，相公問你襪做甚麼？（丑）也是招牌。人都道做媒的執伐⑰。（外）更問他將秤作何用？（末）婆婆，相公問你將秤作何用？（丑）最要緊用這個，喚做量秤人⑱。凡做媒時節，先把新人新郎稱過相似，方與說親。去後夫妻便和順不相嫌。若是輕重頭了，夫妻只是相打罵了。老媳婦前日在張宅門前過，見一個小娘子在那裡哭，老媳婦問那小娘子：你為甚哭？他道：嫁不得一個好人。老媳婦試把秤來與他兩個稱一稱看，可知不是對。（外、末）如何？（丑）新郎稱得二十八斤半，新人只稱得二十三斤。（末）你也不十分平等。（外）且問他將繩要做甚麼？（丑）這是赤繩。做夫妻須把繩繫定他兩個腳，方可做得夫妻。（末）如何繫？（丑）我與你繫看。（丑繫末腳，放自

---

⑭ 毛詩：大毛公（亨）、小毛公（萇）所傳訓的詩經。即今通行本。

⑮ 析薪四句：見詩經齊風南山。析薪，劈柴。匪，即非。克，能。

⑯ 魯班面前掉快口：魯班，春秋時魯國巧匠。俗語有魯班門前掉大斧，謂不自量力、貽笑大方。掉，調弄；賣弄。

⑰ 執伐：詩經豳風伐柯：「伐柯如之何？匪斧不克。娶妻如之何？匪媒不得。」因稱做媒為執伐。伐、襪音近，因以為謔。

⑱ 量秤人：錢注疑為「量人秤」，高則誠集從之。

腳將來絆倒末介）（末叫介）（丑）可知不是姻緣，自繫不得了。（外）休得閑說。你來，我奉聖旨，教我女孩兒嫁與蔡伯喈狀元，我如今教你去蔡伯喈根底說，你好生成就這頭親事，多多賞你。（丑）這有甚難處，一來奉聖旨；二來託相公威名；三來小娘子才貌兼全，是人⑲知道；蔡伯喈狀元有何不可？（末）這話卻說得是。（外）你來，我說與聽：（外唱）

【瑣窗郎】吾家一女娉婷，不曾許與公卿⑳。昨承帝旨，選他書生。媒婆，你對他說：不須用白璧、黃金為聘。（合）若是姻緣前世已曾定，今日裡，共歡慶。（丑唱）

【前腔】在東京極有名聲，論媒婆非自逞。今朝事體，管取圓成。怕有一輕一重，全憑官秤。（合前）（末唱）

【前腔】然雖㉑他高占魁名，得相招多少榮。榮依繡幕，選中雀屏。媒婆，你此去，他必從命。（合前）

（丑白）管取門楣得俊才，（外）為傳芳信仗良媒。

（末）百年夫婦今朝合，（和）㉒一段姻緣天上來。

⑲ 是人：凡人；人人。

⑳ 不曾句：臞仙本作「不曾許公與卿」。注云：「諸本作『與公卿』，非。」

㉑ 然雖：臞仙本作「雖然」。

㉒ 和：亦（合）耳。

第十二齣❶

（生上唱）【高陽臺】夢遠親闈，愁深旅邸，那更音信遼絕。淒楚情懷，怕逢淒楚時節。重門半掩黃昏雨，奈寸腸此際千結。守寒窗，一點孤燈，照人明滅。【前腔換頭】當時輕散輕別。嘆玉簫聲杳❷，小樓明月。一段愁煩，番成兩下悲切。枕邊萬點思親淚，伴漏聲❸到曉方徹。鎖愁眉，慵臨青鏡，頓添華髮。

（白）〔木蘭花〕鰲頭可羨，須知富貴非吾願。雁足難憑，沒個音書寄此情。田園荒了，不知松菊猶存否❹？光景無多，爭奈椿萱老去何？自家為父親所強，來此赴選。誰知逗遛在此，竟然不歸？今又復拜皇恩，除❺為議郎❻。雖則任居清要❼，爭奈父母年老，安可久留他鄉？天那！知我的父母安否如

❶ 第十二齣：明通行本本齣標目作「官媒議婚」。
❷ 玉簫聲杳：傳說蕭史、弄玉都善吹玉簫，成夫婦後，乘龍鳳仙去。這裡指夫婦久別，聽不到妻子的音訊。
❸ 漏聲：漏壺滴漏聲音。漏，漏壺，古計時器具。
❹ 田園二句：陶淵明歸去來辭：「田園將蕪胡不歸。」又云：「三徑就荒，松菊猶存。」荒了，臞仙本作「將蕪」。
❺ 除：任官授職。
❻ 議郎：官名。漢制秩比六百石，徵賢良方正敦樸有道之士任之，掌顧問應對。
❼ 清要：清貴顯要。

何？知我的妻室如何看待我的父母？待自家上表辭官，又未知聖意如何？正是：好似和針呑卻線，刺人腸肚繫人心。（末、丑上唱）

【勝葫蘆】特奉皇恩賜結親，來此把信音傳。若是仙郎，肯諧繾綣，一場好事管取今朝便團圓。

（生白）自家⑧門戶重重閉，春色緣何得入來？未審何人到此？（末、丑白）奉天子之洪恩，領牛公之嚴命，欲與狀元諧一佳偶。（生唱）

【高陽臺】宦海沉身，京塵迷目，名韁利鎖難脫。目斷家鄉，空勞魂夢飛越。閑聒，閑藤野蔓休纏也，俺自有正兔絲⑨和那的親⑩瓜葛。是誰人，無端調引，謾勞饒舌。（末唱）

【前腔換頭】華閱⑪，紫閣⑫名公，黃扉⑬元宰⑭，三槐位裡排列。金屋嬋娟，妖嬈那更貞潔。（丑唱）歡悅，紅樓此日招鳳侶，遣妾每特來執伐。望君家，殷勤首肯，早諧結髮。

---

⑧ 自家：原作「兒家」，據臞仙本改。

⑨ 兔絲：即菟絲。古詩十九首：「與君為新婚，兔絲附女蘿。」故以比喻妻子。

⑩ 的親：嫡親。

⑪ 華閱：高貴的門第。臞仙本作「閥閱」。

⑫ 紫閣：唐改中書省為紫微省，中書令為紫微令，後因稱宰相府為紫閣。

⑬ 黃扉：漢丞相聽事閣門塗黃色，故稱宰相官署為黃扉、黃閣。

⑭ 元宰：即丞相。

（生唱）

【前腔換頭】非別，千里關山，一家骨肉，教我怎生拋撇？妻室青春，那更親鬢垂雪。

差迭⑮，須知少年人愛了，謾勞你姮娥提挈。滿京都，豪家無數，豈必卑末？（末唱）

【前腔換頭】不達，相府尋親，侯門納禮，你卻拒他不屑。繡幕奇葩，春光正當十八。

（丑唱）休撇⑯，知君是個折桂手，留此花待君來扳折。況親奉，丹墀詔旨，非我自相攛

掇。（生唱）

【前腔換頭】心熱，自小攻書，從來知禮，忍使行虧名缺。父母俱存，娶而不告須難說。

悲咽，門楣相府須要選，奈扊扅⑰佳人，實難存活。縱有花容月貌，怎如我自家骨血。

（末唱）

【前腔換頭】迂闊，他勢壓朝班，威傾京國，你卻與他相別⑱。只怕他轉日回天⑲，那時

須有個決裂。（丑唱）虛設，江空水寒魚不食⑳，笑滿船空載明月。下絲綸，不愁無處，

⑮迭：猶「的」、「底」的意思。

⑯撇：裝模做樣；假撇清。又同「憋」。固執的意思。

⑰扊扅：音一ㄢˇ 一ˊ。門栓，比喻貧寒人家。

⑱別：別扭；相背。

⑲轉日回天：比喻丞相勢力之大。

笑伊村殺[21]。

（生白）休閑說。果如是，果蒙聖恩，我明日上表辭官，一就[22]辭婚便了。

（末、丑白）君王詔旨不相從。（生）明日封書奏九重。

（合）正是有緣千里能相會，無緣對面不相逢。（並下）

---

[20] 食：六十種曲本作「餌」。

[21] 村殺：愚蠢得很。

[22] 一就：一面；一併。

第十三齣❶

（外上唱）【出隊子】朝夕縈掛，只為孩兒多用心。不知月老事如何？為甚冰人❷沒信音？顒望❸多時，情緒轉深。

（白）目斷青鸞❹瞻碧霧❺，情深紅葉看金溝❻。自家昨遣院子和官媒去蔡伯喈處說親，怎的不見回來？不免顒俟❼則個。（末、丑上唱）

【前腔】喬才❽堪笑，故阻佯推不肯從。豈是我無佳婿得乘龍❾？他有甚福緣能跨鳳❿？

---

❶ 第十三齣：明通行本本齣標目作「激怒當朝」。

❷ 冰人：晉書索紞傳：「孝廉令狐楚夢立冰上，與冰下人語。紞曰：『冰上為陽，冰下為陰；陰陽事也……君在冰上與冰下人語，為語陰陽，媒介事也。君當為人作媒。』」後將媒人稱作冰人。

❸ 顒望：企望；仰望。

❹ 青鸞：即青鳥，傳說中為西王母傳遞消息者，後即借指使者。漢武故事有「青鳥如鸞」之語，故稱。

❺ 碧霧：碧空雲霧。

❻ 金溝：宮中溝渠。句指御溝紅葉故事。

❼ 顒俟：琵琶記箚記作「顒候」。

❽ 喬才：無賴；壞蛋。喬，狡詐；惡劣。

❾ 乘龍：楚國先賢傳：「孫儁字文英，與李元禮俱娶太尉桓焉女。時人謂桓叔元兩女俱乘龍，言得婿如龍也。」

料想書生，只是命窮。

（外白）媒婆，你來了。事體若何？肯不肯？（丑白）他千不肯，萬不肯，即不肯，又不肯，定不肯，硬不肯，都不肯，只是不肯、不肯。（末白）你住休。告相公：蔡狀元道：已娶妻室，雙親年老，娶妻不告，實難從命。（外怒唱）

【雙鸂鶒】聽伊說教人怒起。漢朝中惟我獨貴，我有女，偏無貴戚豪家匹配！奉聖旨，使我每招狀元為婿。媒婆，不知他回話，有何言語？（丑唱）

【前腔換頭】媒婆告相公知：恨那人作怪蹺蹊⓫。道始得及第，縱有花貌休提。罵相公，罵小娘……（外白）他罵小娘做甚麼？（丑唱）道腳長尺二。（末收介）這般說謊沒巴臂⓬。

【前腔換頭】恩官且聽咨啟：蔡狀元聞說愁眉。忠和孝，恩和義。念父母八十年餘，況已娶了妻室，再婚重娶非禮。待早朝，上表文，要辭官家去，請相公別選一佳婿。（外笑介）

【前腔換頭】他原來要奏丹墀，敢和我廝挺相持。（合）讀書輩，沒道理，不思量違背聖

後作為佳婿之美稱。

⓾ 跨鳳：騎鳳。弄玉有跨鳳昇天的傳說。本句指伯喈無福娶得牛女。

⓫ 蹺蹊：離奇古怪；不合常理。

⓬ 沒巴臂：又作「沒巴鼻」、「沒把臂」。沒頭沒腦；無憑無據。

旨。只教他辭婚辭官俱未得。

（外白）院子，你和官媒再去蔡伯喈處說，看他如何？我如今去朝中奏官裡，只教不准他上表便了。

（外）枉把封書奏帝宮，（末、丑）不如及早便相從。

（合）只教做就羈縻鸞鳳青絲網，勞碌⑬鴛鴦碧玉籠。（並下）

⑬勞碌：緊緊綑縛的意思。臞仙本、六十種曲本作「牢絡」。

第十四齣❶

（貼上唱）【剔銀燈】忒過分爹行所為，但索強❷全不顧人議。背飛❸鳥硬求來諧比翼，隔牆花強扳來做連理。姻緣，還是怎的？我待說呵，婚姻事女孩兒❹家怎提？

（白）姻緣姻緣，事非偶然。好笑俺爹爹將奴家招取狀元為婚❺，狀元不肯從著，俺這裡也索罷。誰想爹爹苦不放過，一定要招做女婿。他既不從我，做夫妻到底也不和順。奴家待將此事對爹爹說，只是此事不是女孩兒每說的話。呀，好悶！（介）（淨魆地❻上探介）（白）慚愧❼，今日能彀得小姐悶也。小姐，你想著甚麼？（貼白）我不想著甚麼。（淨白）為甚托了香腮？你悶則❽甚麼？我且問你，你每常間件件不煩惱，不動情，我看起來，你都是假。你今日莫不是對景傷情來？（貼白）老姥姥，你說

❶ 第十四齣：明通行本本齣標目作「金閨愁配」。
❷ 索強：恃強；爭強。
❸ 背飛：背向而飛。
❹ 兒：錢本據巾箱本補。
❺ 婚：巾箱本作「婿」。
❻ 魆地：暗地。
❼ 慚愧：這裡意為僥倖、難得。
❽ 則：作、做的意思。

那裡話？我為爹爹做事不停當，以此上悶。（淨白）如何？（貼白）爹爹前日偏不道將我嫁與蔡伯喈狀元，後來官媒去說親，其間這狀元不肯從命。他既然不肯，俺這裡也只索罷。爹爹如今又再教媒婆去，我不敢對爹爹說此事。老姥姥，你與我對爹爹說這事。（淨白）這的❾事是你爹爹主意，怎的肯聽我說？

（淨唱）

【桂枝香】書生愚見，忒不通變。不肯坦腹東床❿，謾自去哀求金殿。想他每就裡⓫，將人輕賤。非爹胡纏，怕被人傳：道你是相府公侯女，不能彀嫁狀元。（貼唱）

【前腔】百年姻眷，須教情願。他那裡抵死推辭，俺這裡不索留戀。想他每就裡，有些兒牽絆。怕恩多成怨。滿皇都少甚麼公侯子，何須去嫁狀元？（淨唱）

【大迓鼓】非干是你爹意堅，怕春花秋月，誤你芳年。況兼他才貌真堪羨，又是五百名中第一仙。故把姮娥，付與少年。（貼唱）

【前腔】姻緣須在天，若非人意，到底埋冤。料想赤繩不曾綰，多應他無玉種藍田⓬。休強把姮娥，付與少年。（並下）⓭

❾ 的：六十種曲本無。

❿ 坦腹東床：王羲之故事，見晉書王羲之傳，後多指做女婿。

⓫ 想他每就裡：九宮正始、六十種曲本，本句都有疊句。下曲同。

⓬ 玉種藍田：干寶搜神記卷一一載，楊伯雍隱居終南山，種石而得玉，後以白璧娶徐公女，為種玉姻緣。

⓭ 並下：巾箱本、明本之後有下場詩：「匹配本自然，何須苦相纏？眼前雖成就，到底也埋冤。」

第十五齣❶

（末扮小黃門❷上唱）【北點絳唇】夜色將闌，晨光欲散。把珠簾捲，移步丹墀，擺列著金龍案。（又唱）

【北混江龍】官居宮苑，謾道是天威咫尺近龍顏。每日价親隨車駕，只聽鳴鞭❸。去螭頭❹上拜跪，隨著那豹尾盤旋，朝朝宿衛，早早隨班。做不得卿相當朝一品貴，倒先做他朝臣待漏五更寒。休嗟嘆，山寺日高僧未起，算來兀的名利不如閑。

（白）自家是漢朝一個小黃門。往來紫禁，侍奉丹墀。領百官之奏章，傳一人之命令。正是：主德無瑕因宦習，天顏有喜近臣知。如今天色漸明，正是早朝時分，官裡升殿，怕有百官奏事，只得在此祇候。怎見得早朝？但見銀河清淺，珠斗斕斑。數聲角吹落殘星，三通鼓報傳清曙。銀箭銅壺，點點滴滴，尚有九門❺寒漏；瓊樓玉宇，聲聲隱隱，已聞萬井晨鐘。曈曈曚曚，蒼茫初日映樓臺；拂拂霏霏，

❶ 第十五齣：明通行本本齣標目作「丹陛陳情」。

❷ 小黃門：小宦官。漢以宦官充任黃門令、中黃門諸官，後遂稱宦者為黃門。

❸ 鳴鞭：振鞭發聲，使人肅靜。又稱靜鞭。皇帝出行、視朝儀仗用之。

❹ 螭頭：殿前刻有螭頭形的石階。螭，無角之龍。

❺ 九門：天子所居九門，南面三門，餘各二門，合為九門。

蔥蒨❻瑞煙浮禁苑。巋巋巍巍，千尋玉掌❼，幾點瀼瀼露未晞❽；澄澄湛湛，萬里璇穹❾，一片團團月初墜。三唱天雞，咿咿喔喔，共傳紫陌更闌；百囀流鶯，間間關關❿，報道上林春曉。五門外碌碌剌剌⓫，車兒碾得塵飛；六宮裡嘔嘔啞啞，樂聲奏如鼎沸。只見那建章宮、甘泉宮、未央宮、長楊宮、五柞宮、長楸宮、長信宮、長樂宮，重重疊疊，萬萬千千，盡開了玉關金鎖；昭陽殿、金華殿、長生殿、披香殿、長門殿、麒麟殿、鵷鸞殿、太極殿、白虎殿，隱隱約約，三三兩兩，都捲上繡箔珠簾。半空中忽聽得一聲轟轟劃劃，如雷如霆，震耳的鳴梢響；合殿裡只聞得一陣氤氤氳氳，非煙非霧，撲鼻的御爐香。縹縹緲緲，紅雲⓬裡雉尾扇遮著赭黃袍⓭；深深沉沉，丹墀間龍鱗座覆著彤芝蓋⓮。左列著森森嚴嚴，前前後後的羽林軍、旗門軍、控鶴軍、神策軍、虎賁軍，花迎劍佩星初落；右列著濟濟鏘鏘，高高下下的金吾衛、龍虎衛、拱日衛、千牛衛、驃騎衛，柳拂旌旗露未乾。金間玉，玉間金，

---

❻ 蔥蒨：青翠茂盛貌。

❼ 千尋玉掌：漢武故事載，漢武帝登通天臺俟神靈，上有承露盤，高二十丈，仙人掌擎玉杯，以承雲表之露。

❽ 晞：乾。

❾ 璇穹：美玉般的蒼穹。指天空。

❿ 間間關關：象聲詞，鳥鳴聲。

⓫ 碌碌剌剌：車輪轉動聲。

⓬ 紅雲：比喻帝王所居有紅雲擁繞。

⓭ 赭黃袍：帝王所穿袍衫。

⓮ 芝蓋：車蓋。薛綜注西京賦：「以芝為蓋，蓋有九葩之彩也。」後稱帝王車。

烱烱爍爍，燦燦爛爛的神仙儀從；紫映緋，緋映紫，行行列列，整整齊齊的文武官僚。螭頭陛下，立著一對妖妖嬈嬈，花容月貌，繡鸞袍鴛鴦靴的奉引昭容⑮；豹尾班中，擺著一對端端正正，鐵膾銅肝，白象簡獬豸冠⑯的糾彈御史。拜的拜，跪的跪，那一個敢挨挨挨挨⑰縱喧譁？升的升，下的下，那一個不欽欽敬敬依法禮？但願常瞻仙仗，聖德日新日新日新；與群臣共拜天顏，聖壽萬歲萬歲萬萬歲。從來不信叔孫⑱禮，今日方知天子尊。道猶未了，一個奏事官人早來。（生巾裹上唱）

【點絳唇】月淡星稀，建章宮裡，千門曉。御爐煙裊，隱隱鳴梢杳。忽憶年時⑲，問寢高堂早。雞鳴了，悶縈懷抱，此際愁多少！

（白）不寢聽金鑰，因風想玉珂。明朝有封事，數問夜如何⑳？自家只為父母在堂，今日上表辭官，家去侍奉。天色已明，這是五門外廂，進入去咱。（介）（唱）

【神仗兒】揚塵舞蹈，揚塵舞蹈，遙瞻天表，見龍鱗日耀。（黃門白）不得升殿。（生㉑又唱）

⑮ 昭容：女官名，九嬪之一。
⑯ 獬豸冠：法冠。獬豸傳為神羊，能觸邪佞、別曲直，故冠於執法御史。
⑰ 挨挨挨挨：推搡擁擠。
⑱ 叔孫：叔孫通，漢薛人，漢初訂朝制典禮，廷臣不敢有違，劉邦乃知為皇帝之貴。見漢書叔孫通傳。
⑲ 年時：當年；昔日。九宮正始本句起作前腔換頭。
⑳ 不寢四句：錄自杜甫春宿左省。金鑰，鎖與鑰匙。玉珂，馬飾物。封事，密封的章奏。
㉑ 生：原缺，據巾箱本補。末二句同。

咫尺重瞳[22]高照。（末）[23]何文字，只須在此，一一分剖。（生）遙拜著赭黃袍，遙拜著赭黃袍。（生唱）

【滴溜子】臣邕的，臣邕的，荷蒙聖朝。臣邕的，臣邕的，拜還紫誥[24]。念邕非嫌官小，那[25]家鄉萬里遙，雙親又老。干瀆天威，萬乞恕饒。

（黃門白）吾乃黃門，職掌章奏。有何文表，在此披宣。（生跪唱）

【入破第一】議郎臣蔡邕啟：今日蒙恩旨，除臣為郎官職，重蒙婚賜牛氏。干瀆天威，臣謹誠惶誠恐，頓首頓首：伏念微臣，初來有志，誦詩書，力學躬耕修己，不復貪榮利。事父母，樂田里，初心原[26]如此而已。不想州司，謬取臣邕充試。到京畿，豈料愚蒙，叨居上第。（又唱）

【破第二】重蒙聖恩，婚以牛公女。草茅疏賤，如何當此隆遇？但臣親老，一從別後，光陰又幾。廬舍田園，荒蕪久矣。（又唱）

---

[22] 重瞳：傳說舜目內有二瞳子，後用以指帝王。

[23] 末：原缺，據巾箱本補。

[24] 紫誥：紫泥封口的詔書。

[25] 那：巾箱本作「奈」，義同。

[26] 原：巾箱本、錢本作「願」。

【衮第三】那更老親，鬢垂白，筋力皆癯瘁。形隻影單，無弟兄，誰奉侍？況隔千山萬水，生死存亡，雖有音書難寄。最可悲，他甘旨不供，我食祿有愧。（又唱）

【歇拍】不告父母，怎諧匹偶？臣又聽得，家鄉裡，遭水旱，遇荒饑。多想臣親，必做溝渠之鬼，未可知。怎不教臣，悲傷淚垂？

（黃門白）此非哭泣之處，不得驚動天聽。（生唱）

【中衮第四】㉗臣享厚祿，紆㉘朱紫，出入承明地㉙。獨念二親，寒無衣，飢無食，喪溝渠。憶昔先朝，買臣出，守會稽；司馬相如，持節錦歸㉚。

【煞尾】他遭遇聖時，皆得回鄉里。臣何故，別父母，遠鄉閭，沒音書，此心違？伏惟陛下，特憫微臣之志。遣臣歸，得事雙親，隆恩怎比！

【出破】若還念臣有微能，鄉郡望安置。庶使臣，忠心孝意，得全美。臣無任瞻天望聖，激切屏營之至！

㉗ 中衮第四：臞仙本、六十種曲作中衮第五。

㉘ 紆：繫；垂。

㉙ 承明地：天子寢處的地方。

㉚ 持節錦歸：指司馬相如拜中郎將，建節出使邛、筰事。邛、筰在今四川省境，司馬相如本蜀郡成都人，於是乃衣錦榮歸。見史記司馬相如列傳。節，符節；出使的憑信。

（黃門白）原來如此。吾當與汝轉達天聽，汝只在五門外廂，伺候聖旨。正是：眼望旌捷旗，耳聽好消息。（黃門下）（生唱）

【神仗兒】揚塵舞蹈，揚塵舞蹈，見祥雲縹緲，想黃門已到。料應重瞳看了，多應是，哀念我，私情烏鳥㉛。顒望斷九重霄，顒望斷九重霄。

【滴溜子】天應念，天應念，蔡邕拜禱：雙親的，雙親的，死生未保，可憐恩深難報。一封奏九重，知他聽否？會合分離，都在這遭。

（白）怎的黃門不見回報？想必是官裡准了。天天，若能彀回鄉見父母，何消做官！（黃門捧聖旨上唱）

【前腔】今日裡，今日裡，議郎進表。傳達上，傳達上，聖目看了。道太師昨日先奏，把乘龍女婿招，多少是好！見有玉音，臨降聽剖。

（白）聖旨已到，跪聽宣讀。（生跪）（黃門白）孝道雖大，終於事君；王事多艱，豈遑報父！朕以涼德㉜，嗣續丕基㉝。眷茲警動㉞之風，未遂雍熙㉟之化。爰招俊髦㊱，以輔不逮。咨爾才學，允愜輿情。是

㉛ 烏鳥：烏鴉反哺，故以喻奉養父母之情。

㉜ 涼德：薄德。例行套語。

㉝ 丕基：大業，指即帝位。

㉞ 警動：動蕩不寧。

㉟ 雍熙：和樂貌。

㊱ 俊髦：才能出眾之士。

用擢居議論之司，以求繩糾㊲之益。爾當恪守乃職，勿有固辭。其所議姻事，可曲從師相㊳之請，以成桃夭㊴之化。欽予特命，裕汝乃心。謝恩。（生拜起白）黃門哥，你與我官裡跟前再奏咱㊵，我情願不做官。（黃門白）這秀才好不曉事，聖旨誰敢別，這裡不是鬧炒去處。（生慌介）（白）我自去拜還聖旨，如何？（黃門扯介）做甚麼？這秀才好怪麼，你去不得。（生哭介）（唱）

【啄木兒】苦！我親衰老，妻幼嬌，萬里關山音信杳。他那裡舉目淒淒，我這裡回首迢迢。他那裡望得眼穿兒不到，俺這裡哭得淚乾親難保。閃殺㊶人麼一封丹鳳詔。（黃門唱）

【前腔】何須慮，不用焦，人世上離多歡會少。大丈夫當萬里封侯，肯守著故園空老？畢竟事君事親一般道，人生怎全得忠和孝？卻不見母死王陵歸漢朝㊷？（生唱）

【三段子】這懷怎剖？望丹墀天高聽高。這苦怎逃？望白雲山遙路遙。（黃門唱）你做官與親添榮耀，高堂管取加封號，與你改換門閭偏不好？（生唱）

【歸朝歡】冤家的，冤家的，苦苦見招，俺媳婦埋冤怎了？饑荒歲，饑荒歲，怕他怎熬？

㊲ 繩糾：彈正舉發。

㊳ 師相：牛丞相拜太師，故稱。

㊴ 桃夭：詩經篇名，贊男女當及時嫁娶。

㊵ 咱：語尾助詞，表示請求。

㊶ 閃殺：苦煞；害煞。

㊷ 母死句：王陵歸漢，母陷楚軍，母自刎以堅陵志。見漢書王陵傳。

俺爹娘怕不做溝渠中餓殍？（黃門唱）譬如四方戰爭多徵調，從軍遠戍沙場草，也只為國忘家怎憚勞？

（生白）家鄉萬里信難通。（黃門）爭奈君王不肯從。

（合）情到不堪回首處，一齊分付與東風。

第十六齣❶

（丑扮里正上唱）【普賢歌】身充里正實難當，雜泛應承❷日夜忙。官司點義倉，並無些子❸糧，拚一個拖翻吃大棒。

（白）我做都官❹管百姓，另是一般行徑。破靴破笠破衣裳，打扮須要廝稱。到州縣百般下情，下鄉村十分高興。討官糧大大做個官升，賣食鹽輕輕弄些喬秤。點催首❺放富差貧，保上戶❻欺軟怕硬。猛拚把持放潑，畢竟是個畢竟。誰知道天不由人，萬事皆已前定。詐得五兩十兩，到使五錠十錠。主人家❼不時要饋送，畫卯酉❽人多要雇倩。田園盡都典賣，並無寸土餘剩。叵耐廳前祗候，叵耐司房

---

❶ 第十六齣：明通行本本齣標目作「義倉賑濟」。

❷ 應承：原作「膺承」，據錢本改。明本作「差徭」。

❸ 些子：些兒；一點兒。

❹ 都官：一都之官，即里正。宋史袁燮傳：「合保為都，合都為鄉。」

❺ 催首：指定催繳錢糧的人。舊以欠數最多者為頭。

❻ 上戶：即富戶。舊時按資產分上、中、下三等承擔稅役，富戶為避重就輕都隱匿資產。六十種曲作「解戶」。

❼ 主人家：指上司。

❽ 畫卯酉：古時官署，卯時（上午五至七時）簽到，酉時（下午五至七時）簽退，謂之畫卯或畫卯酉。這裡意為點名應到。

典令❾。把我千樣淩持❿，把我萬般督並⓫。動不動丟了破笠，打得我黃腫成病。幾番要自縊投河，不要這條性命。今番又點義倉，並無糧米支應。若還把我拖翻，便叫高抬明鏡。小人也不是都官，小人也不是里正，休得錯打了平民。猜你是誰？我是搬戲的副淨。苦！往常間把義倉穀搬得家裡去養老婆孩兒了，今日上司官點義倉，支穀賑濟貧民，那裡討穀？且無錢糴還。沒奈何我把老婆賣了，取錢糴穀還義倉。老婆，你且出來。（淨上白）老公，老公，苦咳！點義倉那裡討穀？又著吃打。（丑白）沒奈何，一夜夫妻百夜恩，你終不然教我吃打？這般荒年，又供膳不得。我如今把你賣幾貫錢，糴穀還義倉。（淨）哼嗯！你怕吃打，便賣老婆。骨臀難得？老婆難得？（丑）沒奈何。（扯淨叫介）一街兩市，上戶官人，里正賣老婆，誰要買麼？（淨）我弗賣。（推丑倒介。走下）（丑起白）好好，討得這好老婆。沒奈何，只有一個孩兒，把來賣。孩兒出來。（淨上白）爹爹，你吃打自吃打，莫要賣了我。（丑）你來。我這孩兒極孝順，阿爹養孩兒，如何不愛惜你？事到頭來，官司逼臨，往常將義倉穀家裡來吃，終不然都是我吃了？你也有分。子孫，我如今賣了你，取錢糴穀還官司。（淨）苦咳！怕吃打便賣孩兒，骨臀難得？孩兒難得？（丑）不依我說？（扯淨叫介）一街兩市，上戶官人，里正賣孩兒，誰要買麼？（淨推丑倒介。走下）（丑起白）好好，討得好老婆，養得好孩兒，這是我平日潑皮放刁的報應⓬。我沒奈何，

---

❾ 典令：即典史、令史一類府縣書辦。原作「耍」，六十種曲作「喬」，據巾箱本改。

❿ 淩持：欺淩；淩虐。

⓫ 督並：督促逼迫。

⓬ 沒奈何等句：自「沒奈何我把老婆賣了」至「放刁的報應」，巾箱本無此一段科諢。

去與李社長⑬商量看。轉彎抹角，兀的便是李社長家裡。李社長，李社長。（淨應介，扮李社長上唱）

【前腔】身充社長管官倉，老小一家得倉裡養。事發盡不妨，里正先吃棒。尊兄⑭，打了都官，方打社長。

（淨白）都官苦了，上司便來，你都不商量糴穀還官司，你吃打也。（丑白）教我如何商量？穀都是你吃了，你自著⑮商量。（淨）你在這裡，我去相識家張外郎處借些穀子影射⑯便了。（丑）你去便來，我開倉等你。（淨）我去，只恐上山擒虎易，開口告人難。（淨下）（丑開倉介）好義倉也，沒穀在倉裡，不知社長去借有麼？（望介）妙哉！妙哉！社長借穀來了。（淨上白）求人須求大丈夫，濟人須濟急時無。好好，借得兩杠三石七斗四升八合零二百一十五粒在這裡。你上倉去，我在下送上與你。（介）（丑）妙哉！倉滿了。你去看上司官來了未？我在這裡封了倉。（淨）我去。正是：眼望旌捷旗，耳聽好消息。（淨下）（丑介）好了，一倉穀已滿了，且省得吃打。不知相公來在那裡？免不得向前迎接則個。（行介）

（淨扮喬孤⑰末引道上唱）

【前腔】親承朝命賑饑荒，躍馬揚鞭來到此方。里正那裡？疾忙開義倉，支與百姓糧。咳⑱！

---

⑬ 社長：鄉官，位低於里正。
⑭ 尊兄：巾箱本作「（丑白）饒得你過麼？」六十種曲作「尊兄，饒得你過麼？」
⑮ 著：即「作」。
⑯ 影射：遮瞞。
⑰ 喬孤：扮官。喬，裝扮。孤，當場裝官者。

從實支收休要謊。

（淨白）里正，將收支帳目來看。（丑介）（淨讀介）原管二十九石，新收三十六石，除支一十九石，現在四十六石。（淨）開了倉。（末、丑開倉）（淨看介）胡說！這那得有四十六石？（丑）有有，相公。（淨）與他取了甘結⑲。（末介）（淨）里正，去喚各各民戶，來此請穀。（丑）小人去。一心忙似箭，兩腳走如飛。（丑下）（淨）那廝說謊，這些兒穀，如何有四十六石？（末）由他，果必不彀，其間只教他賠償便了。（淨）也說得是。（丑做丐子上唱）

【吳織機】⑳肚又飢，眼又昏，家私沒半分，子哭兒啼不可聞。聞知相公來濟民，請些官糧去救窘。

（末白）老的姓甚？名誰？家裡有幾口？（丑白）老的姓丘，名乙己；住上大村；有三千七十口。（淨）胡說！（丑）告相公：上大人，丘乙己，化三千，七十士㉑。（末）一口胡柴。（淨）你實有幾口？（丑）小人夫妻兩口，孩兒兩口。（淨）支糧與他。（末介）支四口糧了。（丑）多謝相公。正是：一日不識羞，三日吃飽飯。（丑下）（淨）與他勾了帳，已支一名去了。怎的里正都不見來？（末）告相公：寧管千軍，莫管一夫。偌多百姓，如何喚得齊到？由他續後而來便了。（丑換扮上唱）

---

⑱ 咳：原作「猜」，據巾箱本改。

⑲ 甘結：具結保證的文書。

⑳ 吳織機：臞仙本、九宮正始、六十種曲作吳小四。

㉑ 上大人四句：唐以後的童蒙讀物文字，描紅習字多用之。

【前腔】嘆連朝，飢怎忍？家中有八九人。前日老婆典了裙，今日慌忙典布裩，恰好官司來濟貧。

（淨）你問他姓甚？名誰？有幾口？（末）老的，你姓甚？名誰？有幾口？（丑）小人姓大，名比丘僧。（末）你住在那裡？（丑）小人住在祇樹給孤獨園㉒，有一千二百五十口。（淨、末）胡說！（丑）告相公：彌陀經㉓中說：祇樹給孤獨園，與大比丘僧㉔一千二百五十人俱。（末）佛口蛇心。（淨）實有幾口？（丑）有兩個媳婦，三個孩兒，和小人共六口。（淨）支糧與他。（末）六口糧支了。（丑）小人有七口。（末）你說六口，那得七口？（丑）老的老婆懷孕在肚裡，孩兒也要吃飯。（末）且打你吃胎去。（丑）正是：今日得君提掇起，免教身在污泥中。（丑下）（旦上唱）

【搗練子】嘆命薄，嘆年艱，含羞和淚向人前，只恐公婆懸望眼。

（白）路當險處難迴避，事到頭來不自由。奴家少長閨門，不識途路。今日見官司支糧濟貧，免不得去請些子救公婆之命。（見淨介）（淨白）婆娘，你姓甚？名誰？（旦白）奴家姓趙，名五娘；是蔡伯喈的妻房。（淨白）你丈夫那裡去了？（旦唱）

【普天樂】我兒夫一向留都下。（淨白）你家裡有誰？（旦唱）**俺只有年老的爹和媽。**（淨白）更

㉒ 祇樹給孤獨園：即祇園，佛家所言釋迦在舍衛國說法時與僧徒停居之處。祇樹，梵語「勝地」。給孤獨，舍衛城長者名。

㉓ 彌陀經：鳩摩羅什所譯佛說阿彌陀經。

㉔ 比丘僧：出家修行的男僧。佛家稱少年出家者為沙彌，二十歲受具足戒，成為比丘。

有誰？（旦唱）**弟和兄更沒一個。**（淨白）誰侍奉公婆？（旦唱）**看承盡是奴家。**（淨白）何不使個人來請穀，婦人怎生路上走？（旦打悲介唱）**歷盡苦誰憐我？**相公，**怎說得不出閨門的清平話？**（淨白）支糧與他。（末白）糧沒了。（旦哭介唱）苦！**若無糧我也不敢回家，豈忍見公婆受餓。**

嘆奴家命薄，直恁摧銼。

（淨白）左右，你去拿那里正來，要那廝賠償。（末白）小人去。假饒走到焰摩天㉕，腳下騰雲須趕上。（末下）（旦白）望相公主張，與奴家出些氣力。（淨白）不妨，不妨。（末押丑上）一似甕中捉鱉，手到拿來。（淨罵介）這潑皮賊！你得糧那裡去了？你快招伏。（丑白）小人不招。（淨介）（末介）（丑白）小人招了。（淨督丑讀招）招伏人姓貓，名狸；見年三十有餘。身上別無疾病，只有白帶不除。今與短狀招伏，蓋為官糧欠虧。說道義倉情弊，中間無甚蹺蹊。稻熟排門收斂，斂了各自將歸。並無倉廩盛貯，那有帳目收支？縱然有得些小，胡亂寄在民居。官司差人點視，便糴些穀支持。上下得錢便罷，不問倉廩空虛。假饒清官廉吏，也吃我影射片時。東家借得十杠，西家借得五箕。但見倉中有穀，其間就裡怎知？年年把當常事，番番一似耍嬉。不道今年荒旱，不道今年民饑。不因分俵賑濟，如何會洩天機？假饒走到三十三天㉖，里正都無罪過。（淨、末）為甚的？（丑）只是點糧詐錢的坐馬坐驢。招伏執結是實，伏乞相公裁旨。（淨白）打那廝，要他賠償。（末押丑下）懼法朝朝樂，欺公日日憂。（淨、

㉕ 焰摩天：佛家所說三十三天之一，句中泛言天之高處。

㉖ 三十三天：佛教言，須彌山頂，四方各有四峰，每峰各有八天，合稱三十三天。俗諺中用以極言其高。

旦介）（末押丑上）假饒人心似鐵，怎逃官法如爐？（末、丑）穀在這裡了。（淨白）將與這小娘子。（旦）謝相公！（丑覷覷介）由你半路去，我但好歹與你奪了。（旦白）謝得恩官為主維。（丑介）只教中路受災危。（淨、末）正是：當權若不行方便，如入寶山空手回。（並下）（旦在場白）一斟一酌，莫非前定。今日奴家去請糧，誰知道里正作弊，倉中無穀。若不得相公主張，交里正賠償，奴家如何得這些穀回家，救濟二親之餓？正是飢時得一口，強如飽時得一斗。（旦欲下）（丑上攔住白）恩人相見，分外眼明。仇人相見，分外眼睜。我也會見你。適來不是你只管告不了，相公如何教我賠納？這穀是我賣老小賣家私得來的，你如何把去？（丑奪介）（旦唱）

【鎖南枝】兒夫去，竟不還，公婆兩人都老年。從昨日到如今，不能彀得餐飯。奴請糧，他在家懸望眼。念我老公婆，做方便。（丑介）（旦唱）

【前腔換頭】鄉官可憐見，這是公婆命所關。若是必須將去，寧可脫了奴衣裳，就問鄉官換。（丑白）不要，你身上寒冷。（旦唱）寧使奴，身上寒。只要與公婆，救殘喘。（丑奪穀介下）（旦介唱）

【前腔】你奪將去，真可憐，公婆望奴奴不見。縱然他不埋冤，道我做媳婦還何幹？他忍飢，添我夫罪愆。怎得見，我夫面？

（白）我終久是個死，這裡有一口井，不如投入井中死。（投介）呀！

【前腔換頭】將身赴井泉，思量左右難。我丈夫當年分散，叮嚀祝付爹娘，教我與他相

看管。我死卻，他形影單。夫婿與公婆，可不兩埋冤？（外上唱）

【前腔】媳婦去，不見還，教我在家凝望眼。（外跌介，旦扶，外虛打旦介）（外唱）你在這裡閑行，教我望著肝腸斷。（旦唱）公公，奴請糧，與你充午餐。又誰知被人騙。

（外白）原來你被人騙。（唱）

【前腔換頭】苦！思量我命乖蹇，不由人不珠淚漣。料想終須飢死，不如早赴黃泉，免把你相牽絆。媳婦，婆年老，不久延。你須是，好看管。（旦唱）

【前腔】公公，伊還身棄，我苦怎言！公還死了婆怎免？兩人一旦身亡，教我獨自如何展？算來吃苦辛，其實難過遣。我痛傷悲，只得強相勸。（外唱）

【前腔換頭】媳婦，你衣衫盡皆典，囊篋又罄然。縱然目前存活，到底日久日深，你與我難相戀。衣食缺，要行孝難。不如活冤家，早拆散。（外投井介）（旦救住）（末挑穀上唱）

【前腔】不豐歲，荒歉年，生離死別真可憐。縱有八口人家，飢餓應難免。子忍飢，妻忍寒。痛哭聲，恁哀怨。

（白）相逢盡是飢寒客，安樂何曾見一人？呀！兀的不是蔡員外和小娘子在這裡？員外，娘子，你在這裡做甚麼？（旦白）告公公：一言難盡。奴家今日聞知給散義倉，去請些糧穀，與公婆為口食之資。誰想里正作弊，倉中無穀，謝得相公督令里正賠納，把分付與奴家。來到半途，又被里正奪去，將奴家推倒。如今公公見說，要投井死，奴家在此勸解公公。（末）原來恁的。我與你罵那廝一和㉗：嘈！官司差設你為里正，交你管著鄉都。義倉乃豐年聚斂，以為荒歉之儲。你卻與社長偷盜，致令賑濟不敷。比及這娘子到來請穀，倉中已自空虛。相公督並你賠納，於理不亦宜乎！你顛倒半途與他奪去，又將他推倒街衢。卻不道救人一命，勝造七級浮屠。他公公見說要投井死，我倘若來遲，他險喪溝渠。你這般不仁不義，謾自家有贏餘。空吃人的五穀，枉帶人的頭顱。身著人的衣服，一似馬牛襟裾㉘。我歷數你從前過惡，真個罪不容誅。動不動逞凶行惡，你那些個恤寡憐孤！我若早來一步，放不過你這橫死㉙蠻驢。拚著七十年老命，和你生死在須臾。（介）休休，人知的只道我好心賭是㉚，不知我的道我恃老無藉之徒㉛。小娘子，你丈夫當年出去，把爹娘分付與老夫。今日荒年饑歲，虧殺你獨自支吾。終不然我自飽暖，教你受飢寒勤劬。古語救災恤鄰，濟人須濟急時無。我也請得些糧在此，小娘子，分一半與你將去，胡亂救濟公姑。（與介）（旦白）謝得公公！（旦唱）

【洞仙歌】苦！我家私沒半分，靠著奴此身。只要救我公婆，豈辭多苦辛？（合）空把珠淚搵，誰憐飢與貧？這苦說不盡。（外唱）

㉗ 一和：一回；一番。

㉘ 馬牛襟裾：穿人衣服而不改馬、牛本質。指人面獸心。襟裾，衣襟。

㉙ 橫死：遭橫禍致死，俗謂不得好死。

㉚ 賭是：曉事明理。賭，即「睹」。是，或作「時」、「事」。

㉛ 無藉之徒：無賴漢。

【前腔】本為泉下人，謝你救我一命存。只恨我不久身亡，報不得媳婦恩。（合前）（末唱）

【前腔】見說不可聞，況我托在鄰。終不然我享安榮，忍見伊受窘？（合前）

（旦白）命薄多磨吃苦辛。（外白）不如身死早離分。

（合）惟有感恩並積恨，萬年千載不生塵。（並下）

第十七齣❶

（丑做媒婆上唱）【蠻牌令】終日走千遭，走得腳無毛。何曾見湯水面？也不見半錢糟。倒不如做虔婆❷頂老❸，也得些鴨❹汁吃飽。窮酸秀才直恁喬，老婆與❺他妝甚腰❻？

（白）我做媒婆老了，不曾見這般好笑。叵耐一個秀才，老婆與他不要。別人見媒歡喜，他倒和我尋鬧。相公不肯干休，只管在家焦燥。把媒婆放在中間，旋得七顛八倒。走得鞋穿襪綻，說得唇乾口燥。休休，也不怕你親事不成，也不怕姻緣不到。不吃❼你男兒不從，不信你婦人不好。只怕紅羅帳裡快活，不叫媒婆聒噪。好好，狀元來了。（生上唱）

【金蕉葉】恨多怨多，俺爹娘知他怎❽麼？擺不去功名奈何？送將來冤家怎躲？

❶ 第十七齣：明通行本本齣標目作「再報佳期」。
❷ 虔婆：鴇母。
❸ 頂老：妓女。
❹ 鴨：罵人之詞，猶言王八。
❺ 與：原作「舉」，據巾箱本改。
❻ 妝甚腰：做甚麼假；擺甚架子。妝腰即妝幺，裝腔作勢、擺架子的意思。
❼ 不吃：不怕；不由。
❽ 怎：原作「有」，據九宮正始改。

（相見介）（丑白）萬福。賀喜狀元！牛丞相選定今日畢結姻親，筵席安排已了，請狀元早赴佳期。（生唱）

【三換頭】名韁利鎖，先自將人摧剉。況鸞拘鳳束，甚日得到家？我也休怨他咱，這其間，只是我，不合來，長安看花。悶殺我爹娘也，珠淚空暗墮。（合）這段姻緣，只是我無如之奈何。（丑唱）

【前腔】鸞臺妝罷❾，鵲橋❿初駕，佳期近也。請仙郎到呵，明知縈掛。這其間，只得把，那壁廂，且都拚捨。他奉著君王詔，怎生別了他。（合前）

（丑白）及早赴佳期。（生白）歡娛成怨悲。

（合）情知不是伴，事急且相隨。（並下）

---

❾ 妝罷：原作「罷妝」，據錢本改。

❿ 鵲橋：七月七夕牛郎織女渡鵲橋相會的故事。

第十八齣❶

（外上唱）【傳言玉女】燭影搖紅，簾幕瑞煙浮動，畫堂中珠圍翠擁。妝臺對月，下鸞鶴神仙儀從。玉簫聲裡，一雙鳴鳳。

（白）左右何在？（末上白）畫堂深處風光好，別是人間一洞天。（外白）來！我今日與小娘子畢姻，筵席安排了未？（末白）已安排了。（外白）怎見得？（末白）〔水調歌頭〕屏開金孔雀，褥隱❷繡芙蓉。獸爐煙裊，蓮臺絳蠟吐春紅。廣設珊瑚席子，高把真珠簾捲，環列翠屏風。人間丞相府，天上蕊珠宮❸。錦遮圍，花熳爛，玉玲瓏。繁弦脆管，歡聲鼎沸畫堂中。簇擁金釵十二❹，座列三千珠履❺，談笑盡王公。正是門闌多喜氣，女婿近乘龍。（外白）狀元來了未？（末白）遠遠望見一簇人馬鬧炒，想是狀元來了。（生上唱）

【女冠子】馬蹄篤速❻，傳呼齊擁雕轂。（外唱）宮花帽簇，天香袍染，丈夫得志，佳婿乘

❶ 第十八齣：明通行本本齣標目作「強就鸞凰」。
❷ 隱：隱耀。
❸ 蕊珠宮：道家所言天上的仙宮。
❹ 金釵十二：白居易戲贈牛僧孺有「金釵十二行」之句，比喻歌妓眾多。
❺ 三千珠履：史記春申君列傳：「春申君客三千餘人，其上客皆躡珠履。」後喻門客眾多而又豪奢。

龍❼。（貼上唱）妝成聞喚促，又將嬌面重遮，羞蛾輕蹙。（淨、丑執掌扇上唱）這姻緣不俗。

（合）金榜題名，洞房花燭。

（丑白）請新人交拜。（生、貼❽介）（生唱）

【畫眉序】扳桂步蟾宮，豈料絲蘿在喬木❾。喜書中今日，有女如玉❿。堪觀處絲幕牽紅，恰正是荷衣穿綠。（合）這回好個風流婿，偏稱⓫洞房花燭。（外唱）

【前腔】君才冠天祿⓬，我的門楣稍賢淑。看相輝清潤，瑩然冰玉⓭。光掩映孔雀屏開，花爛熳芙蓉隱褥。（合前）（貼唱）

【前腔】頻催少膏沐，金鳳斜飛鬢雲矗。已逢他蕭史，愧非弄玉。清風引珮下瑤臺，明

❻ 篤速：馬蹄聲。

❼ 乘龍：明刊本作「坦腹」。

❽ 貼：原作「旦」，據錢本改。

❾ 喬木：松柏之屬。詩經小雅頍弁：「蔦與女蘿，施於松柏。」以攀援植物緣樹而生比喻女子出嫁後依賴男子。

❿ 如玉：宋真宗趙恆勸學篇有「娶妻莫恨無良媒，書中有女顏如玉」之句，是舊時讀書人追求之一。

⓫ 偏稱：原作「稱偏」，據巾箱本改。

⓬ 天祿：這裡指天祿閣，漢藏祕書、處賢才之所。

⓭ 冰玉：世說新語注引衛玠別傳言，衛玠娶樂廣女，人稱「妻父有冰清之姿，婿有壁潤之望」。後來即以冰清玉潤作為翁婿的美稱，簡作冰玉。

月妝成金屋。（合前）（淨、丑、末唱）

【前腔】湘裙顫六幅，似天上嫦娥降塵俗。喜藍田今日，種成雙玉。風月賽閬苑三千，雲雨笑巫山二六⑭。（合前）（生唱）

【滴溜子】謾說道姻緣，果諧鳳卜⑮。細思之⑯此事，豈吾意欲？有人在高堂孤獨。可惜新人笑語喧，不知舊人哭。兀的東床，難教我坦腹。（合唱）

【鮑老催】翠眉謾蹙，赤繩已繫夫婦足，芳名已注婚姻牘。空嗟怨，枉嘆息，休推速⑰。畫堂富貴如金谷，休戀故鄉生處樂，受恩深處親骨肉。（合唱）

【滴滴金】金猊寶篆香馥郁，銀海瓊舟泛醽醁。輕飛翠袖呈嬌舞，囀鶯喉歌麗曲。歌聲斷續，持觴勸酒人共祝。人共祝，百年夫婦永和睦⑱。（合唱）

【鮑老催】意深愛篤，文章富貴珠萬斛，天教艷質為眷屬。似蝶戀花，鳳棲梧⑲，鸞停

---

⑭ 二六：即十二。巫山群峰，以獨秀等十二峰最為著名。句用楚懷王夢巫山神女的故事。

⑮ 鳳卜：史記田敬仲完世家：齊懿仲欲以女嫁陳完，占卜後，得「鳳凰于飛，和鳴鏘鏘」的吉語。原意指擇婿，這裡意為婚姻吉兆。

⑯ 之：原作「知」，據巾箱本改。

⑰ 推速：疑即推索，意為推求、猶豫。巾箱本旁注為推故，亦通。臞仙本作「摧挫」，眉批云：「摧挫，諸本作推故，吳本作推促，皆非。」

⑱ 永和睦：臞仙本無「和」字。

竹。男兒有書須勤讀，書中自有黃金屋，也自有千鍾粟。（合唱）

【雙聲子】郎多福，郎多福，看紫綬黃金束。娘分福⑳，娘分福，看花誥㉑紋犀軸㉒。兩意篤，兩意篤。豈非福，豈非福。似文鴛彩鳳，兩兩相逐。

（合白）清風明月兩相宜，女貌郎才天下奇。
正是洞房花燭夜，果然金榜掛名時。（並下）㉓

⑲ 棲梧：詩經大雅卷阿：「鳳凰鳴矣。」注云：「鳳凰之性，非梧桐不棲，非竹實不食。」

⑳ 分福：即福分。

㉑ 花誥：金花紙所製官誥。

㉒ 紋犀軸：犀牛角花紋的卷軸。

㉓ 並下：矚仙本、六十種曲本之後有：「〔餘文〕郎才女貌真不俗，占斷人間天上福，百歲姻緣萬事足。」

第十九齣❶

（旦上唱）【薄幸】野曠原空，人離業敗。謾盡心行孝，力枯形瘁。幸然爹媽，此身安泰。恓惶處，見慟哭飢人滿道，嘆舉目將誰倚賴？

（白）曠野消疏絕煙火，日日荒雲❷黯村塢。死別空原婦泣夫，生離他處兒牽母。睹此恓惶實可憐，思量自覺此身難。高堂父母老難保，上國❸兒郎去不還。力盡計窮淚亦竭，淹淹氣盡知何日❹？空原黃土謾成堆，誰把一抔掩奴骨？奴家自從丈夫去後，屢遭饑荒，衣衫首飾盡皆典賣，家計蕭然。爭奈公婆死生難保，朝夕又無可為甘旨之奉，只得逼邏幾口淡飯。奴家自把細米皮糠逼邏吃，苟留殘喘，也不敢交公公婆婆知道，怕他煩惱。奴家吃時，只得迴避他。（逼邏飯介）公公婆婆早來。（外、淨上唱）

【玉井蓮後】忍餓擔飢，未知何日是了？

（旦白）請吃飯。（介）（淨嫌介白）然則❺是饑荒年歲，只兀的教我怎吃？（外白）胡亂這般時節，分

---

❶ 第十九齣：明通行本本齣標目作「勉食姑嫜」。

❷ 日日荒雲：臞仙本、六十種曲本作「日色慘淡」。

❸ 上國：指京城。劉長卿客舍贈別韋九建赴任河南：「頃者遊上國，獨能光選曹。」

❹ 淹淹句：本句六十種曲作「力盡計窮知何日」。淹淹，奄奄，氣息微弱的樣子。

❺ 然則：雖則。

甚好歹？（淨唱）

【羅鼓令】❻我終朝的受餒，你將來的飯怎吃？疾忙便抬，非干是我有些饞態。（外唱）你看他衣衫都解，好茶飯將甚去買？婆婆，兀的是天災，教他媳婦每難布擺。（旦唱）婆婆息怒且休罪，待奴家一霎時卻❼得再安排。（合）思量到此，珠淚滿腮。看看做鬼，溝渠裡埋。縱然不死也難捱，教人只恨蔡伯喈。（淨唱）

【前腔】如今我試猜：多應是你獨噇❽病來？多應是你買些鮭❾菜？我吃飯他緣何不在？這些意真乃是歹。（外唱）婆婆，他和你甚相愛，不應反面直恁的乖。（旦唱）我千辛萬苦，有甚情懷？可不道我臉兒黃瘦骨如柴。（合前）

（淨白）抬去，抬去。（外）媳婦，收拾將去了。（旦收介）待奴家去買些東西，再安排飯。（淨、外）你去。（旦白）正是：啞子謾嘗黃柏❿味，難將苦事向人言。（旦下）（淨白）公公，親的到底只是親，親生孩兒不留在家，今日著這媳婦供養你呵；前番骨自有些鮭菜；這幾番只得些淡飯，教我怎的捱？更

---

❻ 羅鼓令：九宮正始引分作刮鼓令、皂羅袍、包子令三牌。注：「按此調之總題及犯調，據元譜及古本蔡伯喈皆如是者。」

❼ 卻：還。

❽ 噇：吃喝無節制；貪嘴。

❾ 鮭：音ㄒㄧㄝˊ。吳人總稱魚、菜。陸游北窗即事云：「粗餐豈復須鮭菜。」

❿ 黃柏：即黃蘗，蘗用木名，味苦。

過幾日，和飯也沒有。你看他前日自吃飯時節，百般躲我，敢背地裡自買些下飯⓫受用分曉。（外白）婆婆，休錯埋冤了人，我看這媳婦好生受⓬，不是這般樣人。（淨白）恁的！等他自吃飯時節，我兩人去探一探，方知端的。（外）也說得是。

（合白）渾濁不分鰱共鯉，　水清方見兩般魚。（並下）

⓫ 下飯：亦作「嗄飯」。菜肴。

⓬ 生受：為難；辛苦。

第二十齣❶

（旦上唱）【山坡羊】亂荒荒不豐稔的年歲，遠迢迢不回來的夫婿。急煎煎不耐煩的二親，軟怯怯不濟事的孤身己❷。衣盡典，寸絲不掛體。幾番要賣了奴身己，爭奈沒主公婆教誰看取？（合）思之，虛飄飄命怎期？難捱，實丕丕❸災共危。

【前腔】滴溜溜難窮盡的❹珠淚，亂紛紛難寬解的愁緒。骨崖崖❺難扶持的病體，戰欽欽❻難捱過的時和歲。這糠呵，我待不吃你，教奴怎忍飢？我待吃呵，怎吃得❼？（介）苦！思量起來不如奴先死，圖得不知他親死時。（合前）

❶ 第二十齣：明通行本本齣標目作「糟糠自厭」。

❷ 身己：自稱詞「身」「己」互文，即身體。

❸ 實丕丕：實實在在；確確實實。丕丕，強調程度。

❹ 的：原缺，據錢本補。

❺ 骨崖崖：形容骨瘦如柴。又作「骨挃挃」、「骨巖巖」。谷子敬集賢賓閨情套：「骨挃挃削了玉肌，瘦懨懨寬了繡衣。」意同。

❻ 戰欽欽：戰戰兢兢。欽欽，亦作「欣欣」。

❼ 我待二句：巾箱本作小字白文，「得」後有「下」字。

（白）奴家早上安排些飯與公婆，非不欲買些鮭菜，爭奈無錢可買。不想婆婆抵死埋冤，只道奴家背地吃了甚麼。不知奴家吃的卻是細米皮糠，吃時不敢教他知道，只得迴避。便埋冤殺了，也不敢分說。苦！真實這糠怎的吃得⑧。（吃介）（唱）

【孝順歌】⑨嘔得我肝腸痛，珠淚垂，喉嚨尚兀自牢嗄住。糠！遭礱被舂杵，篩你簸揚你，吃盡控持⑩。悄似⑪奴家身狼狽，千辛萬苦皆經歷。苦人吃著苦味，兩苦相逢，可知道欲吞不去。（吃吐介）（唱）

【前腔】糠和米，本是兩倚依，誰人簸揚你作兩處飛？一賤與一貴，好似奴家共夫婿，終無見期。丈夫，你便是米麼，米在他方沒尋處。奴便是⑫糠麼，怎的把糠救得人飢餒？好似兒夫出去，怎的教奴，供給得公婆甘旨？（不吃放碗介）（唱）

【前腔】思量我生無益，死又值甚的！不如忍飢為怨鬼。公婆年紀老，靠著奴家相依倚，只得苟活片時。片時苟活雖容易，到底日久也難相聚。謾把糠來相比，這糠尚兀自有人吃⑬，

---

⑧ 得：琵琶記箚記「得」後有「下」字。
⑨ 孝順歌：九宮正始作孝順兒，「嘔得」至「控持」作孝順歌，「悄似」後作江兒水。
⑩ 控持：折磨；磨難。
⑪ 悄似：渾似；直似。
⑫ 是：箚記作「似」。
⑬ 這糠句：原作大字曲文，據巾箱本改。

奴家骨頭，知他埋在何處？

（外、淨上探白）媳婦，你在這裡說甚麼？（旦遮糠介）（淨搜出打旦介）（白）公公，你看麼？真個背後自逼邏東西吃，這賤人好打！（外白）你把他吃了，看是甚麼物事？（淨荒吃介）（吐介）（外白）媳婦，你逼邏的是甚麼東西？（旦介）（唱）

【前腔】這是穀中膜，米上皮，將來逼邏堪療飢。（外、淨白）這是糠，你卻怎的吃得？（旦唱）嘗聞古賢書，狗彘食人食⑭，公公，婆婆，須強如草根樹皮。（外、淨白）這的不嗄殺了你？（旦唱）嚼雪餐氈蘇卿⑮猶健，餐松食柏⑯到做得神仙侶，縱然吃些何慮？（白）公公，婆婆，別人吃不得，奴家須是吃得。（外、淨白）胡說！偏你如何吃得？（旦唱）爹媽休疑，奴須是你孩兒的糟糠妻室⑰！

（外、淨哭介，白）原來錯埋冤了人，兀的不痛殺了我！（倒介）（旦叫介唱）

---

⑭ 狗彘食人食：孟子梁惠王：「狗彘食人食而不知檢。」原意謂狗豬吃人的糧食，這樣奢侈浪費竟不知收斂。這裡說，人倒吃豬狗食。

⑮ 蘇卿：即蘇武。字子卿。武帝時出使匈奴，受盡磨難，曾以雪為飲，以氈為食，得不死。十九年後，全節而歸。見漢書本傳。

⑯ 餐松食柏：神仙家相傳，吃松、柏子實可以成仙。這裡是無奈與解嘲之語。

⑰ 糟糠妻室：貧賤時的妻子。後漢宋弘有「貧賤之交不可忘，糟糠之妻不下堂」之語，後用糟糠稱同甘共苦的髮妻。

【雁過沙】他沉沉向迷途，空教我耳邊呼。公公，婆婆，我不能盡心相奉事，番教你為我歸黃土。公公，婆婆，人道你死緣何故？公公，婆婆，你怎生割捨拋棄了奴⑱？

（白）公公，婆婆。（外醒介，唱）

【前腔】媳婦，你耽飢事公姑。媳婦，你耽飢怎生度？錯埋寃你也不肯辭，我如今始信有糟糠婦。媳婦，我料應不久歸陰府。媳婦，你休便為我死的把生的受苦。（旦叫婆婆介，唱）

【前腔】婆婆，你還死教奴家怎支吾？你若死教我怎生度？我千辛萬苦回護丈夫，如今到此難回護。我只愁母死難留父，況衣衫盡解，囊篋又無⑲。（外叫淨介，唱）

【前腔】婆婆，我當初不尋思，教孩兒往皇都。把媳婦閃得苦又孤，把婆婆送入黃泉路，只怨是我相耽誤。我骨頭未知埋在何處所？

（旦白）婆婆都不省人事了，且扶入裡面去。正是：青龍⑳共白虎㉑同行，吉凶事全然未保。（並下）

（末上白）福無雙至猶難信，禍不單行卻是真。自家為甚說這兩句？為鄰家蔡伯喈妻房，名喚做趙氏五娘子，嫁得伯喈秀才，方才兩月，丈夫便出去赴選。自去之後，連年饑荒，家裡只有公婆兩口，年紀

---

⑱ 你怎生句：句原疊，據巾箱本、九宮正始刪，後三曲末句亦同。

⑲ 你若死等句：巾箱本、箚記作：「怎生割捨得拋棄了奴，也不曾有半句親囑咐，目前送死無資助，況衣衾棺槨，是件皆無。」

⑳ 青龍：東方星宿名。星相家以為吉星。

㉑ 白虎：西方七宿。星相家以為凶星。

八十之上。甘旨之奉，虧殺這趙五娘子，把些衣服首飾之類盡皆典賣，糴些糧米做飯與公婆吃，他卻背地裡把些細米皮糠逼邏充飢。唧唧㉒，這般荒年饑歲，少甚麼有三五個孩兒的人家，供膳不得爹娘。這個小娘子，真個今人中少有，古人中難得。那公婆不知道，顛倒把他埋冤；今來聽得他公婆知道，卻又痛心㉓都害了病㉔。俺如今去他家裡採取消息則個。（看介）這個來的卻是蔡小娘子，怎生恁地走得慌？（旦慌走上介，白）天有不測風雲，人有旦夕禍福。（見末介）公公，我的婆婆死了。（末介）我卻要來。（旦白）公公，我衣衫首飾盡行典賣，今日婆婆又死，教我如何區處？公公可憐見，相濟則個。（末白）不妨，婆婆衣衾棺槨之費皆出於我，你但盡心承值公公便了。（旦哭介，唱）

【玉包肚】千般生受，教奴家如何措手？終不然把他骸骨，沒棺槨送在荒丘？（合）**相看到此，不由人不珠淚流，正是不是冤家不聚頭。**（末唱）

【前腔】不須多憂，送婆婆是我身上有。你但小心承值公公，莫教又成不救。（合前）㉕（旦白）如此，謝得公公！只為無錢送老娘。（末白）娘子放心，須知此事有商量。（合）正是：**歸家不敢高聲哭，只恐人聞也斷腸。**（並下）

㉒ 唧唧：贊嘆聲。巾箱本作「即今」。

㉓ 心：巾箱本作「他」。

㉔ 害了病：巾箱本作「病倒」。

㉕ 合前：笥記之後有：「〔前腔〕謝得張公搭救。孩兒別後，又遇著饑荒，把衣衫典賣無留。」並有對白數語。

卷下

第二十一齣❶

（生上唱）【一枝花】閑庭槐影轉，深院荷香滿。簾垂清晝永，怎消遣？十二❷闌杆❸，無事閑憑遍。睏來湘簟❹展，夢到家山，又被翠竹敲風驚斷。

（白）〔南鄉子〕萬竹影搖金❺，水殿簾櫳映碧陰。人靜晝長無外事，清吟，碧酒金樽懶去斟。幽恨苦相尋，誰知離別經年無信音？寒暑相催人易老，關心，卻把閑愁付玉琴。左右過來。（末上白）黃卷看來消白日，朱弦❻動處引清風。炎蒸不到珠簾下，人在瑤池閬苑中。琴書見在。（生）你與我叫兩個

---

❶ 第二十一齣：明通行本本齣標目作「琴訴荷池」。

❷ 十二：泛言其多。

❸ 闌杆：即欄杆。

❹ 湘簟：湘竹編的席子。湘竹有斑如血，稱斑竹、淚竹、湘妃竹。

❺ 搖金：金光閃動。指日光。

學童出來。（末叫介）（淨把扇、丑把香爐上唱）

【金錢花】自小承值書房，書房。快活其實難當，難當。只管把扇與燒香，荷亭畔好乘涼，吃飽飯上眠床。

（淨、丑笑介）（生白）院子，這琴是我在先得此材於爨下❼，斲❽成此琴，故曰焦尾❾。自從來到此間，久不整理。今日當此清涼境界，試操一曲，舒遣情懷則個。你來，一個學童搧涼，一個學童管著文書，你管著燒香來。燒香的不要滅了香爐，搧涼的不要壞了扇子，管文書的不要掉了文書。三人互相覺察，違者施行❿。（眾應）領台旨。（丑伸扇滅末香）（淨白）告相公：院子滅了香爐。（生）拿那廝來背起打十三⓫。（淨打末介）（生）那廝不中，不要他燒香，教他搧涼。（叫淨）你燒香。（淨）小人燒香。（末搧涼）（生撫琴唱）

【懶畫眉】強對南熏奏虞弦⓬，只見指下餘音不似前，那些個流水共高山⓭？呀！怎的只

❻ 朱弦：樂器上的紅色絲弦。荀子禮論：「清廟之歌，一唱而三嘆也，懸一鍾，尚拊、膈，朱弦而通越，一也。」可見諸樂器都用紅色絲弦。

❼ 爨下：竈下。

❽ 斲：音ㄓㄨㄛˊ。削製。

❾ 焦尾：後漢書蔡邕傳：「吳人有燒桐以爨者，邕聞火烈之聲，知其良木，因請而裁為琴，果有美音，而其尾猶焦，故時人名曰焦尾琴焉。」

❿ 施行：處分；處置。也作「施刑」。

⓫ 打十三：宋代杖刑，最輕者杖脊十三下。後泛稱打人。

見滿眼風波惡，似離別當年懷水仙⑭。（末睏淨燒⑮扇）（生白）怎生不搧涼？（末慌介）（淨、丑）告相公：院子壞了扇。（生白）背起打。（淨、丑介）（生）那廝不中，不要他搧涼，只教掌著文書。你搧涼。（丑）領台旨，學童搧涼。（生又撫琴唱）

【前腔】頓覺餘音轉愁煩，還似別雁⑯孤鴻⑰和斷猿⑱，又如別鳳乍離鸞⑲。呀！怎的只見殺聲在弦中見？敢只是螳螂來捕蟬⑳。

---

⑫ 強對句：禮記樂記：「昔者舜作五弦之琴，以歌南風。」鄭注：「南風，長養之風。以言父母之長養。」這裡意謂撫琴思親。南熏，東南風，也指南風。虞弦，虞舜之琴弦。係虛飾之語。

⑬ 流水共高山：列子湯問載，春秋時伯牙善鼓琴，鍾子期善聽音，伯牙時而志在高山，時而志在流水，子期一一指出。這裡指缺乏閑雅的情志，奏不出美妙的琴音。

⑭ 水仙：指琴曲水仙操，中有海水奔騰、山林幽寂、愴然嘆息之音。

⑮ 燒：箚記作「掉」。

⑯ 別雁：九宮正始作「寡鵠」，琴曲名。西京雜記卷五：「齊人劉道強善彈琴，能作單鵠寡鳧之弄，聽者皆悲，不能自攝。」白居易和夢遊春詩一百韻：「闇鏡對孤鸞，哀弦留寡鵠。」

⑰ 孤鴻：琴曲有鴻雁來賓，為淒涼之調。見琴曲譜錄。

⑱ 斷猿：孤猿離群，淒絕之聲使人斷腸，此指離別淒厲之聲。錢注疑亦琴曲，待考。

⑲ 別鳳乍離鸞：西京雜記：「慶安世，年十五，為成帝侍郎。善鼓琴，能為雙鳳離鸞之曲。」這裡喻夫妻分別。

⑳ 怎的二句：邕在陳留，鄰人待以酒食，邕於琴聲聞屠殺心，遂返。彈琴者曰：「我向鼓弦，見螳螂方向鳴蟬，蟬將去而未飛，螳螂為之一前一卻，吾心聳然，惟恐螳螂之失之也。此豈為殺心而形於聲者乎？」邕以為是。見後漢書蔡邕傳。

（末又睏介）（淨、丑偷書白）告相公：院子掉了文書。（生）再背起打。（介如前）（生叫丑，白）你來拿文書，他依舊燒香。（丑把書）（生唱）

【前腔】日暖藍田玉生煙，似望帝春心託杜鵑㉑，好姻緣還似惡姻緣。只怕知音少，爭得鸞膠續斷弦㉒？

（丑睏）（末偷書）（淨、丑介，白）告相公：院子來偷文書。（生）這廝真個不中，你看滅了香爐，壞了扇。（末）告相公：兩個學童廝妝騙。（淨）他文書險被你來偷。（丑）虧我先準備一條大粗線。（生）夫人來，你兩個迴避。（末、淨、丑白）正是：有福之人人伏事，無福之人伏事人。（並下）（生在場）（貼旦上唱）

【滿江紅】嫩綠池塘，梅雨歇熏風乍轉。見清新華屋，已飛乳燕。簟展湘波紈扇冷，歌傳金縷㉓瓊卮㉔暖。是炎蒸不到水亭中，珠簾捲。

（貼白）相公原在這裡操琴。奴家久聞相公高於音樂，如何來到此間，絲竹之音，杳然絕響？相公今日，試操一曲。（生）彈甚麼曲好？（貼）雉朝飛㉕倒好。（生）彈他做甚麼？這是無妻的曲，我少甚麼

㉑ 日暖二句：李商隱錦瑟詩：「莊生曉夢迷蝴蝶，望帝春心託杜鵑。滄海月明珠有淚，藍田日暖玉生煙。」馮浩注以為撫今追昔之詞，「藍田」句美其容色，「望帝」句託言思歸。

㉒ 鸞膠句：漢武外傳：「西海獻鸞膠，武帝弦斷，以膠續之，弦兩頭遂相著。」這裡借喻與舊人重會。

㉓ 金鏤：即金縷曲，又名金縷歌，詞曲牌名。賀新郎之異名。

㉔ 瓊卮：玉杯。卮，酒器。

媳婦？（貼）胡說！如何少甚媳婦？（生彈介）呀！錯了也。只有個媳婦，倒彈個孤鸞寡鵠。（貼）我一對夫妻正好，說甚麼孤寡？（生介）你那裡知他孤寡的？（貼）相公，對此夏景，彈個風入松㉖倒好。（生）這個卻好。（彈錯介）（貼）相公，你彈錯了。（生）呀！我彈個思歸引㉗出來。（貼）怎地害風麼那！我卻知道你會操琴，只管這般賣弄怎地？（生）不是，這弦不中彈。（貼）這弦怎地不中？（生）當原是舊弦，俺彈得慣。這是新弦，俺彈不慣。（貼）舊弦在那裡？（生）舊弦撇了多時。（貼）為甚撇了？（生）只為有這新弦，便撇了舊弦。（生介）（貼）怎地不把新弦撇了？（生）便是新弦難撇。（介）我心裡只想著那舊弦。（貼）你撇又撇不得，罷罷。（生唱）

【桂枝香】危弦已斷，新弦不慣。舊弦再上不能，我待撇了新弦難拚。一彈再鼓，又被宮商㉘錯亂。（貼白）你敢心變了？（生唱）非干心變。這般好涼天，正是此曲才堪聽，又被風吹在別調間。（貼唱）

【前腔】非弦已斷，只是你意慵心懶。沒，你既道是寡鵠孤鸞，又道是昭君宮怨㉙，那更

㉕ 雉朝飛：琴曲名。崔豹古今注云，齊宣王時，處士犢木子五十無妻，出薪於野，見雉鳥雌雄相隨，意動心悲，作雉朝飛操以自傷。

㉖ 風入松：琴曲名，傳為嵇康所作，現存傳譜歌詞作者為唐人皎然。內容寫月夜彈琴，如風吹松林之聲。

㉗ 思歸引：琴曲名。琴操：「思歸引者，衛女之所作也……拘於深宮，思歸不得，援琴作歌。」

㉘ 宮商：宮與商分別為古代音樂理論中的音階和調式名稱。

㉙ 昭君宮怨：漢王嬙遠嫁匈奴，思念故國，作琴曲昭君怨，流行極久。

思歸別鶴㉚，無非愁嘆。相公，你心裡多敢想著誰？（生）不想甚麼人。（貼）㉛你既不然，我理會得了，你道是除了知音聽，道我不是知音不與彈。

（貼白）相公，只是你心裡不歡喜的上頭，你無心彈，何似教惜春和老姥姥安排酒過來，消遣歇子？

（生）我懶飲酒，我待睡去也。（貼）老姥姥、惜春，安排酒過來。（末、淨、丑上唱）

【燒夜香】樓臺倒影入池塘，綠樹陰濃夏正長，一架荼蘼只見滿院香。（貼）㉜滿院香，和你飲霞觴。傍晚捲起簾兒，明月正上。

（貼白）將酒過來。（貼唱）

【梁州序】新篁池閣，槐陰庭院，日永紅塵隔斷。碧闌杆外，空飛漱玉清泉。只見香肌無暑，素質生風，小簟琅玕㉝展。晝長人困也，好清閑，忽聽得棋聲驚晝眠。（合）金縷唱，碧筒㉞勸。向冰山雪檻㉟開華宴，清世界有幾人見。（生唱）

㉚ 別鶴：古今注：「別鶴操，商陵牧子所作也。娶妻五年而無子，父兄將為之改娶。妻聞之，中夜起，倚戶悲嘯，牧子聞之，愴然而悲，乃援琴而歌。」

㉛ 貼：原缺，據巾箱本補。

㉜ 貼：原作（合），據巾箱本改。

㉝ 琅玕：指竹。

㉞ 碧筒：以荷葉製的酒杯。

㉟ 雪檻：比喻清涼樓閣。六十種曲作「雪巘」。

【前腔】薔薇簾箔，荷花池館，一點風來香滿。香奩日永，香銷寶篆沉煙。謾有枕攲寒玉㊱，扇動齊紈㊲，怎遂得黃香願㊳？（淚下介）（貼）做甚麼？（生介，唱）猛然心地熱，透香汗，我欲向南窗一醉眠。（合前）（貼唱）

【前腔換頭】向晚來雨過南軒，見池面紅妝㊴零亂。漸輕雷隱隱，雨收雲散。只見荷香十里，新月一鉤，此景佳無限。蘭湯初浴罷，晚妝殘，深院黃昏懶去眠。（合前）（生唱）

【前腔換頭】柳陰中忽聽新蟬，更流螢飛來庭院。聽菱歌何處？畫舫歸晚。只見玉繩㊵低度，朱戶無聲，此景尤堪戀。起來攜素手，鬢雲亂，月照紗窗人未眠。（合前）（淨、丑、末合唱）

【節節高】漣漪戲彩鴛，把荷翻，清香瀉下瓊珠濺。香風扇，芳沼邊，閑亭畔。坐來不覺人清健，蓬萊、閬苑何足羨？（合）只恐西風又驚秋，不覺暗中流年換。

㊱ 寒玉：指清涼的枕席。

㊲ 齊紈：齊地所產的白色細絹。漢班婕妤怨歌行：「新裂齊紈素，皎潔如霜雪。」以紈製成的團扇稱紈扇。

㊳ 黃香願：此處指事親之思。黃香，東漢江夏人，字文彊，事父至孝，暑扇床枕，寒則以身溫席，官至尚書令。後漢書有傳。

㊴ 紅妝：這裡指荷花。

㊵ 玉繩：原指北斗附近兩星，這裡泛指星光。

【前腔】清宵思爽然，好涼天，瑤臺月下清虛殿㊶。神仙眷，開玳筵，重歡宴。從教玉漏催銀箭，水晶宮㊷裡把笙歌按。（合前）（合唱）

【餘文】㊸光陰迅速如飛電，好良宵可惜漸闌，拚取歡娛歌笑喧。

（生白）譙樓上幾鼓？（眾）三鼓。（貼）相公，歡娛休問夜如何，此景良宵能幾何？（合）遇飲酒時須飲酒，得高歌處且高歌。

㊶ 清虛殿：道家所傳上天的殿宇。

㊷ 水晶宮：水晶構成的宮殿。這裡泛指相府水閣的華麗。

㊸ 餘文：九宮正始引作尚按節拍煞。

第二十二齣❶

（旦上唱）【霜天曉角】難捱怎避，災禍重重至？最苦婆婆死矣，公公病，又將危。

（白）屋漏更遭連夜雨，困龍遇著許真君❷。奴家自從婆婆死後，萬千狼狽；誰知公公一病，又成危困。如今贖得些藥，安排煎了，更安排一口粥湯。（煎藥介，唱）

【犯胡兵】囊無半點挑❸藥費，良醫怎求？縱然救得目前，飯食何處有？料應難到後。謾說道有病遇良醫，饑荒怎救？

（白）藥已熟了，且扶公公出來，吃些藥看何如？（旦下。扶外上唱）

【前腔】公公這病呵，百愁萬苦千生受，妝成這症候。便做❹這藥吃時呵，縱然救得目前，怎免得憂與愁？料應不會久。他只為不見孩兒麼。這病可❺時，除非是子孝父心寬，方才可救。

---

❶ 第二十二齣：明通行本本齣標目作「代嘗湯藥」。

❷ 許真君：西晉許遜，字敬之，汝南人，從吳猛學道。傳說在豫章時曾斬龍殺蛟。見太平廣記卷一四。真君，道家對成仙得道之士的尊稱。

❸ 挑：挖取；揀選。

❹ 做：猶言使。假設之辭。

❺ 可：愈；好。董西廂卷四：「些兒鬼病天來大，何時是可？」

【霜天曉角】悄然魂似飛，料應不久矣。縱然抬頭強起，（介）形衰倦，怎支持？

（旦白）公公寬心！藥熟了，你吃些，闘閭身己歇子。（外介）我吃不得這藥。（旦介，唱）

【香遍滿】論來湯藥，須索是子嘗方進與父母❻，公公，莫不是為無子先嘗你便尋思苦？

（外強吃吐介白）我吃不得了。（旦唱）你只索闘閭，怎捨得一命殂？（勸吃藥介）（外白）媳婦，你吃糠，卻教我吃藥，可不虧了你！（哭介）（旦唱）原來你不吃藥，只為我糟糠婦。

（白）公公，你吃藥不得呵，自吃一口粥湯如何？（外吃吐介）（旦唱）

【前腔】他萬千愁苦，堆積在悶懷成氣蠱，可知道你吃了吞還吐。（外白）媳婦，我敢不濟事，只是死。孩兒又不回來，只虧了你。（旦）公公且寬心。（背哭介）怕添親怨憶，背將珠淚漬。公公，你再吃一口粥湯。（外白）媳婦，你吃糠，卻教我吃粥，怎吃得下？（旦唱）苦！他原來不吃粥，也只為我糟糠婦。

（外白）媳婦，我死也不妨，只嘆孩兒不在家，虧了你。來來，我有兩句言語分付與你。（旦）如何？公公。（外唱）

【歌兒】❼媳婦，三年謝得你相奉事，只恨我當初，將你相耽誤。我欲待報你的深恩，待來生我做你的媳婦。怨只怨蔡伯喈不孝子，苦只苦趙五娘辛勤婦。（旦唱）

---

❻ 須索句：禮記曲禮：「親有疾飲藥，子先嘗之。」

❼ 歌兒：原作哥兒，據錦本改。通行本改作青哥兒，屬北曲，不當。

【前腔換頭】尋思：一怨你死了誰祭祀；二怨你有孩兒，不得他相看顧；三怨你三年，沒一個飽暖的日子。三載相看甘共苦，一朝分別難同死。（外唱）

【前腔】媳婦，我死呵，你將我骨頭休埋在土。（旦白）願公公百二十歲，不願得公公有此。倘或有些吉凶事，教媳婦休要埋在土裡，卻埋放那裡也？（外白）都是我當初誤你不是。（唱）我甘受折罰，任取尸骸露。（旦）公公，你休這般說，被人笑話。（外）媳婦，你不理會得，留與旁人，道伯喈不葬親父。怨只怨蔡伯喈不孝子，苦只苦趙五娘辛勤婦。（旦唱）

【前腔換頭】思之，公公，你死呵，公婆已得做一處所。料想奴家，不久歸陰府。苦！可憐❽一家，三個怨鬼在冥途。三載相看甘共苦，一朝分別難同死。

（末上白）貧無達士將金贈，病有閑人說藥方。公公，這兩日病體如何？（外）我不濟事了，畢竟只是個死。張大公，你來得恰好。我憑你為證，寫下遺囑與媳婦收執，我死後，教他休守孝，早嫁個人。取紙筆來。（旦）公公，你休寫。自古道：忠臣不事二君，烈女不嫁二夫。休寫，公公。（末）小娘子，你休煩惱他❾，且順他看如何？（外寫不得介，唱）

【羅帳裡坐】媳婦，你艱辛萬千，是我耽伊誤伊。你不嫁呵，你身衣口食，怎生區處？休休，當原是我誤了你，今日又教你嫁人，若嫁不得個好人，怨我如何？終不然又教你，守著靈幃？（放

❽ 可憐：原作「可惜」，據凌本、錦本、汲本改。

❾ 他：巾箱本作「也」。

筆介）已知死別在須臾，更與甚麼生人做主？（末唱）

【前腔】中間就裡，我難說怎提？小娘子，若不嫁人，恐非活計；若不守孝，又被人談議。

（合）可憐家破與人離，怎不教人淚垂。（旦唱）

【前腔】公公命嚴❿，非奴敢違。只怕再如伯喈，卻不誤了我一世？公公，我一鞍一馬⓫，誓無他志。（合前）

（末白）員外且將息，去後⓬自有商量。（外）張大公，憑著你留下我這一條拄杖，怕這忤逆不孝子蔡邕回來，把這拄杖與我打將出去！（外虛倒介）（旦、末扶介）

（末白）公公，病裡莫生嗔，（旦）寬心保病身。

（合）正是：藥醫不死病，佛化有緣人。（並下）

❿ 命嚴：錢本作「嚴命」。

⓫ 一鞍一馬：喻一女配一夫，誓不改嫁。

⓬ 去後：此後；以後。

第二十三齣❶

（生上唱）【喜遷鶯】終朝思想，但恨在眉頭，人在心上。鳳侶添愁，魚書絕寄，空勞兩處相望。青鏡瘦顏羞照，寶瑟❷清音絕響。歸夢杳，繞屏山❸煙樹，那是家鄉？

（白）〔踏莎行〕怨極愁多，歌慵笑懶，只因添個鴛鴦伴。他鄉遊子不能歸，高堂父母無人管。湘浦魚沉❹，衡陽雁斷❺，音書要寄無方便。人生光景幾多時，蹉跎負卻平生願。（生再唱）

【雁漁錦】❻思量，那日離故鄉。記臨歧送別多惆悵，攜手共那人不廝放。教他好看承，

---

❶ 第二十三齣：明通行本本齣標目作「宦邸憂思」。

❷ 寶瑟：瑟，弦樂器，傳為宓羲所作。原四十五弦，八尺一寸；後改作二十五弦，五尺五寸。寶瑟，喻其精美。

❸ 屏山：指遠山疊出如重屏環繞。宋无詩：「雲霞五色水，丹碧萬重屏。」屏山迷濛，故不知家鄉何處。

❹ 魚沉：指音書不通。玉臺新詠一載蔡邕飲馬長城窟行：「客從遠方來，遺我雙鯉魚；呼兒烹鯉魚，中有尺素書。」後以魚書指書信。

❺ 衡陽雁斷：傳漢蘇武以雁足傳書得歸漢，見漢書卷五四。衡陽有回雁峰，相傳雁至此峰不過，故以衡陽雁斷以喻音信阻隔。雁斷，指音訊斷絕。

❻ 雁漁錦：以下五曲，陸抄本總稱雁漁錦，不分題，錢本據九宮正始補。九宮正始冊二正宮，首曲作雁過聲，二曲作雁過聲換頭、漁家傲、小桃紅、雁過聲，三曲作換頭、漁家傲、傾杯序、雁過聲，四曲作換頭、喜還京、漁家傲、剔銀燈、雁過聲，五曲作錦纏道、雁過聲。

我爹娘，料他每應不會遺忘。聞知饑與荒，只怕捱不過歲月難存養。若望不見信音卻把誰倚仗？

【二犯漁家傲】思量，幼讀文章，論事親為子也須要成模樣。真情未講，怎知道吃盡多磨障？被親強來赴選場，被君強官為議郎，被婚強效鸞凰。三被強，衷腸說與誰行？埋冤難禁這兩廂，這壁廂道咱是個不撐達⑦害羞的喬相識⑧，那壁廂道咱是個不睹是⑨負心的薄幸郎。

【雁漁序】悲傷，鷺序鴛行⑩，怎如烏鳥反哺能終養？謾把金章，綰著紫綬；試問斑衣⑪，今在何方？斑衣罷想，縱然歸去，又怕帶麻執杖⑫。只為他雲梯月殿多勞攘，落得淚雨似珠兩鬢霜。

【漁家喜雁燈】幾回夢裡，忽聞雞唱。忙驚覺錯呼舊婦，同問寢堂上。待朦朧覺來，依

---

⑦ 撐達：懂事；幹練；漂亮。

⑧ 喬相識：喬怯、假情假意的冤家。

⑨ 不睹是：糊塗；不明事理。是，一作「事」、「時」。

⑩ 鷺序鴛行：白鷺與鵷鳥，群飛時前後有序，後以喻朝班排列的班行。鵷，鳳凰類。鴛，通「鵷」。

⑪ 斑衣：彩衣，老萊子娛親所穿。

⑫ 帶麻執杖：重孝時的裝束。舊時父母喪，子女穿粗麻製的衣、裳、絰、帶，手執杖。見儀禮喪服。

然新人鳳衾和象床。怎不怨香愁玉無心緒？更思想被他攔擋。教我，怎不悲傷？俺這裡歡娛夜宿芙蓉帳，他那裡寂寞偏嫌更漏長。

【錦纏雁】謾悒怏，把歡娛都成悶腸。菽水既清涼，我何心，貪著美酒肥羊？悶殺人花燭洞房，愁殺我掛名在金榜。驀地裡自思量，正是在家不敢高聲哭，只恐人聞也斷腸。

（白）院子過來。（末上白）有問即對，無問不答。告相公：有何指揮？（生）你是我親的人，我有一件事和你商量，你休要走了我的言語。（末）相公指揮，男女⑬怎敢漏洩！（生）我自從離了父母妻室，來此赴選，本非我意。雖則勉強朝命，暫受職名，將謂三年之後，可作歸計。誰知又被牛相公招為門婿，一向逗遛在此，不能歸去見父母一面。我要和你商量個計策。（末）不鑽不穴，不道不知。男女每間常見相公憂悶不樂，不知這個就裡。相公何不對夫人說知？（生）我夫人雖則賢慧，爭奈老相公之勢，炙手可熱，我待說與夫人知，一霎時老相公得知，只道我去也不來，如何肯放我去？不如姑且隱忍，和夫人都瞞了，直待任滿，尋個歸計。（末）這的卻是。老相公若還知道，那裡肯放相公去？（生）我如今要寄一封書家中去，沒個方便。我待使人去，又怕夫人知道。你與我出街坊上尋個便當人，待我寄一封書家去則個。（末）男女專當小心踏逐⑭。

（生）我　　終朝長痛憶，　　（末）不妨尋便寄書尺⑮。

（合）正是：眼望旌捷旗，　　耳聽好消息。（並下）

⑬ 男女：舊時對地位低下者的賤稱。他們也用作自稱。

⑭ 踏逐：物色；尋訪。

⑮ 書尺：尺牘；書信。韓駒陵陽詩鈔送范叔器：「小駐鄱陽未宜遠，欲憑書尺問寒溫。」

第二十四齣❶

（旦上唱）【金瓏璁】饑荒先自窘，那堪連喪雙親，身獨自怎支分❷？衣衫都典盡，首飾並沒分文，無計策剪香雲❸。

（白）〔蝶戀花〕萬苦千辛難擺撥❹，力盡心窮兩淚空流血❺。裙布釵荊今已竭，萱花椿樹連摧折。金剪盈盈明素雪❻，空照烏雲遠映愁眉月。一片孝心難盡說，一齊分付青絲髮。奴家在先婆婆沒了，卻是張大公周濟。如今公公又亡過了，無錢資送，難再去求張大公。尋思起沒奈何，只得剪下青絲細髮，賣幾貫錢為送終之用。雖然這頭髮值不得惹多錢，也只把做些意兒，一似教化一般。正是：不幸喪雙親，求人不可頻。聊將青鬢髮，斷送❼白頭人。（旦唱）

---

❶ 第二十四齣：明通行本本齣標目作「祝髮買葬」。
❷ 支分：打發；應付。
❸ 香雲：指頭髮。
❹ 擺撥：擺劃；安排。句中意為排遣、處置。
❺ 血：指悲痛而流的淚。
❻ 素雪：汲本作「似雪」。
❼ 斷送：這裡意為發送，為公婆送葬。

【香羅帶】一從鸞鳳分，誰梳鬢雲？妝臺不臨生暗塵，那更釵梳首飾典無存❽也，頭髮，是我耽閣你，度青春。如今又剪你，資送老親。剪髮傷情也，只怨著結髮的薄幸人。（剪又放介）（唱）

【前腔】思量薄幸人，辜奴此身，欲剪未剪教我珠淚零。我當初早披剃❾入空門❿也，做個尼姑去，今日免艱辛。只一件，只有我的頭髮恁的，少甚麼嫁人⓫的，珠圍翠簇蘭麝熏。呀！似這般光景，我的身死，骨自無埋處，說甚麼頭髮愚婦人！（介）

【前腔】堪憐愚婦人，單身又貧。我待不剪你頭髮賣呵，開口告人羞怎忍。我待剪呵，金刀下處應心疼也。休休，卻將堆鴉髻，舞鸞鬢，與烏鳥報答，白髮的親。教人道霧鬢雲鬟女，斷送他霜鬢雪鬢人。（剪介）（哭唱）

【臨江仙】連喪雙親無計策，只得剪下香雲。非奴苦要孝名傳。正是上山擒虎易，開口告人難。

（白）頭髮既已剪下，免不得將去街上貨賣。穿長街，抹⓬短巷，叫幾聲賣頭髮咱。（叫介）（唱）

---

❽ 無存：原作「無有」，據九宮正始、矖本、汲本改。

❾ 披剃：披僧衣、剃髮，指出家為尼。

❿ 空門：佛教以空為入道之門，故稱空門。後泛稱佛家。

⓫ 嫁人：巾箱本作「佳人」。

【梅花塘】賣頭髮，買的休論價。念我受饑荒，囊篋無些個。丈夫出去，那更連喪了公婆，沒奈何，只得賣頭髮，資送他。

（白）怎的都沒人問買？（介）（唱）

【香柳娘】看青絲細髮，剪來堪愛，如何賣也沒人買？若論這饑荒死喪，怎教我女裙釵，當得這狼狽？況我連朝受餒，我的腳兒怎抬？其實難捱。（倒介）（再起唱）

【前腔】望前街後街，並無人在。我待再叫呵，咽喉氣噎，無如之奈。苦！我如今便死，暴露我屍骸，誰人與遮蓋？天天！我到底也只是個死。待我將頭髮去賣，賣了把公婆葬埋，奴便死何害？

（末上白）慈悲勝念千聲佛，造惡徒燒萬炷香。呀！兀的不是蔡小娘子？緣何倒在街上？（旦）公公，救我則個！（末扶介）小娘子，你手裡拿著頭髮做甚麼？（旦）奴家公公沒了，將這頭髮資送他。（末哭介）原來你公公也死了，你怎的不來和我商量？把這頭髮剪下做甚麼？（旦）奴家多番來定害⑬公公了，不敢來相惱。（末）說那裡話！（唱）

【前腔】⑭你兒夫曾付託，我怎生違背？你無錢使用，我須當貸⑮。交你把頭髮剪了，又

⑫ 抹：同「邁」。跨越；走過。

⑬ 定害：煩擾；打擾。

⑭ 前腔：原作前曲，據臞仙本、汲本改。

跌倒在長街，都緣是我之罪。（合）嘆一家破壞，否極何時泰來⑯？各出著淚。（旦唱）

【前腔】謝公公可憐，把錢相貸，我公婆在地下相感戴。只恐奴此身，死也沒人埋，公公，誰還你恩債？（合前）

（末白）小娘子，你先到家，我便令小二送些布帛錢米之類與你。（旦）公公收了這頭髮。（末）我要這頭髮做什麼！

（旦）謝得公公救妾身！（末）你兒夫曾托我親鄰。

（合）正是：從空伸出拿雲手，提起天羅地網人。（並下）

---

⑮ 當貸：原作「當代」，據曜仙本、汲本改。

⑯ 否極句：壞運什麼時候才能轉為好運。否極泰來，指物極必反，壞運終轉為好運。否，音ㄆㄧˇ。易卦名，表示天地不交，上下隔閡，閉塞不通之象。泰，易卦名，謂天地上下交通之象，引申為順暢、安寧。

第二十五齣❶

（淨扮拐兒上唱）【打球場】幾年假❷，為拐兒，是人都理會得我名兒。折莫❸你是怎生倩俏❹的，也落在我圈圍❺。

（白）自家脫空❻行徑，掏摸❼生涯。劍舌槍唇，倩俏的也引教他懵懂；虛脾❽甜口，慳吝的也哄交你妝風❾。鄉貫何曾有定居，姓名那曾有真的。妝成圈套，見了的便自入來；做就機關，入著的怎生出去？騙了鍾馗❿手裡蝙蝠，脫⓫得洞賓⓬瓢裡仙丹。但是來無跡，去無蹤，對面騙人如撮弄；縱使

---

❶第二十五齣：明通行本本齣標目作「拐兒紿誤」。

❷假：語尾助詞，相當於個、兒。

❸折莫：任憑；儘管；不論。

❹倩俏：即波俏。俊俏；機靈。

❺圈圍：圈套。

❻脫空：虛誑；詐騙。

❼掏摸：扒竊；偷盜。

❽虛脾：虛假；虛情假意。

❾妝風：妝闊氣；擺威風到風魔、瘋癲的地步。

❿鍾馗：傳說唐玄宗病瘧，晝夢一大鬼，破帽、藍袍、角帶、朝靴，捉小鬼啖之。自稱終南進士鍾馗。嘗應舉

和你行，和你坐，當場騙你怎埋冤？拐兒陣裡先鋒，哄局⑬門中大將。何用剜牆⿰貢刂⑭壁，強如黑夜偷兒；不索挾杖持刀，真個白晝劫賊。正是：地不長無根之草，天不生無祿之人。自家正無買賣，聽得隨朝佐⑮官蔡伯喈相公，家住在陳留，父母在堂，竟無消息。自家先在陳留郡走得卻熟，如今只做陳留人，假寫他父母家書遞與他，必有回音；倘或附帶盤纏回家，也不見得。卻覓一小富貴，便不然也索與我些少盤纏回家。這裡便是蔡伯喈相公府，進入去咱。呀！怎地都沒一個人？（末上白）侯門深似海⑯，不許外人敲。（相見介）你那裡人？來府裡有甚勾當？（淨）小人從陳留來，蔡伯喈的老官人老安人有家書來。（末）相公正要尋方覓便寄書家去，你來得卻好，待我請相公出來。（介）（生上唱）

【鳳凰閣】尋鴻覓雁，寄個音書無便。謾勞回首望家山，和那白雲⑰不見。淚痕如線，

不第，觸階死。玄宗覺而瘳，詔吳道子畫其像。民間以為食鬼之神。

⑪ 脫：詐騙。汲本作「拐」。

⑫ 洞賓：唐呂巖，字洞賓，八仙之一，道家正陽派號為純陽祖師。

⑬ 哄局：騙局。哄，哄騙。

⑭ ⿰貢刂：原作「貢」。字又作「劗」，同字異體。金韓孝彥篇海：「劗，古孔切，音礦，劗土也。」中原雅音：「劗，劗穴也。」

⑮ 佐：俗「做」字。

⑯ 侯門深似海：傳唐崔郊與姑姑之婢相戀，婢被賣於某司空家，郊有感作詩，有「侯門一入深如海」之句。見雲溪友議襄陽傑。後比喻地位懸殊而疏遠隔絕。

⑰ 白雲：唐狄仁傑為并州法曹參軍，親在河陽。嘗登太行山，回顧，見白雲孤飛，謂左右曰：「吾親舍其下。」

想鏡裡孤鸞影單。

（生白）院子，他那裡來？（末）他說在陳留來。（淨）小人是陳留郡裡來的。（生）你帶得我家書來？

（淨）小人帶書來。（生）將來看。（淨遞書介）（生看唱）

【一封書】一從你去離，我家中常念你。是麼，我也常想家裡。功名事怎的？想多應折桂枝。我功名事成了。幸得爹娘和媳婦，各保安康無禍危。且喜家中安樂。見家書，可知之，及早回來莫更遲。

（介）（生白）我怕不要歸，爭奈不由我。院子，你將紙筆過來，我寫一封書與他去；一就[18]取些金珠過來。（末下取）紙筆金珠見在。（生寫書介）（唱）

【下山虎】蔡邕百拜，大人尊前：一自離膝下，頓覺數年。目斷家山，鎮長[19]望懸。一向那堪音信斷，名利事嘆牽綰，謾空勞珠淚漣。上表辭金殿，要辭了官，爭奈君王不見憐。（又唱）

【蠻牌令】忽爾拜尊翰，極切慰拳拳[20]。喜爹娘和媳婦，盡安康[21]。況兒身淹留在此，不

見唐書。後以此喻親舍所在。

[18] 一就：一併；一面。

[19] 鎮長：即常、長。鎮，即常。二字義同聯用，以加強語氣。

[20] 拳拳：這裡指懇切、殷勤的思念之情。

[21] 安康：汲本作「安健」。

能彀承奉慈顏。匆匆的聊附寸牋，草草伏乞尊照不宣㉒。

（生白）漢子，你來。這一封書和金珠，將到我家裡。傳示俺家裡：俺早晚㉓回來，教都放心，不須煩惱也。（淨）小人理會得。（生）這些個碎銀，與你路上作盤纏。（淨）謝相公！（生唱）

【駐馬聽】書寄鄉關，說起教人心痛酸。你傳示俺八旬爹媽，道與我兩月妻房，隔涉萬水千山。啼痕緘處翠綃斑，夢魂飛繞銀屏遠。（合）報道平安，想一家賀喜，只說道他日再相見。（末唱）

【前腔】遙憶鄉關，有個人人㉔凝望眼。他頻看飛雁，望斷歸舟，倚遍危闌。見這銀鉤㉕飛動彩雲箋，又索玉箸㉖界破殘妝面。（合前）（淨唱）

【前腔】西出陽關，卻嘆今朝行路難。念取經年離別，帶著一紙雲箋。跋涉程途，只怕豺狼㉗紛繞路途間，又怕雁鴻不到你家鄉畔。（合前）（末唱）

【前腔】滿紙雲煙㉘，說盡離愁千萬千。想那層樓十二，有個人人，倚著危闌。他望歸

㉒ 不宣：不能宣備；不一一細說。舊時書信末尾常用語。

㉓ 早晚：隨時；不久。

㉔ 人人：人兒，對昵愛者的稱呼。輯本王瑩玉戲文：「忍把紅爐獨擁，只少個人人偎依。」

㉕ 銀鉤：舊指書法筆姿遒勁，這裡指字跡。

㉖ 玉箸：眼淚。

㉗ 豺狼：指盜賊。

期，數飛雁，阻關山，見書如見經年面。（合前）

（生白）憑伊千里寄佳音。（末）說盡離人一片心。

（合）須知相別經多載，方信家書抵萬金。（並下）

㉘ 雲煙：比喻揮灑自如的文字。

第二十六齣❶

（旦上唱）【挂真兒】四顧青山靜悄悄，思量起暗裡魂消。黃土傷心，丹楓染淚，謾把孤墳自造。

（白）〔菩薩蠻〕白楊蕭瑟悲風起，天寒日淡空山裡。虎嘯與猿啼，愁人添慘淒。 窮泉❷深杳杳，長夜❸何由曉。灑淚泣雙親，雙親聞不聞？奴家自喪了公婆，誰相扶助？到如今免不得造一所墳，把公婆葬了。又無錢雇人，又無人得央靠❹，只得獨自搬泥運土。（羅裙包土介）（唱）

【五更傳】❺把土泥獨抱，羅裙裹來難打熬。空山靜寂無人吊，但我情真實切，到此不憚勞。苦！何曾見葬親兒不到？又道是三匝圍喪❻，那些個卜其宅兆❼？思量起，是老

---

❶ 第二十六齣：明通行本本齣標目作「感格墳成」。

❷ 窮泉：九泉之下。指墓。白居易李白墓：「可憐荒隴窮泉骨，曾有驚天動地文。」

❸ 長夜：謂人死長埋地下，如處永夜之中。曹植三良詩：「攬涕登君墓，臨穴仰天嘆。長夜何冥冥，一往不復還。」

❹ 央靠：請託；依靠。

❺ 五更傳：通常作五更轉，傳、轉通用。

❻ 三匝圍喪：錢注云，溫州風俗，棺材出門，家族手攜手圍繞棺材，叫圍喪。三匝，說人之多。又，舊時喪禮，有三轉墓穴之俗，或近似。

親合顛倒❽。公公，你圖他折桂看花早，不道自把一身，送在白楊衰草。謾自苦，（介）這苦憑誰告？（介）

【前腔】我只憑十爪，如何能彀墳土高？（介）只見鮮血淋漓濕衣襖，苦！我形衰力倦，死也只這遭。休休！骨頭葬處任他流血好，此喚作骨血之親，也教人稱道。教人道：趙五娘親行孝。苦！心窮力盡形枯槁，只有這鮮血，到如今也出了。這墳成後，只怕我的身難保。

（白）呀！使得我力都乏了，免不得就此歇息，睡一覺則個。（唱）

【卜算先】墳土未曾高，筋力還先倦。（睡介）（外扮山神上唱）

【粉蝶兒】趙女堪悲，天教小神相濟。

（白）善哉！善哉！小神乃當山土地。昨奉玉帝敕旨：為趙五娘行孝，特令差撥陰兵，與他並力築造墳臺，免不得叫出南山白猿使者、黑虎將軍，交他向前則個。猿虎二將何在？疾速過來！（丑扮猿，淨扮虎上介）（外）唯，吾奉上帝敕旨：為趙五娘行孝，交與他添力，築造墳臺。汝等可變化人形，與他攝化土石，便成墳塚。（淨、丑）領神旨。（外）唯，不得驚動孝婦！（淨、丑做墳介）告大聖：墳臺已成了。（外）趙五娘，略抬起頭來，聽我囑付：（外唱）

---

❼ 宅兆：孝經喪親章：「卜其宅兆而安措之。」注：「宅，墓穴也；兆，塋域（墓地）也。葬事大，故卜之。」

❽ 顛倒：倒置；失序。引申為命運不好。

【好姐姐】五娘聽分付與：吾特奉玉皇敕旨，憐伊孝心，故遣我來助你。（淨、丑合唱）墳成矣，葬了二親尋夫婿，改換衣裝往帝畿。

（外白）趙五娘，你理會得？正是：大抵乾坤都一照，（合）免教人在暗中行。（外、淨、丑並下）（旦醒來介）（唱）

【卜算後】夢裡分明有鬼神，想是天憐念。

（白）怪哉！我睡間恍惚之中，似夢非夢，聞人有祝付之語：道墳成了，教去京畿尋取丈夫。但我全憑獨自一身，幾時能彀得墳成？（介）呀！怎地這墳臺都成了？謝天地，分明是神通變化。（唱）

【五更傳】怨苦知多少？兩三人只道同做餓莩。公公，婆婆，我待不葬了你，又不了；待葬了你，窮泉一閉無日曉，嘆從今永別，再無由相倚靠。我死和你做一處埋呵，也得相伏事。只愁我死在他途道，我的骨頭，何由來到？從今去，這墳呵，只願得中乾燥，福孫蔭子也都難料；便蔭得個三公，也濟不得親老。淚暗滴，把蒼天禱。（末同丑帶鋤器上唱）

【鏵鍬兒】❾悲風四起吹松柏，山雲慘淡日無色。猿啼與虎嘯，怎不慘戚！趲步行來到峭壁，都與孝婦添助力。

（末白）自家是蔡員外的鄰家，張大公的便是。只為他兩個老的死了，虧殺他那媳婦趙五娘子，把羅裙包土，築造墳臺。但人家裡造一所墳，不著千百工造不成。他獨自一個女流，如何成得此事？免不

❾鏵鍬兒：臞仙本、九宮正始作划鍬兒。

得帶將小二，與他添助力氣則個。呀！好怪麼，如何墳都成了。只見松柏森森繞四圍，孤墳新土掩泉扉⑩。娘子，你空山獨自無人問，為築墳臺有阿誰？（旦）夢裡有神真怪異，陰兵運土與搬泥。築成墳了親分付，教尋取兒夫往帝畿。（丑）公公，自古流傳多有此，畢竟感格上天知。長城哭倒稱姜女⑪，娘子，他日芳名一處題。（合）正是：善惡到頭終有報，只爭來速與來遲。（旦唱）

【好姐姐】念奴流血滿指，奈獨自要墳成無計，深感老天暗中相護持。（合）墳成矣，葬了二親尋夫婿，改換衣裝往帝畿。（末唱）

【前腔】我每方將小二，待欲與你添助些力氣，誰知有神暗中相救濟。（合前）（丑唱）

【前腔】你每真個見鬼，這松柏孤墳在何處？恰才小鬼是我妝做的。（合前）

（末白）娘子，你孝心感格動陰兵，（旦）不是陰兵墳怎成？

（丑）萬事勸人休碌碌，（合）舉頭三尺有神明。（並下）

---

⑩ 泉扉：墓門。

⑪ 姜女：即孟姜女。傳說中的杞良妻，哭倒長城的人物。

第二十七齣❶

（貼上唱）【念奴嬌】楚天❷過雨，正波澄木落，秋容光淨。誰駕玉輪❸來海底，碾破琉璃❹千頃？環珮風清，笙歌露冷，人在清虛境❺。（淨、丑合唱）真珠簾捲，小樓無限佳興。

（白）〔臨江仙〕玉❻作人間秋萬頃，銀葩❼點破琉璃。（貼）瑤臺❽風露冷仙衣，天香飄下處，此景有誰知？（淨、丑）未審明年明夜月，此時此景何如？（貼）珠簾高捲醉瓊巵，（合）正是莫辭終夕看，動是隔年期。（貼）老姥姥、惜春，今夜中秋，月色澄霽，你與我請相公出來，玩賞則個。（丑）請請，夫人請相公玩月。（生房內應）我睡了，不來。（淨）你可知道❾不請得相公出來，你甚麼臉兒了，相公

---

❶ 第二十七齣：明通行本本齣標目作「中秋望月」。

❷ 楚天：楚地或泛指南方的天空。杜甫暮春：「楚天不斷四時雨，巫峽常吹千里風。」李端宿淮浦憶司空文明：「秦地故人成遠夢，楚天涼雨在孤舟。」皆以楚天多雨表現淒苦情景。

❸ 玉輪：指月亮。

❹ 琉璃：指水面。

❺ 清虛境：道家所說的清淨虛無境地。後因稱月宮為清虛府、清虛殿。

❻ 玉：比喻月亮。

❼ 銀葩：月光下的花。

❽ 瑤臺：神話中傳說神仙所居，廣千步，五色玉為臺基，稱瑤臺。

見了好？我去請。（介）（生上唱）

【生查子】逢人曾寄書，書去神亦去。今夜好清光，可惜人千里。

（貼白）相公，今夜中秋，月色可愛。我請你玩賞一番，你沒事，推阻做甚麼？（生）月有甚好處？（貼）怎地不好！你看：〔酹江月〕玉樓絳氣⑩，捲霞綃，雲浪寒光澄澈。丹桂飄香清思爽，人在瑤臺銀闕⑪。（生）影透空幃，光窺羅帳，露冷蛩聲⑫切。關山今夜，照人幾處離別。（淨）須信離合悲歡，還如玉兔⑬，有陰晴圓缺。便做人生長宴會，幾見冰輪⑭皎潔？（丑）此夜明多，隔年期遠，莫放金樽歇。（合）但願人長久，年年同賞明月。（貼唱）

【本序】⑮長空萬里，見嬋娟可愛，全無一點纖凝。十二欄杆，光滿處，涼浸珠箔⑯銀屏。偏稱，身在瑤臺，笑斟玉斝，人生幾見此佳景？（合）惟願取，年年此夜，人月雙清。

（生唱）

---

⑨ 可知道：即可知。意為當然、難怪。

⑩ 絳氣：赤霞氣。

⑪ 銀闕：銀白色的宮闕。

⑫ 蛩聲：蟋蟀的鳴叫聲。

⑬ 玉兔：傳說月中有白兔，故借指月亮。

⑭ 冰輪：即月亮。

⑮ 本序：該套曲的序曲，這裡即念奴嬌序。

⑯ 珠箔：珠簾。箔，簾子。

【前腔換頭】孤影，南枝⑰乍冷，見烏鵲縹緲驚飛，棲止不定。萬點蒼山，何處是，修竹吾廬⑱三徑⑲？追省，丹桂曾扳，嫦娥相愛，故人千里謾同情。（合前）（貼唱）

【前腔換頭】光瑩，我欲吹斷玉簫，驂鸞歸去，不知風露冷瑤京？環珮濕，似月下歸來飛瓊⑳。那更，香鬟雲鬟，清輝玉臂㉑，廣寒仙子㉒也堪並。（合前）（生唱）

【前腔換頭】愁聽，吹笛關山㉓，敲砧㉔門巷，月中都是斷腸聲。人去遠，幾見明月虧盈。惟應，邊塞征人，深閨思婦，怪他偏向別離明。（合前）（淨、丑合唱）

【古輪臺】峭寒生，鴛鴦瓦冷玉壺冰，闌干露濕人猶憑，貪看玉鏡㉕。況萬里清冥，皓

---

⑰ 南枝：南向的樹枝，古時詩中多用作思念家鄉的代詞。古詩有句：「越鳥朝南枝。」

⑱ 吾廬：我自己的住宅。

⑲ 三徑：本指庭院中的三條路徑，後多借指家園。

⑳ 飛瓊：即仙女許飛瓊，傳為西王母的侍女。

㉑ 香鬟二句：杜甫月夜：「香霧雲鬟濕，清輝玉臂寒。」仇注：「鬟濕臂寒，見看月之久。」

㉒ 廣寒仙子：傳說月中有廣寒宮，仙女嫦娥居之，故稱嫦娥為廣寒仙子。

㉓ 關山：指關山月。漢樂府橫吹曲名，多抒邊塞士卒久戍不歸和家人互傷離別之情。

㉔ 敲砧：搗衣。砧，搗衣石。江總宛轉歌：「不怨前階促織鳴，偏愁別路搗衣聲。」詩中多表現深閨思婦遠懷征人的感情。

㉕ 玉鏡：指月如鏡，即月。

彩十分端正。三五良宵，此時獨勝。（丑）把清光都付與酒杯傾，從教酩酊，拚夜深沉醉還醒。酒闌綺席，漏催銀箭，香消金鼎。斗轉與參橫㉖，銀河耿，轆轤聲已斷金井。（淨唱）

【前腔換頭】閑評，月有圓缺與陰晴，人世有離合悲歡，從來不定。深院閑庭，處處清光相映。也有得意人人，兩情暢詠；也有獨守長門㉗伴孤冷，君恩不幸。（丑）有廣寒仙子娉婷，孤眠長夜，如何捱得，更闌寂靜？此事果無憑，但願人長永，小樓看月共同登。（合）

【餘文】聲哀訴，促織鳴，（貼）俺這裡歡娛未聽。（生）卻笑他幾處寒衣織未成。

（貼白）今宵明月最團圓。（生）幾處淒涼幾處諠。

（合）但願人生得長久，年年千里共嬋娟。（並下）

㉖ 斗轉與參橫：北斗轉向，參星橫斜，指天將明時。參，音ㄕㄣ。

㉗ 長門：漢宮名。樂府解題：陳皇后失寵於武帝，退居長門宮，愁悶悲思。聞司馬相如工文章，奉黃金百斤，令為解愁之辭。相如為作長門賦。

第二十八齣❶

（旦上唱）【胡搗練】辭別去，到荒丘，只愁出路煞生受❷。畫取真容聊借手❸，逢人將此免哀求。

（白）鬼神之道，雖則難明；感應之理，不可不信。奴家昨日，獨自在山築墳，正睡間，忽夢中有神人自稱當山土地，帶領陰兵，與奴家助力；卻又祝付，教奴家改換衣裝，去長安尋取丈夫。待覺來果見墳臺並已完備，分明是神道護持。正是：能可❹信其有，不可信其無。今則二親既已葬了，只得改換衣裝，將著琵琶做行頭❺，沿街上彈幾只勸行孝的曲兒，教化將去。只是一件，我幾年間和公婆廝守，一旦撇了去，如何下得❻？奴家從來薄曉得些丹青❼，何似想像畫取公婆兩個真容，背著一路去，也似相親傍的一般。但過小祥❽忌辰❾，展開與他燒些香紙，奠些涼漿水飯❿，也是奴家心素⓫。（介）

---

❶ 第二十八齣：明通行本本齣標目作「乞丐尋夫」。

❷ 煞生受：十分為難、辛苦。煞，形容極甚之詞。

❸ 借手：借助。

❹ 能可：寧可。能，可與「寧」通用。

❺ 行頭：謀生的工具。

❻ 下得：忍心；忍得。

❼ 丹青：原指繪畫用的顏色，後多借指圖畫。

免不得就此描模真容則個。(唱)

【三仙橋】一從他每死後，要相逢不能夠。除非夢裡，暫時略聚首。若要描，描不就，暗想像，教我未寫先淚流。寫，寫不得他苦心頭；描，描不出他飢證候⑫；畫，畫不出他望孩兒的睜睜兩眸。只畫得他髮颼颼⑬，和那衣衫敝垢。休休，若畫做好容顏，須不是趙五娘的姑舅。

【前腔】我待畫你個龐兒帶厚⑭，你可又饑荒消瘦。我待畫你個龐兒展舒，你自來長恁皺。若寫出來，真是醜，那更我心憂，也做不出他歡容笑口。不是我不畫著好的，我從嫁來他家，只見兩月稍優遊，他其餘都是愁。那兩月稍優遊，可又忘了。這三四年間，我只記得他形衰貌朽。這畫呵，便做他孩兒收，也認不得是當初父母。休休，縱認不得是蔡伯喈當初爹娘，須認得是趙五娘近日來的姑舅。

---

⑧ 小祥：父母逝後一週年的祭禮。

⑨ 忌辰：父母死的日子。習慣上也指祖先、皇帝、皇后死的日子。

⑩ 水飯：稀飯。

⑪ 心素：內心情愫。

⑫ 證候：病情；病狀。證，即症。

⑬ 颼颼：清寒貌。錢注謂即「蕭蕭」，音近通用。

⑭ 厚：豐滿；豐腴。

（白）真容已描就了，只就這裡燒香紙，奠些水飯，拜辭了二親出去。（唱）

【前腔】公公，婆婆，非是我尋夫遠遊，只怕你公婆絕後。奴見夫便回，此行安敢久。苦！路途中，奴怎走？望公婆，相保佑我出外州。（介）苦！他骨肉自沒人倚恃，他如何來相保佑？這墳呵，只怕奴家去後，冷清清有誰來拜掃？縱使遇春秋⑮，一陌銀錢⑯怎有？休休，生是受凍餒的公婆，死做個絕祭祀的孤魂麼姑舅。

（白）既辭了二親，拜了真容，便索去辭張大公。如何的張大公恰好也來到？（末上白）衰柳寒蟬不可聞，西風敗葉正紛紛。長安古道休回首，西出陽關無故人。（旦）奴家正要到宅上來。（末）如今便去那？（旦）奴家便行。（末）你畫的是甚麼？（旦）奴家自畫著公婆真容，一路上將去借手教化，早晚與他燒香化紙。（末看介）〔鷓鴣天〕娘子，死別多應夢裡逢，謾勞孝婦寫遺蹤。可憐不得圖家慶，辜負丹青泣畫工。　衣破損，鬢鬔鬆，千愁萬恨在眉峰。蔡郎不識年來面，趙女空描別後容。我聽得你遠行，有幾貫錢與你添做盤纏。（旦）多多的定害公公了，又教公公生受⑰做甚麼？只一件，奴家又有不識進退之懇；奴家去後，墳所早晚，公公可憐見，看這兩個老親在日的面，與我看管則個。（末）這個不妨。你去自去，我更有幾句言語祝付你：小娘子，你少長閨房，豈識途路？你當原蔡郎未別去時節，你青春嬌媚；你如今遭這饑年荒歲，貌短身卑。正是：桃花一歲歲相似，人面一年年⑱不同。蔡郎當初臨

⑮春秋：指春、秋二季的祭祀。
⑯一陌銀錢：銀錢，紙錢。百錢為陌。
⑰生受：這裡意為煩擾、煩勞。

別之時，可不道來：若有寸進，即便回來。如今年荒親死，一竟不歸，你知他心腹事如何？正是：畫虎畫皮難畫骨，知人知面不知心。蔡郎原是讀書人，一舉成名天下聞。久留不知因個甚？年荒親死不回門。小娘子，你去京城須子細，逢人下禮問虛真。見郎謾說千般苦，只把琵琶語句訴原因。未可便說是他妻子，未可便說死雙親。若得蔡郎思故舊，可憐張老一親鄰。我已如今七十歲，比你公婆少一旬。你去時猶有張老送，你回來未知張老死和存。我送你去呵，正是和淚眼觀和淚眼，斷腸人送斷腸人。（旦唱）

【憶多嬌】他魂渺漠，我身沒倚著。程途萬里，教我懷夜壑⑲。此去孤墳，望公公看著。（合）舉目消索⑳，滿眼盈盈淚落。（末唱）

【前腔】承委托，當領略。孤墳我自看守，決不爽約。只願你途中身安樂。（合前）（旦唱）

【鬬黑麻】奴深謝公公，便辱許諾。從來的深恩，怎敢忘卻！只怕途路遠，體怯弱；病染孤身，力衰倦腳。（合）孤墳寂寞，路途滋味惡。兩處堪悲，萬愁怎摸㉑？（末唱）

【前腔】伊夫婿多應是，貴官顯爵。伊家去，須當審個好惡。只怕你這般喬打扮，他怎

---

⑱ 年年：原作「年人」，據巾箱本改。

⑲ 夜壑：莊子大宗師：「夫藏舟於壑，藏山於澤，謂之固矣；然而夜半有力者負之而走，昧者不知也。」比喻最牢固、最隱蔽的東西尚有人盜走，何況其他。這裡寫五娘擔心墳墓受損。

⑳ 消索：臞仙本作「蕭索」。

㉑ 摸：即摹。描摹；摹寫。

知覺？一貴一貧，怕他將錯就錯。（合前）

（旦白）為尋夫婿別孤墳，（末）只怕你兒夫不認真。

（合）流淚眼觀流淚眼，斷腸人送斷腸人。（並下）

第二十九齣❶

（生上唱）【菊花新】封書自遠到親闈，又見關河朔雁❷飛。梧葉滿庭除，還如我悶懷堆積。

（白）〔生查子〕封書寄遠人，寄與萬里親。書去神亦去，兀然❸空一身。自家昨得家書，報道家中平安，極切自喜。當時亦付一書回去。不知如何？常懷想念，翻成憂悶。正是：雖無千丈線，萬里繫人心。好悶！（介）（坐）（貼上唱）

【意難忘】綠鬢仙郎，懶拈花弄柳，勸酒持觴。長顰知有恨，何事苦思量？（生唱）些介❹事，惱人腸。（貼）試說與何妨？（生）又只怕伊尋消問息，添我恓惶。

（貼白）古人云：顰有為顰，笑有為笑❺。古之君子，當食不嗟，臨樂不嘆❻。無事而戚，謂之不祥。

---

❶ 第二十九齣：明通行本本齣標目作「瞷詢衷情」。
❷ 朔雁：北雁。雁，又稱朔禽。
❸ 兀然：昏沉的樣子。
❹ 些介：一點；少許。
❺ 顰有二句：意為憂喜有故。顰，皺眉。
❻ 當食二句：禮記曲禮：「入臨不翔，當食不嘆。」「執紼不笑，臨樂不嘆。」

相公，你自來此，不明不暗，如醉如痴，鎮長憂慮，為著甚麼？你還少吃的那還少穿的？我待道你少吃的呵。（唱）

【紅衲襖】你吃的是煮猩唇❼和那燒豹胎❽。我待道你少穿的呵，你穿的是紫羅襴❾繫的是白玉帶。你出去呵，我只見五花頭踏❿在你馬前擺，三檐傘⓫兒在你頭上蓋。相公，你休怪我說：你本是草廬中窮⓬秀才，如今做著漢家梁棟材。你有甚麼不足只管鎖了眉頭也，唧唧噥噥不放懷？

（生）你道我有穿的呵，（唱）

【前腔】我穿著紫羅襴倒拘束我不自在，我穿的皂朝靴怎敢胡去踹⓭？你道我有吃的呵，我口裡吃幾口慌張張要辦事的忙茶飯，手裡拿著個戰欽欽怕犯法的愁酒杯。到不如嚴子陵⓮登釣臺，怎做得揚子雲⓯閣上災？只管待漏隨朝可不誤了秋月春花也？枉干碌碌⓰

---

❼ 猩唇：猩猩之唇，食饌中的八珍之一。
❽ 豹胎：與猩唇同為珍品。
❾ 紫羅襴：紫色羅緞官服。襴，襴衫。
❿ 五花頭踏：五色儀仗、侍從。
⓫ 三檐傘：三重檐的傘，大員、貴人所用的儀仗。
⓬ 窮：浙本、閩本、京本作「一」，評為「一字千金」。
⓭ 踹：原作「揣」，據臞仙本、汲本改。

頭又白。（貼唱）

【前腔】相公，莫不是丈人行性氣乖？（生）不是。（貼）莫不是妾跟⑰前缺管待？（生）不是。（貼）莫不是畫堂中少了三千客？（生）不是。（貼）莫不是繡屏前少了十二釵？（生）那裡是？不是。（介）（貼）又不是。這意兒教人怎猜？這意兒教人怎解？（介）我今番猜著了，敢只是楚館秦樓有一個得意情人也，悶懨懨不放懷？（生）不是。（唱）

【前腔】有個人人在天一涯，我不能轂見他，只落得臉銷紅眉鎖黛。（貼）我道什麼來？卻又是。（生）不是。我本是傷秋的宋玉⑱無聊賴，有甚心情去訃⑲著閑楚臺⑳？（貼）有甚事，說與我麼？（生）三分話㉑兒也只恁回，一片心兒也只恁地揣。（貼）有甚事，問著也不說，如何？

⑭ 嚴子陵：即嚴光，餘姚人。少與光武帝（劉秀）同遊學，有高名。劉秀稱帝後，變姓名隱遁，隱於富春山。今浙江桐廬七里瀧釣臺，傳為他的釣魚處。

⑮ 揚子雲：揚雄，字子雲，西漢成都人。王莽專權時，為大夫，校書天祿閣。以事株連，獄吏來捕，雄投閣自殺，幾乎跌死。

⑯ 碌碌：平庸無能。

⑰ 跟：原作「根」，據汲本改。

⑱ 傷秋的宋玉：宋玉作九辨，首句即言：「悲哉！秋之為氣也，蕭瑟兮草木搖落而變衰。」後言宋玉傷秋。

⑲ 訃：古通「赴」，巾箱本作「赴」。

⑳ 楚臺：楚陽臺，傳說中的山臺名，宋玉高唐賦所敘楚懷王相會巫山神女之地。

（生）罷罷。夫人，你休纏得我無言，若還提起那籌兒㉒也，鎮撲簌簌珠淚滿腮。

（貼白）由你，由你。待我不勸解，你又只管悶；待我問你，你又不應。我也沒奈何。相公，夫妻何事苦相防？莫把閑愁積寸腸。正是：各家自掃門前雪，休管他家屋上霜。（貼下）（生吊場㉓白）難得我語和他語，未必他心似我心。自家娶妻兩月，別親數年，朝夕相思，翻成怨嘆。我這新娶媳婦雖則賢慧，累次問及，自家要對他說，也肯教我歸去。只是我的岳丈，知我有媳婦在家，必怕我去不來，如何肯放我去？不如姑且隱忍，改日求一鄉郡除授，那時卻回去見雙親，多少是好。夫人，非是隄防你太深，只愁伊父苦相禁。正是：夫妻且說三分話……。（貼上介）我理會得了，未可全拋一片心。好好！你瞞我也由你，只是你爹娘和媳婦須怨你。（貼唱）

【江頭金桂】怪得你終朝攧窨㉔，我只道你緣何愁悶深？教咱猜著啞謎㉕，為你沉吟，那籌兒沒處尋。我和你共枕同衾，你瞞我則甚？你自撇下爹娘媳婦，屢換光陰，他那裡須怨著你沒信音。笑伊家短行㉖，無情忒甚！到如今，骨自道且說三分話，不肯全拋一片

㉑ 三分話：俗語所謂逢人只說三分話，未可全拋一片心。

㉒ 籌兒：南詞敘錄：「籌兒，根株也。」

㉓ 吊場：戲曲用語。當劇情告一段落，只留下一人或少數角色在場上另起情節，吊住場子。

㉔ 攧窨：徐士範注西廂記云：「攧，頓足也；窨，怨悶而忍氣也，蓋失意之甚而窨氣自忍之謂。」

㉕ 啞謎：難以猜測的謎。這裡比喻難揣摸的心事。

㉖ 短行：虧心、不良的行為。

心。（生唱）

【前腔】非是我聲吞氣飲，只為你爹行勢逼臨。怕他知我要歸去，將你廝禁，要說又將口噤㉗。我實瞞你不得，我待解朝簪㉘，再圖鄉任。他不隄防著我，須遣我到家林，雙雙兩個歸晝錦㉙。苦！雙親老景，存亡不審。我前日附那書回家去，只怕雁杳魚沉。（貼）真個也沒一封書回來？（生）又不是烽火連三月，真個家書抵萬金。

（貼白）原來如此。我去對爹爹說道，我和你同去便了。（生）你休說，你爹爹如何肯放你去？莫說破了。（貼）不妨。我爹爹身為太師，風化所關，觀瞻所繫，終不然直恁地無仁義？（生）休說，不濟事枉了。（貼）不妨，我自有道理，不到㉚他不從。正是：雪隱鷺鷥飛始見，柳藏鸚鵡語方知。（生）假饒染就紺紅色，也被旁人說是非。（並下）

㉗ 噤：原作「禁」，據臞仙本、錢本改。
㉘ 解朝簪：意謂辭去京官。朝簪，朝廷上的冠簪。簪，冠簪。
㉙ 晝錦：指富貴還鄉。
㉚ 不到：不見得；不至於。

第三十齣❶

（外上唱）【西地錦】好怪吾家門婿，鎮日不展愁眉。教人心下常縈繫，也只為著門楣。

（白）入門休問榮枯事，觀著容顏便得知。自家招蔡伯喈為婿，可為得人。只一件，自從到此，眉頭不展，面帶憂容，為著甚麼，必有其故。等俺女孩兒出來，問他則個。（貼上唱）

【前腔】只道兒夫何意，如今事理方知。萬里家山要同歸去，不審爹意何如？

（外白）孩兒，吾老入衣冠❷，自嘆吾之皓首；汝聲乖琴瑟❸，每為汝而懊懷。夫婿何故憂愁？孩兒必知端的。（貼）告爹爹：他娶妻六十日，即赴科場；別親三五年，竟無消息。溫凊之禮既缺，伉儷之情何堪！今欲歸故里，辭至尊家尊而同行；待共事高堂，執子道婦道以盡禮。（外）唯，吾乃紫閣名公，汝乃香閨艷質。何必顧彼糟糠婦？豈肯事此田舍翁？彼久別雙親，何不寄一封之音信？汝從來嬌養，安能涉萬里之程途？休惑夫言，當從父命。（貼）爹爹，曾觀典籍，未聞婦道而不拜姑嫜；試論綱常，豈有子職而不事父母？若重思❹唱隨❺之義，當同❻盡定省❼之儀。彼荊釵布裙，既以獨奉親幃之甘

---

❶ 第三十齣：明刊通行本本齣標目作「幾言諫父」。幾言，微言；婉言規勸。

❷ 衣冠：士大夫的穿戴，指做官。

❸ 聲乖琴瑟：意為夫婦不和。琴瑟，琴、瑟兩種樂器同時彈奏，其音和諧，多用以比喻夫婦和好。

❹ 思：原作「恩」，據巾箱本改。

旨；顧金屏繡褥，豈可久戀監宅❽之歡娛？爹爹高居相位，坐理朝綱。豈可斷他人父子之恩，絕他人夫婦之義？使伯喈有貪妻之愛，不顧父母之愆；使孩兒坐違夫之命，不事姑嫜之罪。望爹爹容恕，特賜矜憐。（外）胡說！他既有媳婦在家裡了，你去做甚麼？（貼唱）

【獅子序】他媳婦須❾有之，念奴須是，他孩兒的妻。那曾有媳婦不事親幃？（外）你去有甚麼勾當？（貼）**若論做媳婦的道理，須當奉飲食，問寒暄，相扶持，蘋蘩中饋❿。**（外）便做有許多勾當，既有媳婦在家裡了，他孩兒不去也不妨。（貼）爹爹，**正是養兒代老⓫，積穀防饑。**

（外）既道是養兒代老，何似當原休教來赴舉不好？（貼唱）

【太平歌】他求科舉，指望錦衣歸，不想道你留他為女婿。（外）有緣千里能相會，須強他不得。（貼）**他埋冤洞房花燭夜，那些個千里能相會？只要保全金榜掛名時，事急且相隨。**

❺ 唱隨：夫唱婦隨的略語。原謂妻唯夫命是從，後也比喻夫婦相處和好。唱，又作「倡」。

❻ 同：原作「用」，據巾箱本改。

❼ 定省：子女早晚向親長問安。禮記曲禮：「凡為人子之禮……昏定而晨省。」定謂安定床衽，省謂問安。

❽ 監宅：杜甫李監宅二首謂李監宅係王孫、豪家，生活奢靡，金屏繡褥，女婿乘龍。這裡借指牛府。

❾ 須：通「雖」。

❿ 蘋蘩中饋：詩經召南有采蘋、采蘩之詩，詠大夫、公侯之妻能循法度供祭祀而不失職也。此句皆言為媳婦之職責。中饋，指婦女在家中主饋食之事。

⓫ 代老：錢注引陔餘叢考謂婺源民有代父償命之舉，代本為替代。這裡作「待」的假借字。俗語多作「防老」。

（外）不聽我說由他。蔡伯喈自悶，交我如何？（貼唱）

【賞宮花】他終朝慘淒，我如何忍見之？（外）他自傷悲，你須不曾。（貼）若論為夫婦，須是共歡娛。（外）不妨，他若在這裡，教他做個大官人，也由得我。（貼）爹爹，他數載不通魚雁信，枉了十年身在鳳凰池。

（外）你聽著丈夫的言語，卻不聽我說，這妮子好痴迷。（貼唱）

【降黃龍】須知，非是奴痴迷，已嫁從夫，怎違公議？（外）你去不妨，只是我沒親的人，如何放你去得？（貼）爹猶念女，怎教他爹娘不念孩兒？（外）不是我不放你去，既道有媳婦在家裡，你去時節，只恐怕擔閣了你。（貼）休提，縱把奴擔閣，比擔閣他的爹娘何如？（外）恁地，教伯喈自去便了。（貼）爹爹，那些個，夫唱婦隨，嫁雞逐雞飛？

（外）孩兒，他是貧賤之家，你如何伏事他家？（貼唱）

【大聖樂】婚姻事難論高低，論高低何如休嫁與。假如親賤孩兒貴，終不然便拋棄？（外）他的孩兒撇不得，你怕甚麼？（貼）奴是他親生兒子親媳婦，難道他是何人我是誰⑫？（外）你怎地只管把言語來衝撞我？（貼）爹居相位，怎說著傷風敗俗，非理的言語？

（外怒白）這妮子無禮！倒將言語來挺撞我。我的言語不中聽。孩兒，夫言中聽我言違，料想孩兒見識迷。本是將心托明月，誰知明月照溝渠？（外先下）（貼白）酒逢知己千鍾少，話不投機半句多。我爹

⑫ 難道句：意為夫婦同心，不分彼此。

好不顧仁義，倒說道奴家把言語衝撞他。當原蔡伯喈教我休說的是，如今何顏見他？免不得在此坐一回，尋思個道理，去回他話咱。（貼介）（生上唱）

【稱人心】撇呆打墮⑬，早被那人瞧破。要同歸知爹肯麼？料他每，不見許。（介）夫人，你緣何獨坐？想你爹爹不肯麼⑭？伊家道俐齒伶牙，爭奈你爹行不可。（貼唱）

【前腔換頭】我爹爹，全不怕，人笑呵，這其間只是見差。禍根芽，從此起，災來怎躲？他只道我從著夫言，罵我不聽親話。（生唱）

【紅衫兒】你不信我教伊休說破，到此如何？算你爹心性，我豈不料過。我為甚胡掩胡遮⑮？只為著這些。你直待要打破了砂鍋⑯，是你招災攬禍。（貼唱）

【前腔換頭】不想道相搵把⑰，這做作難禁架⑱。我見你每每咨嗟要調和，誰知道好事多磨？起風波，把你陷在地網天羅，如何不怨我？（介）懊恨只為我一個，卻擔閣你兩下。（生唱）

【醉太平】蹉跎，光陰易謝。縱歸來已晚，歸計無暇。名牽利鎖，奔走在海角天涯。知

⑬ 撇呆打墮：裝呆作痴。撇、打，裝做。墮，亦呆意。

⑭ 想你句：原作大字曲文，據巾箱本改。

⑮ 胡掩胡遮：裝傻作呆；遮遮掩掩。

⑯ 打破了砂鍋：歇後語「問到底」。原作「璺」，器皿的裂紋，諧音作「問」。

⑰ 搵把：亦作「搵靶」，把持。

⑱ 禁架：原為古方士的一種禁術，後引申為承受、抵擋的意思。原作「禁價」，據巾箱本、九宮正始改。

麼？多應我老死在京華，孝情事一筆都勾罷。這般摧銼⑲，傷情萬感，淚珠偷墮。（貼唱）

【前腔】非詐，奴甘死也。縱奴不死時，君去須不可。奴身值甚麼？只因奴誤你一家。差訛，假饒做夫婦也難和，我心怨你心縈掛。奴此身拚捨，成伊孝名，救伊爹媽。

（貼白）相公，妾當初勉奉父命，遣事君子。不想君家有垂白之父母，年少之妻房。致使君家衷腸不滿，名行有虧。如今思之：誤君之父母者，妾也；誤君之妻房者，妾也；使君為不孝薄幸人者，亦妾也。妾之罪大矣！縱偷生於今世，亦公議所不容。昔聶政姊⑳倚死屍以成弟之名，王陵母㉑死伏劍下以全子之節，妾豈愛一身，誤君百行。妾當死於地下，以謝君家。小則可以解君之縈掛，大則可以救君之父母，近則可以成孝子之全名，遠則可以遺後世之公議，妾死何憾焉？（生）夫人，你知其一，不知其二。身體髮膚，受之父母，不敢毀傷；豈可陷親於不義？那時節人知，只道你從夫言而棄親命。此事不可。（貼）也說得是。（生）且慢著，怕你爹爹也有回心轉意時節。且更寧耐㉒，看如何？（貼）他雖不從我，也只索說與他人，難道我不是？正是：大家㉓截了㉔梧桐樹，（合）自有旁人說短長。（並下）

---

⑲ 摧銼：摧殘；折磨。
⑳ 聶政姊：即聶嫈，她為揚聶政俠義之名，哭於已自毀容的弟弟屍傍，並死於屍側。事見史記刺客列傳。
㉑ 王陵母：王陵事漢，項羽取其母，欲招降之。其母伏劍而死，以全子節。見漢書王陵傳。
㉒ 寧耐：安心忍耐。
㉓ 大家：種德堂本、忠孝傳本作「大佳」，臞仙本作「大鵬」，通行本作「大風」。佳，短尾鳥。
㉔ 截了：或作「飛上」、「吹倒」。

第三十一齣❶

（旦行路上唱）【月雲高】路途勞倦，行行甚時近？未到得洛陽縣，那盤纏使盡。回首孤墳，空教我望孤影。他那裡誰秋采❷？俺這裡將誰投奔？正是西出陽關無故人，須信道家貧不是貧❸。

（白）〔蘇幕遮〕怯山登，愁水渡。暗憶雙親，淚把羅裙漬。回首孤墳何處是？兩下蕭條，一樣愁難訴。玉消容，蓮困步。愁寄琵琶，彈罷添淒楚。惟有真容時一顧，憔悴相看，無語恓惶苦。奴家為尋丈夫，在路途上多少狼狽。況獨自一身，拿著一個琵琶，背著兩個真容，登高履險，宿水餐風，其實難捱。只是一件，去到洛陽，尋見丈夫，相逢如故，也不枉了這遭辛苦；倘或他高車駟馬❹，前呵後擁，見奴家如此藍縷不認，可不擔閣了奴家？（旦唱）

【前腔】暗中思忖，此去好無准❺。只怕他身榮貴，把咱不認。若是他不瞧，可不空教

❶ 第三十一齣：明通行本本齣標目作「路途勞頓」。
❷ 秋采：即瞅睬。看望；理睬。
❸ 家貧不是貧：俗語謂家貧不是貧，路貧愁殺人。
❹ 高車駟馬：高官顯貴的車乘。高車，高蓋車。駟馬，四匹馬的套車。
❺ 無准：無所憑準；不可靠。

我受艱辛？沒，他未必忘恩。我這裡自閑評論，他須記一夜夫妻百夜恩，怎做得區區陌路上人？

【前腔】只是一件，他在府堂深隱，奴身怎生進？他在駟馬高車上，我又難將他認。我有個道理，來到他跟前，只提起他二親真。又怕消瘦龐兒，他尤難十分信。他不到得非親卻是親，我自須防人不仁。

（白）哽咽無言對兩真❻，千山萬水好艱辛。
見說洛陽花似錦，只恐來時不遇春。（旦下）

❻ 兩真：兩老的真容、畫像。原作「古真」，據巾箱本改。

第三十二齣❶

（外上唱）【番卜算】兒女話難聽❷，使我心疑惑。暗中思忖覺前非，有個團圓策。

（白）良藥苦口利於病，忠言逆耳利於行。昨日女孩兒要和伯喈歸去，同事雙親，自家不放他去。那孩兒少不得幾句言語勸解自家，自家登時不勝焦燥。如今尋思起來，他句句有理，節節堪聽。自家待要放他去，只是幼長閨門，難涉途路；況兼自家年老無人；如何放他去？如今有個道理，使一個人，多與他些盤纏，放他去陳留，將蔡伯喈爹娘媳婦都取將來便了，多少是好？且待叫出女婿孩兒出來，問他則個。孩兒和女婿❸過來。（生、貼上唱）

【前腔】淚眼滴如珠，愁事縈如織。早知今日悔當初，何似休明白。

（外白）孩兒你來。夜間我子細尋思你的言語，都說得有道理。我如今商量來，教你去也難的一般❹。我如今自使兩個人去，把伯喈爹娘媳婦都取將過來，你兩人心下如何？（貼）這個，隨爹爹主張。（生）既然如此，多謝岳丈！（外）院子李旺那裡有？（丑上）頻聽指揮黃閣下，忽聞呼喚畫堂前。喏喏。（外）

❶ 第三十二齣：明通行本本齣標目作「聽女迎親」。
❷ 難聽：臞仙本作「堪聽」。
❸ 女婿：原作「女婿的」，據巾箱本刪。
❹ 一般：一種。汲本作「這個也難」。

來。我如今使你出去陳留走一遭。（丑）娘咳！陳留且是❺遠，我不去。（外）休胡說！（丑）去做甚麼？若是有錢覓時，李旺便去。（外）如今蔡伯喈老員外、老安人、小娘子三人，在陳留郡裡，我如今交你去請將這裡來。（丑）李旺弗去。（生、貼）你去請將來時節，我這裡自多多賞你。（丑）娘子如今說道多多賞我，取得來時，娘子又要爭大小，廝打時節，不賞李旺了。（外）李旺，即目❻便要你去，不得推拒。我如今更差幾個後生，伴你一同去。（丑）如此，卻又得❼。（外）這一封柬子，外有金銀錢米與你作盤纏，休要落後了。（生、貼）李旺，你去須多方詢問；若是取得來時節，在路途千萬小心承直❽。

（丑）不妨，我出路慣便。（外唱）

【四邊靜】你去陳留子細詢端的❾，專心去尋覓。請過兩三人，途中須好承直。（合）休憂怨憶，寄書咫尺。眼望旌捷旗，耳聽好消息。（生唱）

【前腔】饑荒散亂無蹤跡，存亡想不測。何意路途間，難禁這勞役。（合前）（貼唱）

【福馬郎】李旺，你休說新婚在牛氏宅。（外）孩兒，說便又待怎地？（貼）他須怨我相耽誤；歸未得，旁人聞，把奴責。（合）若是到京國，相逢處作個好筵席。（丑唱）

---

❺ 且是：卻是。
❻ 即目：眼前；現在。
❼ 卻又得：卻也行。
❽ 承直：即承值，盡責侍候。
❾ 端的：清楚；真實。

【前腔】多與盤纏添氣力，萬水千山路，曾慣歷。（拜介）辭卻恩官去，免憂憶。（合前）

（外白）限伊半載望回音。（生、貼）路上看承須小心。

（丑）但願應時還得見，（合）果然勝似岳陽金⑩。（並下）

---

⑩ 岳陽金：即楚金，又號南金。詩經泮水：「元龜象齒，大賂南金。」毛傳：「南謂荊揚。」鄭箋：「荊揚之州，貢金三品。」荊州舊治岳陽，故稱。金，實銅，當時貴重之物。

第三十三齣❶

（末扮五戒❷上白）年老心閑無外事，麻衣草座亦容身。相逢盡道休官去，林下何曾見一人？❸自家乃是彌陀寺中一個五戒。今日這寺中建一淨土會❹，不揀甚麼人，或是薦悼雙親，保安身己的，都來這裡聚會。真個好寺院，好道場。怎見得？但見蘭若❺莊嚴，蓮臺❻整肅。大殿嵯峨耀金壁，回廊繚繞畫丹青。千層塔高聳侵雲，半空中時聞清鐸❼；七寶❽樓晶光耀日，六時❾裡頻響洪鐘。松下山門，紅塵不到；竹邊僧舍，白日難消。阿羅漢❿聖相威儀，比靈山⓫三十六萬億佛；比丘僧戒行清潔，似祇園千二百五

❶ 第三十三齣：明通行本本齣標目作「寺中遺像」。

❷ 五戒：佛陀為出家人和在家信徒所制的五種戒制，有戒殺生、偷盜、邪淫、妄語、飲酒。這裡指和尚。

❸ 年老四句：唐僧人靈澈詩，題作「東林寺酬韋丹刺史」，見全唐詩卷八一〇。去，作「好」。

❹ 淨土會：淨土宗的法會。佛教中以往生極樂淨土為目的之宗派，法門有彌勒淨土、彌陀淨土。

❺ 蘭若：阿蘭若之簡稱，意為無諍、空閑，為適合修行場所，故用以稱佛教寺院。

❻ 蓮臺：佛、菩薩所坐之蓮花臺座。佛家為表離塵清淨、神力自在，故為蓮花臺座。

❼ 鐸：風鈴。或以玉片、鐵片為之，遇風相觸，錚錚有聲。

❽ 七寶：佛經謂轉輪王出現於世，便有七寶出現世間。七寶或指金、銀、琉璃、水晶、瑪瑙、赤珠、車渠等珍貴寶物。然不同經論，略有出入。而佛家樓、塔常以七寶為稱。

❾ 六時：佛家所言六時，概念不一，淨土日課，指晨朝、日中、日沒、初夜、中夜、後夜。

十人。且看幡⑫影石壇高，惟有棋聲花院靜。休說清淨法界⑬，且說嚴肅道場。只見珠幢寶蓋影飄颻，玉磬金鐘聲斷續。龍瓶插九品紅蓮⑭，開淨土春秋不老；鳳蠟吐千枝絳蕊，照佛天晝夜常明。齊整整的貝葉⑮同翻，撲簌簌的天花⑯亂墜。旃檀⑰林裡，爇著清淨香、道德香；香積廚⑱中，獻這禪悅食⑲、法喜食⑳。人人在十洲三島㉑，個個淨五蘊㉒六根㉓。擊大法鼓㉔，吹大法螺㉕，仙樂一時奏動；開甘

---

⑩ 阿羅漢：指斷盡三界見、思之惑，證得盡智，堪受世間大供養的聖者。一般指小乘教的最高果位，也通於大乘。

⑪ 靈山：靈鷲山，佛陀說法之地。原作「雪山」，據錦本、臞仙本、汲本改。陳評本注云：「世尊於靈山雷音寺演說金經，集眾三十六萬。」

⑫ 幡：僧寺所懸的旗幡。原作「繙」，據巾箱本改。

⑬ 法界：佛言指意識所緣對象之所有事物。

⑭ 九品紅蓮：修習淨土法門，依上、中、下三根分為九品，其上、中品命終時，阿彌陀、觀世音或持金蓮花來迎。

⑮ 貝葉：古印度用以寫經的貝多羅樹的樹葉。這裡指佛經。

⑯ 天花：天上妙花。據法華經，佛說法華經畢，天上散落曼陀羅等數種花於佛及聽眾身上。

⑰ 旃檀：旃檀樹。其材芳香，喬木，可供雕刻，古人用以雕佛像。

⑱ 香積廚：寺院中的廚房。

⑲ 禪悅食：佛家以為，入於禪定，得安靜之悅樂，因而增加善根，為禪悅食。

⑳ 法喜食：佛家以為，聞法歡喜，資益慧命，稱法喜食。

㉑ 十洲三島：方士所說的瀛洲、蓬萊等仙境。

㉒ 五蘊：色、受、想、行、識五種類別。

露門㉖，入甘露城，幽魂盡獲超升。寄言苦海林中客，好向靈山會上人㉗。今日寺中建大會，怕有官員貴客，來此游玩，不免將著疏頭㉘，就此抄題㉙幾貫錢，添助支費。道猶未了，遠遠望見兩個舍人來到。

（淨、丑上唱）

【縷縷金】胡廝啞㉚，兩喬才。家中無宿火，有甚強追陪？自來妝風子，如今難悔。向叢林㉛深處且徘徊，都來看佛會。

（末白）官人，請坐吃茶。（淨、丑白）五戒，你這佛會支費多？（末）便是。休怪冒瀆，今日天與之幸，得遇二位官人到此，免不得求告，抄化幾文，添助支費則個。（淨）㉜將疏頭來看。兄弟，錢穀儻來之物，何處不使？那裡不用？（丑）㉝是。咱每這般人，那一日不使幾貫鈔？（淨）我捨五錠。（丑）我

㉓六根：眼、耳、鼻、舌、身、意六種感覺器官。

㉔大法鼓：大法之聲如鼓，能警醒世人，故稱大法鼓。指佛陀所宣說之大法。

㉕大法螺：大法之聲如螺貝，能警醒世人，故稱大法螺。指佛陀所宣說之大法。

㉖甘露門：甘露為涅槃之譬喻，故赴涅槃之門為甘露門，又以甘露城喻涅槃之城。

㉗人：錦本、臞仙本、汲本作「修」。

㉘疏頭：僧道拜懺時焚化的祝告文，上寫主人名姓及拜懺緣由，以邀多福。

㉙抄題：抄化提寫。

㉚胡廝啞：胡混；胡扯。

㉛叢林：眾僧聚居念佛修道的地方，後多指寺院。

㉜淨：原作（淨丑），據錢本改。

也捨五錠。（淨、丑）我兩人都不曾帶得見錢在此，你一霎時隨我去取與你。（末）謝得官人！（淨）你不見遠遠有個婆娘來？生得好！（丑）是。有個婆娘來，背著一個琵琶，倒和姐姐廝像。（末）又道是遠睹分明㉞。（旦上唱）

【前腔】途路上，實難捱。盤纏都盡了，好狼狽。試把琵琶撥，逢人乞丐。薦公婆魂魄免沉埋，特來赴佛會。

（白）可喜已到得洛陽。今日見說彌陀寺中做佛會，只得就此抄化幾文，追薦公公婆婆則個。（末）娘子，你休傍前來。（淨、丑）你這甚麼東西？（旦）是奴家公婆真容。（淨、丑）恁地，娘子，你從那裡來？（旦唱）。

【鎖金帳】聽奴訴與：奴是良人婦，為兒夫相耽誤。一向赴選及第，未歸鄉故。饑荒喪了，喪了親的舅姑。我造墳墓，今為尋夫來此。（淨、丑白）你兒夫在那裡？（旦唱）**尋夫未知，在何處所？**

（淨白）你抱著這個琵琶做甚麼？（旦）奴家將此彈一兩段曲兒，抄題幾文，就此寺中追薦公婆則個。（淨、丑）你會彈甚麼曲兒？你曾會彈也四兒㉟麼？（旦）不會。（淨、丑）你會彈八俏手㊱麼？（旦）

㉝ 丑：原作（淨），據巾箱本改。

㉞ 遠睹分明：臞仙本、汲本作：「遠睹不審，近睹分明。」

㉟ 也四兒：琵琶曲名，餘未詳。

㊱ 八俏手：同㉟。

不會。奴家只會彈些行孝曲兒。（末）二位官人，在此使錢，那裡不用？那裡不使？你就這裡好生彈著，厚賞你。（旦白）凡人養子，懷抱最艱辛。欲語未能行未得，此際苦雙親㊲。（介）（唱）

【前腔】凡人養子，最是十月懷耽苦，更三年勞役抱負。休言他受濕推乾，萬千勞事。真個千般愛惜，千般愛護。兒有些不安，父母憂惶無措。直待他可了，可了歡忻似初。

（淨、丑白）彈得好！是好！（末）真個。（淨、丑）錢那裡不使？那裡不用？與你一領好襖子。（介）（旦）兒漸長，父母漸歡忻。教語教行並教禮，一意望成人。（唱）

【前腔】兒行幾步，父母歡相顧，漸能言能出路。指望飲食羹湯，自朝及暮。懸懸望他，知他幾度？為擇良師，又怕孩兒愚魯。略得他長俊，可便歡忻賞賜。

（淨、丑白）彈得好！（末）是好。（淨、丑白）錢那裡不用？那裡不使？再與你一領好襖子。（介）（末）這兩個是風子。（淨、丑）你再彈。（旦）勤教導，暮史及朝經。願得榮親並耀祖，一舉便成名。（唱）

【前腔】朝經暮史，教子勤詩賦，為春闈催教赴。指望他耀祖榮親，改換門戶。懸懸望他，望他腰金衣紫。兒在程途，又怕餐風宿露。求神問卜，把歸期暗數。

（淨、丑）彈得好！彈得好！錢那裡不用？那裡不使？再把一領襖子與你。（末白）原來裡面都是破衣裳。我且問你：官人，你襖子都脫了，身上寒，甚麼意思？（淨、丑）寒也自寒，不可壞了我局面㊳。

㊲ 凡人四句：錢注謂疑是江南好詞，僅少第四句七言一句；「凡」是襯字。此下一詞一曲相間，也是宋人傳踏之類。

咱每這般人使鈔慣，怕甚麼寒？再唱。（末）且看他這番把甚麼與他？（旦）兒在路，須是早回程。五逆㊴兒男和孝子，報應甚分明。（唱）

【前腔】兒還念父母，及早歸鄉土，念慈烏亦能返哺。莫學我的兒夫，把親耽誤。常言養子，養子方知父慈。算五逆㊵兒男，和孝順爹娘之子，若無報應，果是乾坤有私。

（淨、丑白）你彈得自好，唱得自好，我每沒甚麼與你了。（末）我也道。（淨、丑作寒介）這般地走將家去，甚麼模樣？（丑）我只賴五戒取衣裳。（淨、丑搭末介）好好！五戒妝局騙我，把我衣裳都剝了。（末）你自把與他，我那曾妝局騙你？（淨、丑）我叫道好，你便也叫道好，只管攛掇，你不是騙我？（末）娘子，把還他去，要他做甚麼？（旦介）還你。（淨、丑）錢雖是那裡不使？那裡不用？寒又忍不得。（丑）我恰才道你彈得好，唱得好；我如今尋思起來，你彈得也不好，唱得也不好。你不信，再彈再唱看。（旦）我也唱不得。（淨）可知，不敢唱了。（丑）㊶尊兄，小子不貪㊷豪富。（末）枉了教人題疏。（旦）你衣裳敢是借來？（淨、丑介）可知，我腳下無個布褌。（並下）（旦在場白）一斟一酌，莫

㊳ 局面：體面。

㊴ 五逆：巾箱本作「忤逆」。五逆，佛家所說殺父弒母、害佛毀法諸惡。忤逆，指不孝順父母。據文意，應以巾箱本為是。

㊵ 算五逆：同㊴。

㊶ 丑：原作（淨），據錢本改。

㊷ 貪：臞仙本、汲本作「是」，較善。

非前定。奴家準擬今日抄題得幾文錢，追薦公婆，誰知撞著兩個風子，自來蒿惱㊸人一場。遠遠望見一簇人馬，想必是個官員來，不免在此祗候歇子。（末、丑喝道，生騎馬上唱）

【縷縷金】時不利，命何乖！雙親在途路上，怕他災。（末、丑唱）此是彌陀寺，略停車蓋。（合）辦虔心懇禱拜蓮臺，特來赴佛會。

（末白打旦介）婆娘躲著，相公來。（打介）（旦介，白）在他矮簷下，爭敢不低頭？（旦先下）（生下馬入寺，見真容，白）那得這軸畫像？（丑）敢是適間道姑的？（生）叫他來還他去。（丑）姑姑，畫像還你。（介）去遠了，不見。（生）既不見，與他收下。（末收介）（淨作長老上唱）

【前腔】能吃酒，會噇㊹齋。吃得醺醺醉，便去摟新戒㊺。講經和迴向㊻，全然尷尬㊼。你官人若是有文才，休來看佛會。

（生、淨相見介）（生白）父母來此，不知路上安否如何？特來就此保護，望長老迴向則個。（淨）原來如此。請相公上香通情旨㊽。（生上香唱）

㊸ 蒿惱：驚擾；擾動。
㊹ 噇：吃喝。原作「撞」，據錢本改。
㊺ 新戒：別的五戒（和尚）。
㊻ 迴向：本指以自己所修善根，為亡者追悼，以期亡者安穩。這裡指讀迴向文，使死者成佛往生。
㊼ 尷尬：難進難出；難堪。
㊽ 通情旨：通報心中的情思意念向佛祈禱。

【江兒水】如來證明[49]，鑒茲邕啟：我雙親在途路不知如何的？仰惟菩薩大慈悲。（合）龍天[50]鑒知，龍天護持，護持他登山渡水。（淨唱）

【前腔】如來證明，覽茲情旨。蔡邕的父母望相保庇，仰惟功德不思議。（合前）（末唱）

【前腔】我東人盡日，常懷憂慮。只愁二親在途路裡，孝思情意真個感神祇。（合前）（丑唱）

【前腔】我聞知做會，特來隨喜。饅頭素食多多與，若還不與我自入齋廚。（合前）

（淨白）與佛有緣蒙寵顧。（生）願親無事不艱難。（末）因過竹院逢僧話，（丑）又得浮生半日閑。（並下）（旦上唱）

【縷縷金】原來是，蔡伯喈。馬前都喝道[51]，狀元來。料想雙親像，他每留在[52]。敢天教夫婦再和諧，都因這佛會[53]？

（白）恰才這個官人，奴家詢問起來，原來是蔡伯喈。好也！也會相見。公婆兩個真容，想是他收了分曉。奴家如今竟投他家裡去，看如何？大家因此相會，也不見得？呀！莫不是天交相逢是這遭。正是：不因漁父引，怎得見波濤？（旦下）

---

[49] 證明：原作「證盟」，據九宮正始改。下曲同。

[50] 龍天：八部眾中之龍眾、天眾，即龍神諸天，擁護佛法之善神。

[51] 馬前都喝道：原作「馬前喝道□」，據錢本校補。

[52] 留在：即留著。

[53] 都因這佛會：九宮正始冊四中呂引疊一句。

第三十四齣❶

（貼上唱）【十二時】心事無靠❷托，這幾日番成悲也。父意方回，夫愁稍可。未卜程途裡的如何，教我怎生放下？

（白）不如意事常八九，可與語人無二三。自嫁蔡伯喈之後，此人常是憂悶，奴家妝盡圈❸套去問他；比及問將來，去對爹爹說，要和他同去，爹爹不肯；及至爹爹肯了，教人去取他爹娘媳婦來，又不知路上如何，為他擔了多少煩惱。況兼家裡幾個後生的都使去了，雖則有幾個使喚的，那裡中使？怎生得一個精細的，早晚公婆到來，得他使喚也好。不免叫過院子出來，問他則個。（末上白）書當快意讀易盡，客有可人期不來。世上幾人能稱意，光陰何況苦相催。喏！夫人有甚使令？（貼）你與我街坊上尋問，有精細的婦人，尋一個使喚咱。（末）這個容易。遠遠望見一個婦人來，不知是甚麼人？（旦上唱）

【繞池遊】風餐水臥，甚日能安妥？問天天怎生結果？（貼介唱）梳妝淡雅，看風措堪描堪畫。是何人教來問咱❹？

❶ 第三十四齣：明通行本本齣標目作「兩賢相遘」。
❷ 靠：原作「告」，據巾箱本改。
❸ 圈：原無「圈」字，據巾箱本補。

（末問❺旦白）姑姑，夫人教你傍前來。（旦）夫人萬福！（貼）姑姑，你做甚麼？（旦）貧道教化，望夫人高抬手則個。（末）夫人，這個婦人偏不好？必定是個教化的，何似收留他。（貼）姑姑，你有甚本事？（旦）貧道大則琴棋書畫，小則針指工夫，下則飲食肴饌，無所不通，無所不曉。（末）夫人，且收留他便了。（貼）姑姑，你在路裡教化，也生受一般，何似在我府堂裡吃些安樂飯如何？（旦介）貧道雖蒙夫人收錄，只怕貧道無可稱夫人之意。（末）也說得是。（貼）姑姑，當原❻你從小出家，還是有丈夫出家？（旦）實不瞞夫人，奴家丈夫，久出都下，家內連喪了公婆，都是奴家斷送，把家私都壞了，身無所倚，特來尋取丈夫。一路上把琵琶教化將來，又尋不見丈夫。（貼）險些錯了。（末）且問他丈夫是甚麼人？（旦介）如何好？（貼）姑姑，你丈夫姓甚？名誰？（旦介）好教夫人得知：奴家丈夫姓蔡，名伯喈。（貼、末）姑姑，那裡住來？（旦）住在陳留縣。夫人也敢認得？（貼）我那裡認得？院子，他既有丈夫的人，難收留他，與他些錢米，教他去休。（末）姑姑，夫人與你些錢米，交你去。（旦）苦也！我不合說道有丈夫，如何好？（介）奴家丈夫，□路上尋問來，一個個道是牛丞相府廊下住，夫人如何不認得？夫人想是奚落❼貧道。（貼）我奚落你做甚麼？院子，是有這個人麼？（末）沒

---

❹ 梳妝三句：汲本、箚記另題曲牌作前腔。風措，風韻。柳永合歡帶詞：「身材兒，早是妖嬈，算風措，實難描。」

❺ 末問：以下白文，諸本差異頗多，文長不錄。

❻ 當原：當初；原先。

❼ 奚落：戲弄；冷落。

這個人。（旦）一個個道是牛丞相府廊下住，若不在這裡，定是死了。苦！丈夫，你若死了，教我倚靠著誰為主。（哭介）（貼）可憐這婦人。休休，姑姑只在我家裡，我一壁廂教人與你尋丈夫如何？（末）夫人也說得是。（旦）謝得夫人！（貼）姑姑，你在我府中，休恁地打扮，我與你改換衣裝。院子，你取過妝奩衣服出來。（末）領懿旨❽。（下）（末上）妝奩衣服在此。正是：寶劍賣與烈士，紅粉贈與佳人。（末下）（旦）奴家有公婆六年之孝，又替丈夫六年之服，如何便脫了孝服？（貼）不妨。我老相公須忌諱這般打扮。（旦）苦！如何是得？（照鏡介）（唱）

【二郎神】容瀟灑，照孤鸞嘆菱花剖破。（貼）你既不梳妝，改換衣服麼。（旦提衣介唱）苦！記翠鈿羅襦當日嫁，誰知他去後，釵荊裙布無些？（貼）你既不梳妝，帶釵麼。（旦提釵起介唱）苦！他金雀釵頭雙鳳嚲❾，羞殺人形孤影寡。（貼）不帶釵，帶些花，別些吉凶。（旦）說甚麼簪花，撚牡丹，教奴怨著嫦娥。（貼唱）

【前腔換頭】嗟呀，心憂貌苦，真情怎假？你為著公婆珠淚墮，姑姑，我公婆自有，不能彀承奉杯茶。姑姑，你比我沒個公婆得承奉呵，不枉了教人做話靶❿。我且問伊咱⓫：你

---

❽ 懿旨：舊時指皇太后、皇后的命令，這裡是對小姐命令的美稱、敬稱。

❾ 嚲：下垂貌。原作「躲」，據巾箱本改。

❿ 話靶：即話柄，被人議論的口實。

⓫ 我且問伊咱：原作小字白文，據巾箱本改。

公婆，為甚的雙雙命掩黃沙？（旦唱）

【嚩林鶯】荒年萬般遭坎坷，丈夫⑫又在京華。糟糠暗吃擔飢餓，公婆死，賣頭髮去埋他。把孤墳自造，土泥盡是我羅裙包裹。也非誇，手指傷，血痕尚在衣羅。（貼唱）

【前腔】愁人見說愁轉多，使我珠淚如麻。我丈夫亦久別雙親下，他要辭官被我爹蹉跎。（旦介）他家有誰？（貼）他妻雖有麼，怕不似恁看承爹媽。（旦）如今在那裡？夫人。（貼）在天涯，謾去取，知他路上如何？（旦唱）

【啄木鸝】聽言語，教我淒愴多，（介）料想他也應非是埋妒⑬。（介）夫人，他那裡既有妻房，取將來怕不相和。（貼）但得他似你能掗把，我情願侍他居他下。只愁著，程途上辛苦，教人望巴巴。（旦唱）

【前腔】錯中錯，訛上訛，只管來鬼門前空占⑭卦。夫人，若要識蔡伯喈的妻房，（貼）他在那裡？（旦）奴家便是無差。（貼介唱）你果然是他非謊詐？原來你為我吃折銼，你為我受波查⑮。教你怨我，教我怨爹爹。（貼唱）

⑫ 丈夫：原無「丈」字，據九宮正始補。巾箱本作「夫婿」，通行本作「兒夫」。
⑬ 埋妒：妒忌。巾箱本作「性妒」。
⑭ 占：原作「貼」，據巾箱本改。
⑮ 波查：折磨；艱辛。

【金衣公子】一樣做渾家⑯，我安然伊受禍，你名為孝婦我吃旁人罵。公死為我，婆死為我，情願把你孝衣來穿著把濃妝罷。（合）事多磨，冤家⑰到此，逃不得這波查。（旦唱）

【前腔】他當原也沒奈何，被強將來赴選科，辭爹爹不肯聽他話。（貼）辭官不可，辭婚不可。（合）三不從做成災禍天來大。（合前）

（貼白）姐姐，休怪我說。我教你換了衣裳又不肯，你這般藍縷，又怕伯喈羞不肯認你。姐姐，伯喈平日好看文章書史，你何似去書館中寫幾句言語打動他，交他看了，我與你說合則個。（旦）也說得是。（介）便做得不好，也索從他。謝得夫人！凡事全靠夫人。（貼）姐姐，說那裡話！**無限心中不平事，一番清話又成空。**（旦）正是：**一葉浮萍歸大海，人生何處不相逢？**（並下）

⑯ 渾家：妻子。錢大昕恆言錄卷三：「稱妻曰渾家，見鄭文寶南唐近事。」

⑰ 冤家：指伯喈。

第三十五齣❶

（末上白）少小須勤學，文章可立身。滿朝朱紫貴，盡是讀書人。自家乃是蔡相公府中一個堂候官。我那相公，雖居鳳閣鸞臺❷，常在螢窗雪案❸。退朝之暇，手不停披。如今晚下，相將❹回府，免不得灑掃書館，等候相公回來。怎見得好書館？但見明窗瀟灑，淨几端嚴。明窗瀟灑，碧紗內煙霧輕盈；淨几端嚴，虎皮❺上塵埃不染。粉壁間掛三四軸古畫，石床上安一兩張清琴。緗帙縹囊❻，數起看何止四萬卷；牙籤犀軸❼，乘將來夠有三千❽車。芸葉分香走魚蠹，芙蓉妝粉養龍賓❾。鳳咮馬肝和那

---

❶ 第三十五齣：明通行本本齣標目作「孝婦題真」。

❷ 鳳閣鸞臺：朝廷官署名。唐武后時改中書省曰鳳閣，門下省為鸞臺。

❸ 螢窗雪案：晉車胤家貧，夏夜以囊盛螢照書，孫康冬夜映雪讀書，後成為貧士苦讀的典故。

❹ 相將：即將。

❺ 虎皮：指靠墊。

❻ 緗帙縹囊：指書籍。緗帙，書卷外淺黃色的封套。緗，原作「湘」，據臞仙本、汲本改。縹囊，淡青色絲帛製成的書囊。

❼ 牙籤犀軸：象牙標籤與書畫上的犀角軸頭，合指書籍。

❽ 千：汲本作「十」。晉書張華傳：「嘗徙居，載書三十乘。」似用此典。

❾ 芙蓉句：芙蓉粉，保養紙張的一種色粉。龍賓，神話中的墨精，傳說「凡世人有文者，其墨上皆有龍賓十二」。見舊題唐馮贄雲仙雜記。

鸜鴿眼⑩，無非奇巧；兔毫麢尾和那象犀管⑪，分外精神。積金花玉版之箋⑫，列錦紋銅綠之格⑬。正是休誇東壁圖書府，真個賽過西垣翰墨林⑭。且謾著，我昨日去佛會中拾得一軸畫像，不知甚麼故事，相公當時教留下，如今也掛在這裡。我相公實學多才，怕解得這故事，也不見得？（末下）（旦上唱）

【天下樂】一片花飛故苑空，隨風飄泊到簾櫳。玉人怪問驚春夢，只怕東風羞落紅。

（白）撇下落紅三四點，錯教人恨五更風。奴家當初只道蔡伯喈貪名逐利，不肯回家，原來被人強留在此。昨日教化來到這裡，甚感得牛氏夫人收錄；又怕丈夫見奴家藍縷，不肯廝認，教奴家題幾句言語打動那蔡伯喈。奴家只得從他，來到這書院中。且謾著，寫在那裡得好？（介）呀！原來公婆真容也掛在此，何似就真容背面題幾句便了。（寫介）（唱）

【醉扶歸】我有緣結髮曾相共，難道是無緣對面不相逢？我鳳枕鸞衾也和他同，倒憑兔毫繭紙將他動。休休，畢竟一齊分付與東風，把往事也如春夢。

⑩ 鳳咮句：三種名硯。鳳咮，熙寧中王頤所製硯，石蒼黑而玉色。馬肝，馬肝石所製硯，色如馬肝。鸜鴿眼，硯石上有圓形斑點，大如五銖錢，小如芥子，外有暈至千餘重者，謂之鸜鴿（俗名八哥）眼。

⑪ 兔毫句：指用兔毛、麢毛（一種鹿毛）作筆頭、用象牙、犀角作管的毛筆。

⑫ 金花句：言書牋紙張的名貴。金花箋，繪有金花的書牋。玉版箋，以名貴的玉版紙所作的書牋。

⑬ 格：支架。這裡指以奇石古銅製成的筆架。

⑭ 東壁二句：比喻藏書之富。唐張說恩制賜食於麗正書院：「東壁圖書府，西園翰墨林。」東壁，壁宿別名，以在室東，故名。晉書天文志：「東壁二星，主文章，天下圖書之祕府也。」

（介）（寫詩）崑山⑮有良璧，郁郁璵璠⑯姿。嗟彼一點瑕，掩此連城瑜。人生非孔顏⑰，名節鮮不虧。拙哉西河守，胡不如皋魚？宋弘既以義，黃允何其愚⑱！風木⑲有餘恨，連理⑳無旁枝㉑。寄語青雲客，慎勿乖天彝㉒。（旦又唱）

【前腔】彩筆墨潤鸞封重㉓，只為玉簫聲斷鳳樓空。這牛氏夫人，也怕我藍縷上頭，怕伯喈不相認，我須帶孝來。還是教妾若為㉔容？我不寫詩打動蔡伯喈呵，只怕為你難移寵。（介）縱認不得這丹青，怕他貌不同，他若認我翰墨，教心先痛。

（白）未卜兒夫意，　聊憑一首詩。

正是：得他心肯日，　是我運通時。（旦下）

⑮ 崑山：崑崙山之省稱。崑崙山產玉，故詩言「有良璧」。
⑯ 璵璠：美玉名。
⑰ 孔顏：孔子與顏回。
⑱ 拙哉四句：四典故見下齣科白。
⑲ 風木：韓詩外傳九：「樹欲靜而風不止，子欲養而親不待也。」後以風木喻父母亡故，不及侍養。
⑳ 連理：樹木連枝而生。比喻夫婦。
㉑ 旁枝：指別娶。
㉒ 天彝：天道之常法、準則。
㉓ 彩筆句：形容題詩的慎重和心情。鸞封，彩箋。
㉔ 若為：怎樣；如何。

第三十六齣❶

（生上唱）【鵲橋仙】披香❷隨宴，上林遊賞，醉後人扶馬上。金蓮花炬照回廊，正院宇梅梢月上。

（白）日晏下彤闈❸，平明登紫閣。何如在書案，快哉天下樂。自家早朝長樂，夜直嚴更。召問鬼神，或前宣室之席❹；光傳太乙，時分天祿之藜❺。惟有戴星衝黑❻出漢宮，安能滴露研朱點周易❼？這幾日且喜朝無煩政，官有餘閑。庶可留志於詩書，從事於翰墨。正是：事業要當窮萬卷，人生須是惜分陰。（看書介）這是甚麼書？是尚書裡是❽堯典。（讀撇介）這堯典說道：「舜父頑❾，母嚚❿，象傲⓫，

❶ 第三十六齣：明通行本本齣標目作「書館悲逢」。
❷ 披香：披香殿，漢時後宮的宮殿，在長安。
❸ 日晏下彤闈：言離開宮中。彤闈，朱紅色的宮門。闈，宮旁門。
❹ 召問二句：漢文帝召賈誼於宣室，問以鬼神之事，誼具道所以。至夜半，文帝移席前聽。見漢書賈誼傳。
❺ 光傳二句：劉向於漢成帝、哀帝時，校書天祿閣，夜有老人，杖藜而進，見向暗中獨坐誦書，乃吹杖頭出火，一室通明。說天地開闢以前事，至天明始去。自言：「太乙之精，聞金卯（劉）姓，有博學者，下而觀之焉。」見太平廣記卷一六一。
❻ 戴星衝黑：頂星冒黑，意為歸家甚晚。
❼ 周易：即易經。該句出高駢步虛詞。

克諧以孝。」沒⑫，他父母那般相待，舜猶自克諧以孝。我父母虧了我甚麼？倒閃⑬了他⑭，不能夠廝見。看什麼尚書？且看春秋倒好。（介）「小人有母……未嘗君之羹，請以遺⑮之。」沒，古人吃一口湯，骨自尋思著娘。我如今做官人，享富貴，如何可把父母撇了？呀！枉看這書，行不得，濟甚事？你看文書裡那一句不說著孝義？當原俺爹娘只要俺學些孝義，教我讀文書來，誰知道倒被文書誤？呀！

我怎地是那孝？（唱）

【解三醒】⑯嘆雙親把兒指望，教兒讀古聖文章。比⑰我會讀書的倒把親撇漾，少甚麼不識字的倒得終養。書，**我只為你其中自有黃金屋，卻教我撇卻椿庭萱草堂。還思想，**休**休，畢竟是文章誤我，我誤爹娘。**

---

⑧是：疑衍。

⑨頑：愚妄。

⑩嚚：音ㄧㄣˊ。愚蠢。

⑪象傲：象，舜弟，性傲慢無理。

⑫沒：這麼、那麼的省文。見詩詞曲語辭匯釋卷三。

⑬閃：抛撇；抛棄。

⑭他：原作「我」，據巾箱本改。

⑮遺：音ㄨㄟˋ。給予。左傳隱公元年：「小人有母，皆嘗小人之食，未嘗君之羹，請以遺之。」

⑯解三醒：原作解三醒，據曲譜改。

⑰比：錢注為「比似」的省文，像的意思。

【前腔】比似我做了虧心臺館客，倒不如守義終身田舍郎。白頭吟⑱記得不曾忘，綠鬢婦何故在他方？書，我只為你其中有女顏如玉，卻教我撇卻糟糠妻下堂。還思想，休休，畢竟是文章誤我，我誤妻房。

（白）既不看文書，看這壁間山水古畫，散悶歇子。（介）這一軸畫像，是我夜來⑲在寺中燒香，院子拾得的，怎的也掛在這裡？（介）這甚麼故事？（唱）

【太師引】細端詳，這是誰筆仗？覷著他教我心兒好感傷。（細看介）好似我雙親模樣。沒，我看我媳婦會針指生活，便做我的爹娘呵，怎穿著破損衣裳？他前日書道，別後容顏無恙，怎這般淒涼形狀？諒著我要寄一封書，不能彀到，誰往來直將到洛陽？天下少甚麼廝像的，須知仲尼和陽虎⑳一般龐。

【前腔】我理會得了：這是街坊，誰劣相㉑，砌㉒莊家形衰貌黃。比我爹娘呵，若沒一個媳婦相傍，少不得也這般淒涼。（心動介）敢是神圖佛像？更㉓不是，卻怎地我正看間，猛可的小

---

⑱ 白頭吟：樂府楚調曲名。樂府解題：「白頭吟疾人相知，以新間舊，不能至於白首，故以為名。」

⑲ 夜來：昨日。

⑳ 陽虎：孔子時，魯國季氏權臣陽貨，史記作陽虎，貌與夫子相像。

㉑ 劣相：乖劣；搗蛋。

㉒ 砌：開玩笑。這裡是故意嘲笑莊稼人。

㉓ 更：不論怎樣；絕；縱。

鹿兒心頭撞？這也不是神佛樣子，敢是當原畫的不是了。**丹青匠由他主張，須知漢毛延壽㉔誤王嬙。**

（白）且謾著，若是個神佛，背面必有標題。（見詩介）呀！這詩不是它在先有的，墨跡兀自不曾乾，敢是卻才題的？（猜介）甚麼人入我書房裡來做甚麼？（生叫介）（貼上唱）

【夜遊湖】惟恐他心思未到，教他題詩句暗中指挑。翰墨開心，丹青入眼，強如把語言相告。

（生怒白）好怪麼！（貼）有甚怪？（生）誰人入我書房裡來？（貼）沒人。（生）我昨日去寺裡燒香，拾得一軸畫兒掛在這裡，甚麼人去背後題著一首詩？（貼）敢是當原畫的題？（生）那裡是？墨跡不曾乾，卻㉕寫來的。（貼背云）我理會得了。相公，且讀一番與我聽咱。（生再讀介）（貼）你解說與我，交我省得也好。（生）上面引著幾個故事。（貼）故事怎地說？（生）這西河守的，便是戰國時吳起，魏文侯交做西河郡守，母死不奔喪。這皋魚乃是春秋時人，只為周遊天下，他父母死了，後來回歸，自刎而亡。（貼）更有甚麼故事？（生）宋弘是光武官裡時節，要把湖陽㉖公主嫁與他，宋弘不肯，回官裡道：貧賤之交不可忘，糟糠之妻不下堂。黃允的便是桓帝時人，司徒袁隗要把從女嫁與黃允，黃允休了自的媳婦，去娶那袁氏。（貼介）相公，不奔喪和那自刎的，那一個孝道？（生）那不奔喪的亂道。

㉔ 毛延壽：漢宮廷畫師。索賄不成，故將王嬙面容點污，使嬙遠嫁匈奴。見西京雜記。

㉕ 卻：疑為「恰」。

㉖ 湖陽：原作「胡陽」，據汲本改。

（貼）那不棄前妻和那休了妻求娶的，那一個正道？（生）這休了妻求娶的亂道。（貼）你肯㉗學那一個？（生介）我父母知他存亡如何？我須決不學那休妻求娶妻的。（貼）你雖不學那休妻求娶的，似你這般富貴，假如有糟糠之妻，藍縷醜惡，可不辱邈㉘了你，莫不也索休了？（生）怎道醜惡藍縷殺，也只是我妻房，義不可絕。（生怒唱）

【鏵鍬兒】你說得好笑，可見心兒窄小。我決不學那黃允的，沒來由漾㉙卻苦李，再尋甜桃。古人云：棄妻㉚有七出之條㉛，他不嫉不淫與不盜，終無去條。你道那棄妻的，眾所誚；那不棄妻的，人所褒。縱然他醜貌，怎肯相休去了？（貼唱）

【前腔】雖然如此，伊家富貴，那更青春年少。看你紫袍著體，金帶垂腰。做你的媳婦呵，應須有封號，金花紫誥。必俊倬，須媚嬌。若還他醜貌，相公，怎不相休去了？（生唱）

【前腔】你言顛語倒，惱得我心兒焦燥。呵呵，莫不是你把咱奚落，特骨的㉜妝喬？引得我淚痕交，撲簌簌這遭。夫人，題詩的是誰？（貼）你待怎地？（生）他把我嘲，難恕饒。說

㉗ 肯：拚；恰。
㉘ 辱邈：即辱沒。玷辱。
㉙ 漾：拋開。又作「颺」。
㉚ 棄妻：原缺「妻」字，據巾箱本補。
㉛ 七出之條：棄妻的七種理由：無子、淫泆、不事舅姑、口舌、盜竊、妒忌、惡疾。有其一，即可休棄。
㉜ 骨的：或作「兀自」。

與我知道，怎肯干休住了？（貼唱）

【前腔】我心中忖料，想不是個薄情分曉。管教他夫婦會合，定在今朝。相公，你認得題詩的人麼？（生）我不認得。（貼）伊家枉然焦，骨自未瞧。這題詩的呵，是伊大嫂，身姓趙。正要說與你知道，怎肯干休住了？（旦上唱）

【賺】㉝聽得鬧炒，敢是我兒夫看詩囉唣㉞。（貼）姐姐出來。（旦）是誰忽叫姐姐？料想是夫人召，必有分剖。（貼介唱）是他題詩你還認得否？（生）夫人，他卻那裡來？（貼）他從陳留為你來尋討。（生認介唱）是你怎地穿著破襖，衣衫盡是素縞？呀！莫是我的，雙親不保？

（旦介唱）

【前腔換頭】從別後，遭水旱，（生）是水旱來。（旦）兩三人只道同做餓殍。（生）張大公曾周濟你麼？（旦）只有張公可憐，嘆雙親別無倚靠。（生）如何？（旦介唱）兩口相繼死，我剪頭髮賣錢來送伊妣考。（生介）曾葬了不曾？（旦）把墳自造，土泥都是我羅裙裹包。（生）聽得你言語，教我痛殺噎倒。

（生倒介）（旦、貼救醒介）（生起拜真容哭介）（唱）

㉝ 賺：九宮正始作竹馬兒賺。原本不分段，據正始分作兩曲。

㉞ 囉唣：嚕囌；喧鬧。

【山桃紅】蔡邕不孝，把父母相拋。爹爹，媽媽，我與別時，也不恁地。早知你形衰耄，怎留漢朝？娘子，你為我受煩惱，你為我受劬勞。謝你送我爹，送我娘，你的恩難報也！又道養子能代老。（合）這苦知多少，此恨怎消？天降災殃人怎逃？（旦唱）

【前腔】儀容想像，是我親描。教化把琵琶撥，怎禁路遙？丈夫，說甚麼受煩惱？說甚麼受劬勞？不信看你爹，看你娘，比別時尚兀自形枯槁也。我的一身難打熬。（合前）（貼唱）

【前腔】說著圈套，被我爹相招。逼為東床婿，怎行孝道？姐姐，你為我受波查，你為我路途遙。丈夫，是我誤你爹，誤你娘，誤你名為不孝也。做不得妻賢夫禍少。（合前）（生唱）

【前腔】捋卻巾帽，解卻衣袍。（旦）你急上辭官表，只這兩朝。（貼）丈夫，我豈敢憚煩惱？豈敢憚劬勞？歸去拜你爹，拜你娘，親把墳塋掃也。與地下亡魂添榮耀。（合前）

【尾聲】幾年分別無音耗，奈千山萬水迢遙。只為三不從生出這禍苗。

（生白）我明日和他同歸去，拜守雙親墳臺，行須㉟孝道，你意下如何？（旦）只怕他爹爹不肯。（貼）我爹爹見你這般行孝道，如何不肯？

（生）只為君親三不從，　致令骨肉兩成空。

（合）今宵剩把銀釭照，　猶恐相逢是夢中。（並下）

㉟須：錢注：「猶云『些』。」

第三十七齣❶

（末上唱）【虞美人】青山今古何時了，斷送人多少！孤墳誰與掃蒼苔？鄰家陰風吹送紙錢來。

（白）〔玉樓春〕冥冥長夜不知曉，寂寂空山幾度秋。泉下長眠人醒未？悲風蕭瑟起松楸。老漢曾蒙趙五娘之所托，教我與他看管這墳臺。這幾日有些貧冗❷，不及來看。呀！怎地？（末介唱）

【步步嬌】只見黃葉飄飄把墳頭覆。（逐介）廝趕的皆狐兔。（望介）敢是誰斫了木頭，怎地松楸漸漸疏？（滑倒介）苔把磚封，筍迸著泥路。休休，罷罷，只恐你難保百年墳，教憑誰看你三尺土。

（白）遠遠望見一個漢子來，不知甚麼人？（丑上唱）

【前腔】渡水登山多勞苦，到得這荒村塢。遠觀見一老夫，試問他家，住在何處。趲步向前行，卻是一所荒墳墓。

（末白）哥哥，你那裡來？（丑）我是京都來。（末）誰家裡？（丑）我是蔡相公家裡人也。（末）蔡相

❶ 第三十七齣：明通行本本齣標目作「張公遇使」。

❷ 貧冗：窮忙。冗，煩忙。

公，是那裡蔡相公？教哥哥來這裡，有甚麼勾當？（丑）我是蔡伯喈相公差我來這裡，取老員外、老安人和小娘子，一同到洛陽去。（末介）（發怒唱）

【風入松】你不須提起蔡伯喈，說他每哏❸歹！（丑）他有甚歹處？老子無禮來。（末）**他中❹狀元做官六七載，撇父母拋妻不采。**（丑）他父母在那裡？（末介唱）**只兀的磚頭土堆，是他雙親的在此中埋。**

（丑）原來老員外、老安人死了。不知為甚的死了？（末唱）

【前腔】一從他別後遇荒災，更無人倚賴。（丑）卻是誰承直這兩人？（末）**虧他媳婦相看待，把衣服和釵梳都解。**（丑）解也須會盡。（末）便是。這小娘子解得錢來，糴米做飯與公婆吃，**他魆地裡❺把糟糠自捱，公婆的倒疑猜。**

（丑）公婆只道他背地裡吃了好物事？（末）便是❻。（唱）

【犯衮】❼他公婆的親看見。雙雙死，無錢送，剪頭髮賣買棺材。（丑）他那般無錢，如何築

---

❸ 哏：同「狠」、「很」。

❹ 中：原作「做」，據九宮正始引改。

❺ 魆地裡：猶言暗地裡。魆，音ㄒㄩˋ。

❻ 便是：原為大字曲文，緊連下曲首句。據巾箱本改。

❼ 犯衮：錢本引九宮正始注調：時譜以風入松一、二曲後之二段為急三槍，查得元譜，始知此調名犯衮。尚有犯朝、犯歡、犯聲等調，皆必間入風入松套內。錢本據補。

一所墳臺？（末）他去空山裡，把裙包土，血流指，感得神明助與他築墳臺。

（丑）這小娘子如今在那裡？（末唱）

【風入松】他如今直往帝京來。（丑）他把甚麼做盤纏？（末）他彈著琵琶做乞丐。（丑）苦！蔡相公特教我來取，老員外、老安人又都死了，小娘子卻又去了，交我空走了這一遭。（末叫介）老員外、老安人，你孩兒做官，教人來取你。苦！叫他不應魂何在？空教我珠淚盈腮。（丑）我如今回去，教相公多做些功果，追薦他便了。（末笑介）他生不能事，死不能葬，葬不能祭，這三不孝逆天罪大，空打醮枉修齋。

（末白）你相公如今在那裡？（丑）見今贅居在牛丞相府裡。（末唱）

【犯朝】❽你如今便回，道張老的道與蔡伯喈。（丑）道甚麼？（末）道你拜別人爹娘好美哉，親爹娘死不直你一拜。

（丑）公公，休錯埋冤了人。他要辭官，官裡不從；辭婚，牛丞相不肯。如今好生要歸，又不可得。

（末）恁地那呵，（唱）

【風入松】原來他也只是無奈，恁地好似鬼使神差。便是他當原在家辭赴選，他父母也不從他，這是三不從把他廝禁害❾。恁的呵，三不孝亦非其罪。（丑）公公，險些錯枉冤了人。（末）這只

---

❽ 犯朝：同❼。

❾ 禁害：牽連陷害。

是他爹娘福薄運乖，人生裡都是命安排。

（末白）總領哥，老漢不是別人，張大公的便是。當原蔡伯喈臨去之時，把爹娘分付與我來。你如今路上見一個道妝的婦人，拿著一個琵琶，背著一個真容的，便是蔡伯喈娘子，你把盤纏與他，一路上承直他去。你傳示相公，道張大公道來：你的雙親死了兩無依，便做今日回來也是遲。（丑）夜靜水寒魚不食，滿舡空載月明歸。（並下）

第三十八齣❶

（外上唱）【風入松慢】女蘿松柏望相依，況景入桑榆。他椿庭萱室齊傾棄，怎不想家山桃李？中雀誤看屏裡，乘龍難駐門楣。

（白）只因一著錯，輸了一炮落。自家當初不仔細，一時定要招蔡伯喈為婿。誰想道他爹娘都死了，如今他媳婦來此取他。見說我的女孩兒也要和他同去，不知是否？待俺喚院子過來問他則個。（末上白）紋犀❷欲下意沉吟，棋局頻看仔細尋。猶恐中間差一著，教人錯用滿枰❸心。喏！覆相公：有何鈞旨？

（外）院子，說道蔡狀元的小娘子來，我的小娘子要和他同去，還是如何？（末）男女也是如此說，這事怕老姥姥知道詳細。（外）老姥姥過來。（淨上唱）

【光光乍】女婿要同歸，岳丈意何如？忽叫奴家緣何的？想必與他作區處。

（外白）老姥姥來。我的小娘子要和蔡狀元同去，還是如何？（淨）果然如此要去。他家裡爹娘都死了，都是一個媳婦支持，今日只是教小娘子去墳上拜祭，有何不可？（外）不中，我的女孩兒，如何與別人帶孝？（淨唱）

---

❶ 第三十八齣：明通行本本齣標目作「散髮歸林」。
❷ 紋犀：有紋理的犀角物。這裡指犀角製的圍棋子。
❸ 枰：棋盤；博局。

【女冠子】媳婦事舅姑合體例，怎不教女孩兒同去？當初是相公相留住，今日裡怨著誰？（外）我不教女孩兒同去，又待怎地？（淨）事須近理，怎挾威勢？休道朝中太師威如火，更有路上行人口似碑❹。（合）想起，此事費人區處。（末唱）

【前腔】我相公只慮多嬌女，怕跋涉萬山千水。相公，女生向外❺從來語，況既已做人妻。夫唱婦隨，不須疑慮。相公，這是藍田種玉結親誤，今日裡到海沉船補漏遲。（合前）（外唱）

【前腔】當初是我不仔細，誰知道事成差池？念深閨幼女多嬌媚，怎跋涉萬餘里？我嫡親有誰，怎生分離？休休，不教愛女擔煩惱，也被旁人道是非。（合前）

（外白）老姥姥，由他去，我管甚麼閑是非？（淨）都來了。（生、旦、貼上唱）

【五供養】終朝垂淚，為雙親教我心疼。（貼）墳頭須共守，只得離宸京❻。（生）商量個計策，猶恐你爹心不肯。（合）若是他不從，只說道君王有命。

（相見介）（外白）這便是蔡伯喈的媳婦？（旦）奴家便是。（外、末、淨）賢哉！賢哉！（貼白）孩兒有一事拜覆爹爹：古人云，娶妻所以養親，是謂奉事舅姑者。孔夫子云，生事之以禮；死葬之以禮，祭

❹ 口似碑：是非善惡，眾口喧傳，如碑而立，難以磨滅。
❺ 女生向外：白虎通封公侯：「男生內向，有留家之義。女生外向，有從夫之義。」
❻ 宸京：京城。宸，北宸；北極星。後借用為帝王所居，又為帝王的代稱。

之以禮❼。這姐姐之為蔡氏婦，生能竭力奉事公姑，死能購資送之禮，葬能盡封樹❽之勞。孩兒之為蔡氏婦，生不能供甘旨，死不能盡擗踊❾，葬不能事窀穸❿，何以為人？得罪於舅姑，有愧於姐姐多矣。今特請於爹爹之前，願居於姐姐之下。（外）賢哉！我女。（末、淨）也說得是。（旦）怎道人有貴賤，不可概論？娘子是香閨繡閣之名姝，奴家是荊釵布裙之賤妾；況承君命而成婚，難讓妾身而居右。（外）你來。你今日既無父母，又無公姑，你便是我孩兒一般；況你婚先歸於蔡氏，年又長於我兒；不必多辭。（生）你兩個只做姊妹相呼便了。（眾）這個說得極是。（生）女婿今日拜辭岳丈，領二妻同歸故里，共行孝道。待服滿之後，都得再來。（外）孩兒，其實不捨得你去，今日你爹娘既如此了，我也難留你。（貼）爹爹，孩兒暫別慈顏，實出無奈。爹爹善保尊體，不必掛牽。孩兒此去，想是三年之期。（外哭介）孩兒，你如今去拜舅姑的墳臺。（貼）爹爹且放心。（外）休休，女孩兒終是外向，兀的不痛殺我！（眾）⓫相公放心。（生拜辭唱）

【催拍】念伯喈為雙親命傾，遭不孝逆天罪名，今辭了漢廷。感岳丈深恩，非敢忘情。欲待不歸，又負他亡靈。（合）辭別去同到墳塋，心戚戚淚盈盈。（旦唱）

---

❼ 生事三句：見論語為政。
❽ 封樹：壘土為墳，植樹於墳。這裡指葬事。
❾ 擗踊：搥胸頓足，哀痛之極。為子婦初喪親時之哭禮。
❿ 窀穸：音ㄓㄨㄣ ㄒㄧˋ。指墓穴。窀，長埋。穸，長夜。
⓫ 眾：原作（丑），誤。臞仙本作（旦），汲本作（眾）。

【前腔】念奴家離鄉背井，謝相公教孩兒共行。非獨故里榮，我陰世公婆，死也目瞑。我自看待你孩兒，不須叮嚀。（合前）（外唱）

【前腔】辭別去，你的吉凶未憑，再來時，我的存亡未明。伯喈，吾今已老景。畢竟你沒爹娘，我沒親生。若念骨肉一家，須早辦回程。（合前）（貼唱）

【前腔】覷著爹顏衰鬢星，痛點點教別淚暗零。爹爹，我左難右難：誤了公婆，被人譏評；撇了親爹，又沒人看承。（合前）（生唱）

【一撮棹】寬心等，何須苦牽縈？（外）把音書寫，但頻頻寄郵亭。（貼）老姥姥，爹年老，我去呵，伊家須好看承。（合）程途裡，只願保安寧。死別全無準，生離又難定。今去也，何日到京城？

（外白）孩兒，你三人去，途中須當保重。（生、旦、貼）謝得爹爹！（合唱）

【哭相思】⑫最苦生離難捹捨，知他別再會何時也？（並下）⑬

---

⑫ 哭相思：節記作哭相思尾。

⑬ 並下：巾箱本之後有下場詩：「（外）女婿今朝已別離，老身孤苦有誰知？（合）夫唱婦隨同歸去，一處思量一處悲。」

第三十九齣❶

（丑扮李旺上唱）【柳穿魚】心忙似箭走如飛，歷盡艱辛有誰知？夜靜水寒魚不食，滿船空載月明歸。歸來後，到庭除，未知相公在何處？

（白）李旺蒙老相公使將陳留去，尋取這蔡相公的老員外、老安人、小娘子。原來兩個老的都死了，這小娘子走將來了，教小人空走一遭。且慢著，未對老相公說，只去與蔡相公說。（介）怎的房門都閉了？呀！敢是蔡相公出朝去了，小娘子要幽靜，自閉了門。（丑叫介）開門。怎地都沒人應，靜悄悄的？老相公也出那裡去？怎的都不見人呵？（外上唱）

【玩仙燈】門外有人聲，是誰來喧譁鬧炒？

（外白）呀！李旺，你歸來了。（丑）告相公：小人歸來了。（外）我小娘子和蔡相公都去了。（丑）那裡去？（外）家裡去了。（丑）蔡相公的媳婦曾到這裡麼？（外）我見了。是他爹娘死了麼？（丑）怎的不是？（丑唱）

【風帖兒】到得陳留，逢一個故老，在他每爹娘墳上拜掃。他爹娘呵，果然饑荒都死了，他媳婦，也來到；枉教人走這遭。（外唱）

❶ 第三十九齣：明通行本本齣標目作「李旺回話」。

【前腔】我如今去，朝廷上表，說蔡氏一門孝道。管取❷吾皇降丹詔，加封號，把他召。我自去陳留走一遭。

（丑白）告相公：這個趙氏，其實難得。（外）便是，一家都難得：蔡伯喈不忘其親，趙氏五娘孝於舅姑，我的小娘子能成人之美，如何不旌表？正是：**管取一封天子詔，表出四海孝賢名。**（並下）

❷ 管取：包管；準定。

第四十齣❶

（生上唱）【梅花引】傷心滿目故人疏，看郊墟盡荒蕪。（旦、貼上唱）惟有青山，添得個墳墓。（合）慟哭無由長夜曉，問泉下有人還聽得無？

（生白）〔玉樓春〕他鄉萬點思親淚，不能滴向家山裡。如今有淚滴家山，山裡雙❷親見無計。（貼）荒荒❸衰草連寒煙，蒼苔黃葉飛蘋蘩。欲聽雞聲來問寢，忽驚蟻夢❹先歸泉。（旦）人生自古誰無死？嗟君此恨憑誰語？（合）可憐衰絰❺拜墳塋，不作錦衣歸故里。（生澆奠，唱）

【玉雁子】孩兒相誤，為功名相誤了父母。都是孩兒不得歸鄉故❻，怎便歸到黃土？爹爹，媽媽，乾坤豈容不孝子？名虧行缺不如死，呀！只愁我死缺祭祀。（合）對真容形衰貌枯，

❶ 第四十齣：明通行本本齣標目作「風木餘恨」。
❷ 雙：原作「家」，據巾箱本改。
❸ 荒荒：臞仙本作「荒墳」。
❹ 蟻夢：唐李公佐南柯太守傳述淳于棼夢入大槐安國，出將入相，備享榮華富貴，醒後始知所遊即群蟻穴中。後因以蟻夢比喻榮華富貴的虛幻。宋蒲壽宬詩：「群峰暮聳峭，蟻夢猶一場。」
❺ 衰絰：音ㄘㄨㄟ ㄉㄧㄝˊ。古喪服。
❻ 鄉故：原作「故鄉」，據臞仙本改。

想靈魂悲憶❼痛苦。（貼唱）

【前腔】不孝的媳婦，恨當初擔閣我夫。吃人笑談生何補？我待死呵，又羞見公姑。公公，婆婆，我生前未能相奉事，何如事你向黃泉路？只一件，我死呵，家中老父，教誰看顧？（合前）（旦唱）

【前腔】今來廬墓，望雙親相與保扶。（旦介）親還有靈歆❽受此，望恕我兒夫，呀！空勞死後設祭祀，何如在日供喉嗉❾？知他享麼？知他居何所？（合前）（末介上唱）

【前腔】樓臺銀鋪，遍青山猶如畫圖。乾坤似你哀素，添個縞帶飛舞。你擗踊痛哭直恁苦，那堪雪片添淒楚。休恁地哭，且逆來順受麼。抑情就理通今古。（合前）

（生白）張大公來了。（介）多多謝得公公周濟！卑人正欲拜掃了，和賤累都來拜謝公公。（末白）豈敢受此！東流逝水幾時還，破鏡難修枉再看。（旦）要把孤身承重祀，休將慟哭送殘年。（貼）雲橫峻嶺家何在？雪擁深林馬不前。（生）知是遠來應有意，好收吾骨此墳邊。（末）相公休恁麼。老漢無可相慰勞，見天道煞寒，只有一杯淡酒，請相公且飲一杯。（生唱）

【玉山供】公公尊賜，念天寒特來問吾。公公，我雙親受三載飢寒，我怎不禁一日淒楚？

---

❼ 憶：臞仙本作「咽」。
❽ 歆：受享。指鬼神享受祭品。
❾ 喉嗉：指飲食。喉，咽喉。嗉，禽鳥喉下盛食的食囊。

（末）請請。（生）心中想慕，謾有這香醪難度。（合）感此恩情厚，這酒難辭，念取踏雪也來沽。（貼唱）

【前腔】勞公尊步，念天寒特來問奴。（末）夫人，請請。（貼）公公，這裡是冢上墳間，比不得暖閣紅爐。這般天氣呵，誰人將護？將護我家中親父。（合前）（旦唱）

【前腔】釵荊裙布，謝得公公諸般應副⑩。嘆奴身未得報深恩，如今再蒙相顧。非奴獨感德，我爹娘也銜恩在陰府。（合前）（末唱）

【前腔】人生如朝露，論生死榮枯有定數。相公，休只管慟哭爹娘，也須要繼承宗祖。況腰金背紫，不枉了光榮門戶。（合前）

（生、旦、貼白）甚勞公公，卻當厚謝。多謝深恩怎敢違。（末）相公，開懷寬解免傷悲。（合）休道世情看冷暖，果然人面逐高低。（並下）

⑩ 應副：供應；供給。

第四十一齣❶

（外上唱）【劉袞】乘驛騎，乘驛騎，陳留去開旨。（淨、丑上唱）略請行軒❷，到此少住。

（外）唯，此間是何處？住此還怎地？（淨、丑）此間站裡，待將鞍馬來換取❸。

（外白）這是站裡，換了馬者。（淨、丑介白）站官❹那裡？（末作站官上唱）

【前腔】聞知道，聞知道，相公忽來至。喏！不及迎接，萬乞罪恕。（外）不索要講禮，疾忙與分例❺。（末）同去便與，不敢稽違❻。

（末白）總領哥，不敢拜問：這相公還是去那裡勾當？（淨、丑）你不理會得，這是太師牛丞相。（末）如今那裡去？（淨）將著詔書，去陳留旌表孝子門閭。（外）站赤❼，你疾忙與分例鞍馬者。（末）領鈞

---

❶ 第四十一齣：本齣名「牛相宿驛」。臞仙本眉批：「此折為時本所刪。」故明通行本多缺此齣。臞仙本、忠孝傳存之。

❷ 行軒：車子。軒，車的通稱。

❸ 鞍馬句：元世祖時，全國遍設驛站，為官府使臣供應馬匹、車輛及食物。見元史兵志。

❹ 站官：元史兵志：「其官有驛令，有提領。」

❺ 分例：按規定份量分配的東西。

❻ 稽違：延誤；違反規定。稽，停留。

❼ 站赤：即驛站。元史兵志：「元制：站赤者，驛傳之譯名也。」這裡指站官。

旨。（淨）兀剌赤❽，俺路上要吃得，些介❾分例，俺那裡吃得夠，須索多討些個。（丑）有道理。待小人取了，總領偷將去，只道不曾與便了。（末與介）酒四瓶，肉三斤，米兩斗。（丑收，淨偷介）（丑）告相公：站官不與分例。（外）喚那廝來。（淨拖末跪告介）（丑指淨）卻是你拿將去了。（外）站赤，大體例與咱分例，你主甚麼意不與？你不怕那！（末）小人取來。（淨）那裡有？（末）兀剌赤將去了。（丑）小人不知。（外）打這蠻驢！（淨打末介）（末）小人與。（外）監那廝去。（末再支與丑收介）（淨）兀剌赤，還有甚麼來將去？（丑）只說道不與，剝了衣裳，捋了頭巾便打。（偷分例介）好！不與分例，俺剝了衣裳，捋了頭巾。（末）告相公：窮站官吃剝了衣服。（外）這潑祇候只為口腹。（丑）大丞相不管是非。（淨）破頭巾且將來裹肉。（並下）

---

❽ 兀剌赤：蒙古語馬車夫，驛站管車馬者。

❾ 些介：這麼些；這麼多。介，同「價」。意為「這樣」。

第四十二齣❶

（生、旦、貼上唱）【逍遙樂】寂寞誰憐我，空對孤墳將淚墮。（合）光陰拈指過三春，幽魂渺渺，夜府❷沉沉，誰與❸招魂？

（生白）夫人，你見麼？兩木連枝誰手栽？（貼）相馴白兔走墳臺。（旦）無情動植呈祥瑞，否極應須會泰來。（末上白）一封丹詔從天下，忽聽傳聞動郊野。說道旌表門閭，未卜何人也？呀！怎的？只見墳旁白兔真稀詫❹，連理木分枝兩跨。喞喞，畢竟孝道感將來，此事如何假？相公，賀喜咱！（生、旦、貼）賀甚喜？（末）公公。（末）外廂傳有詔書，旌表孝子門閭，府中已接了，想必為相公而來分曉。（生）人之孝者亦多，卑人何足稱孝？假如周公❺、曾子❻之孝，亦是人子分內當為之事，何足旌表？（旦、貼）敢❼不是？（末）夫人，你說著那裡話？古人云：孝弟之至，通於神明，光於四海，無所不通❽。

❶ 第四十二齣：明通行本本齣標目作「一門旌獎」。
❷ 夜府：錢注：「猶云夜臺，即墓穴。」
❸ 誰與：向何處；向那裡。誰，這裡謂何、那。與，猶向、對。見詩詞曲語辭匯釋卷一、卷四。
❹ 稀詫：稀奇；奇怪。或寫作「希吒」、「希差」。
❺ 周公：周文王子姬旦。周公攝政，行郊天之祭，以父文王配於上天。周公第一個施行以父配天之禮，故孝經以為大孝。見孝經聖治章。
❻ 曾子：曾參。孔子弟子。以通孝道、作孝經而著名。

見古木生連理之枝，白兔有馴擾之性。祥瑞如此，吉慶必來。（末唱）

【六幺令】❾連枝異木，見這墳臺，兔走如馴。禽蟲草木尚懷仁，這一封詔，必因君。（合）料天也會相憐憫，料天也會相憐憫。（生唱）

【前腔】皇恩若念臣，我也不圖，祿及吾身。只愁恩不到雙親，空孤負，這孤墳。（合前）（旦唱）

【前腔】知他假和真？謝得公公，報說殷勤。公公，空教你為我受艱辛，今日有誰，旌表你門庭？（合前）（貼唱）

【前腔】來的是甚人？悶中無由，一聲詢問。（生）❿悶中問甚麼？（貼）無由詢問我家尊，知他安與否，死和存？（合前）（丑扮縣官上唱）

【前腔】敕書已來近，鬧得街坊上，人亂紛紛。我每聽得便忙奔，辦香案，接皇恩。（合前）

（生白）何方宰相，直到此間？（丑）好教足下得知：今日牛丞相親自賫擎詔書，到此開讀。道旌表足

---

❼ 敢：這裡意為「豈」。

❽ 孝弟四句：見於孝經感應章。

❾ 六幺令：元譜也作六幺歌。

❿ 生：原缺，據錢本補。

下門閭，加官進職；二位夫人，皆有封號賞賜。小官特來鋪設，請相公夫人改換吉服。（生、旦、貼）不可。（丑）先王制禮，賢者俯而就之，不賢者跂而及之⑪。今足下服制⑫已過，有何不可？（生、旦、貼）也說得是。（合白）不是一番寒徹骨，爭得梅花撲鼻香。（生）遠遠望見一簇人馬來了，想必詔書到也，不免迎接則個。（外、淨上唱）

【前腔】⑬風霜滿鬢，玉勒雕鞍，走遍紅塵。今日到此喜忻忻⑭，重相見，解愁悶。（合）⑮料天也會相憐憫，料天也會相憐憫。

（外白）這是那裡？（丑）這是蔡家莊，請相公下馬。（外下馬介）（淨介）（生、旦、貼換衣上唱）

【前腔】心荒步緊，想著皇恩，已到寒門。披袍秉笏⑯更垂紳⑰，冠和帔⑱，一番新。（合

---

⑪ 先王三句：禮記檀弓：「先王之制禮也，過之者俯而就之，不至焉者跂而及之。」孔疏：「古者先代聖王制其禮法，使後人依而行之。故賢者俯而就之，不肖者跂而及之。」跂，通「企」。望的意思。

⑫ 服制：該服喪的規制。

⑬ 前腔：原作六幺哥。錢注，巾箱本別為一出，故注明曲牌；陸抄本不分出，應稱前腔為是。哥，即「歌」的省文。

⑭ 忻忻：原作「忺忺」，據巾箱本改。

⑮ 合：原文續接「料天也會相憐憫」二疊句。由注明曲牌並保留合頭原句看，本齣可能原已分齣。見錢注。

⑯ 秉笏：執笏。笏，手板，古代自天子至士皆執笏，書事於上，以備遺忘。後世唯品官執之，清代始廢。品級不同，笏之質地亦不同。

⑰ 垂紳：禮記玉藻：「凡侍於君，紳垂。」表示臣下對君主恭敬肅立的樣子。紳，大帶。

前）

（外白）跪聽宣讀：朕惟風俗為教化之基，孝義者風俗之本。去聖逾遠，淳風日漓⑲。彝倫攸斁⑳，朕甚憫焉。其有克盡孝義，勸勵風化者，可不獎勸，以勉四方？議郎蔡邕，篤於孝行。富貴不足以解憂，甘旨常關於想念。雖違素志，竟遂佳名。退官棄職，厥㉑聲尤著。其妻趙氏，獨奉舅姑。服勞盡瘁，克終養生送死之情，允備貞潔韋柔㉒之德。糟糠之婦，今已見之。牛氏善諫其親，義相夫子。罔㉓懷嫉妒之心，實有遜讓之美。曰孝曰義，可謂兼全。斯三人者，朕實嘉之。使四海億兆㉔，皆能儀刑斯人㉕，取法將來。風移俗易，教美化行，唐虞三代㉖，誠可追配。是用寵賜，以彰孝義。蔡邕授中郎將㉗，妻趙氏封陳留郡夫人，牛氏封河南郡夫人，限日下到京；父蔡從簡贈㉘十六勳㉙，母秦氏贈

---

⑱ 冠和帔：命婦的禮冠、禮服。

⑲ 淳風日漓：謂淳厚的風俗、風氣日漸澆薄。漓，浮薄。

⑳ 彝倫攸斁：倫常於是敗壞。見尚書洪範。攸，助詞。斁，音ㄉㄨˋ。敗壞。

㉑ 厥：其。

㉒ 韋柔：比喻婦德柔順。韋，柔軟的皮革。

㉓ 罔：無；不。

㉔ 億兆：極言其多，以指民眾。

㉕ 儀刑斯人：取法、效法此人。儀刑，以為模範法式。

㉖ 唐虞三代：指唐堯、虞舜及夏、商、周三代。古以唐虞三代為太平有道之世。

㉗ 中郎將：官名，掌管皇帝侍衛。西漢時位次於將軍，東漢後名號雜出，職位漸低。

秦國夫人。於戲㉚！風木之情何深，允為教化之本；霜露之思㉛既極，宜沾雨露之恩㉜。服㉝此休嘉㉞，慰汝悼念。謝恩！（拜興介）（生拜外介）荷蒙褒表，何以克當！（外）說那裡話？（貼）自別尊顏，且喜無恙。（外）孩兒，且喜各保安康，再得相見。（指淨介）這是差來的官。（生見介）重蒙軍騎㉟，特降寒門。（外指末介）這是誰？（生）是張大公，多多謝得此人。（外相見介）大公，我女婿的爹娘，多蒙扶持，未克報恩。伯喈，我有金子一錠，聊為報答這公公七德㊱之萬一。（生）如此，感蒙！（末）大人，救災恤鄰，古之道也，何勞尊賜？（生）且自收下，卑人自效犬馬之報。（末）說那裡話？（收金介）（外唱）

【一封書】我親奉帝旨，涉程途千萬里。念親親㊲的意美，探這孩兒並女婿。孩兒，數載

㉘ 贈：追贈，即將官爵授給重臣已死的父母。

㉙ 十六勳：漢勳爵位之第十六級，即大上造。

㉚ 於戲：音ㄨ ㄏㄨ。同「嗚呼」。感嘆詞。

㉛ 霜露之思：即指孝道。思，原作「恩」，據錢本改。錢注禮記祭義：「是故君子合諸天道，春禘，秋嘗。霜露既降，君子履之，必有淒愴之心。」禘、嘗都是祭名。孝子感時念親，所以要四時祭祀，以盡孝思。

㉜ 雨露之恩：指朝廷的恩澤。

㉝ 服：用。

㉞ 休嘉：美好的獎賞。

㉟ 軍騎：錢注疑為「車騎」之誤。

㊱ 七德：錢注疑為「大德」。

艱辛雖自苦，一旦榮華人怎知？（合）耀門閭，進官職，孝義名傳天下知。（生唱）

【前腔】兒不孝有甚德？蒙岳父特主維。呀！何如免喪親，又何須名顯貴？可惜二親飢寒死，博換得孩兒名利歸。（合前）（旦唱）

【前腔】把真容再畫取，如今日封贈伊。把這眉頭放展舒，只愁瘦容難做肥。豈特奴心知感德，料他也銜恩泉世裡。（合前）（貼唱）

【前腔】從別後痛哀戚，況家中音信稀。為公姑多怨憶，為爹行又長垂淚。本見公姑無愧色，又得與爹行相倚依。（合前）（末、淨、丑唱）

【永團圓】名傳四海人怎比？豈獨是耀門閭？人生怕不全孝義，聖明世豈相棄。這隆恩美譽，從㊳教管領何所愧，萬古青編㊴記。如今便去，相隨到京畿。拜謝君恩了，歸庭宇，一家賀喜。共設華筵會，四景常歡聚。

【尾聲】㊵顯文明，開盛治，□說㊶孝男並義女。玉燭調和㊷，聖主垂衣㊸。

㊲ 親親：親其所親。

㊳ 從：任；聽。

㊴ 青編：即竹簡書、青絲編，泛指古代記事之書。

㊵ 尾聲：原詞連於永團圓曲後，錢本據九宮正始析出。

㊶ □說：李評本作「共說」。九宮正始注：「說字上原脫一字，平仄皆可。」

（生）自居墓室已三年。（旦）今日丹書下九天。

（末）要識名高並爵貴，（淨）須知子孝與妻賢[44]。

[42] 玉燭調和：爾雅釋天：「四氣和謂之玉燭。」言人君德美如玉，而明若燭，可致四時和氣之祥。

[43] 垂衣：易經繫辭：「黃帝堯舜垂衣裳而天下治。」意謂君主聖明，教化大行，無為而天下治。後成為稱頌聖德的套語。

[44] 自居四句：末齣下場詩，諸本多為八句。這裡為他本之一、二、七、八句。

附錄：明清兩代名家論琵琶記

明白雲散仙重訂慕容喈琵琶記序

白雲散仙歸自蓬萊，為酒食，演琵琶記以娛客。客曰：此南戲之祖，妙哉！散仙曰：是戲詞麗調高，謂為南戲之祖，信矣！然不免誣詆前賢耳。史稱蔡邕三世同居，父子同朝。又稱邕至孝，侍母病不解衣，廬母墓致瑞，蓋非貧仰於鄰而賴妻治葬者也。此戲失真，何以取信於世？客曰：必求其真，則鑿矣！但取戲之足以動人可也。散仙云：瓊臺先生云，每見戲人扮雜劇，無端誣賴前賢。伯喈受屈十朋冤，九原如可作，怒氣定衝天。豈不信哉！本記云，不關風化體，縱好也徒然。又謂伯喈棄親不顧、棄妻別娶，事斁彝倫，何關風化。趙氏孤身遠行，入寺乞糧，玷身莫甚焉。牛氏背父從夫，九問十八答，不敬莫過焉，又何關於風化乎？此失之大者，小節未可概舉。由是觀之，似非高明者所作。然詞曲富麗，有非庸流可到。竊意作於高明而亂於庸流者耳。客唯唯而退。

（節錄自凌刻臞仙本琵琶記）

明雪蓑漁者寶劍記序

琵琶記冠絕諸戲文，自勝國已遍傳宇內矣。作者乃錢塘高則誠。闔關謝客，極力苦心，歌詠則口吐涎沫，按節拍則腳點樓板皆穿，積之歲月，然後出以示人；猶且神其事而侈其說，以二燭光合，遂名其樓為「瑞光」

云。予性頗嗜曲調，醉後狂歌，只覺雁魚錦、梁州序、四朝元、本序及甘州歌等六七闋為可耳，餘皆懈鬆支漫；更用韻差池，甚有一詞四五韻者。是記則蒼老渾成，流麗款曲，人之異態隱情，描寫殆盡，音韻諧和，言辭俊美，終篇一律，有難於去取者；兼之起引、散說、詩句、填詞，無不高妙者，足以寒奸雄之膽而堅善良之心，才思文學，當作古今絕唱，雖琵琶記遠避其鋒，下此者毋論也。

（節選自嘉靖刻本寶劍記）

明徐渭南詞敘錄

南戲始於宋光宗朝，永嘉人所作趙貞女、王魁二種實首之，故劉後村有「死後是非誰管得，滿村聽唱蔡中郎」之句。或云宣和間已濫觴，其盛行則自南渡，號曰「永嘉雜劇」，又曰「鶻伶聲嗽」。其曲，則宋人詞而益以里巷歌謠，不叶宮調，故士夫罕有留意者。元初，北方雜劇流入南徽，一時靡然向風，宋詞遂絕，而南戲亦衰。順帝朝忽又親南而疏北，作者蝟興，語多鄙下，不若北之有名人題詠也。永嘉高經歷明，避亂四明之櫟社，惜伯喈之被謗，乃作琵琶記雪之，用清麗之詞，一洗作者之陋，於是村坊小伎，進與古法部相參，卓乎不可及已。相傳：則誠坐臥一小樓，三年而後成。其足按拍處，板皆為穿。嘗夜坐自歌，二燭忽合而為一，交輝久之乃解。好事者以其妙感鬼神，為創瑞光樓旌之。我高皇帝即位，聞其名，使使徵之，則誠佯狂不出，高皇不復強。亡何，卒。時有以琵琶記進呈者，高皇笑曰：「五經、四書，布帛菽粟也，家家皆有；高明琵琶記，如山珍海錯，貴富家不可無。」既而曰：「惜哉，以宮錦而製鞵也！」由是日令優人進演。尋患其不可入弦索，命教坊奉鑾史忠計之。色長劉杲者，遂撰腔以獻，南曲北調，可於箏琶被之；然終柔緩散戾，不若北之鏗鏘入耳也。

或以則誠「也不尋宮數調」之句為不知律，非也，此正見高公之識。夫南曲本市里之談，即如今吳下山歌、北方山坡羊，何處求取宮調？必欲宮調，則當取宋之絕妙詞選，逐一按出宮商，乃是高見。彼既不能，盍亦姑安於淺近，大家胡說可也，奚必南九宮為？

※　※　※

南戲要是國初得體。南曲固是末技，然作者未易臻其妙。琵琶尚矣，其次則玩江樓、江流兒、鶯燕爭春、荊釵、拜月數種，稍有可觀，其餘皆俚俗語也；然有一高處：句句是本色語，無今人時文氣。

※　※　※

或言：琵琶記高處在慶壽、成婚、彈琴、賞月諸大套。此猶有規模可尋。惟食糠、嘗藥、築墳、寫真諸作，從人心流出，嚴滄浪言「水中之月，空中之影」，最不可到。如十八答，句句是常言俗語，扭作曲子，點鐵成金，信是妙手。

※　※　※

惟南曲絕少名家。枝山先生頗留意於此，其新機錦亦冠絕一時，流麗處不如則誠，而森整過之，殆勁敵也。

※　※　※

元人學唐詩，亦淺近婉媚，去詞不甚遠。去詞不甚遠，故曲子絕妙。四朝元、祝英臺之在琵琶者，唐人語也，使杜子撰一句曲，不可用，況用其語乎？

（節選自上海圖書館藏徐文長南詞敘錄）

明李贄焚書雜說

拜月、西廂，化工也；琵琶，畫工也。夫所謂畫工者，以其能奪天地之化工，而其孰知天地之無工乎？今夫天之所生，地之所長，百卉具在，人見而愛之矣，至覓其工，了不可得，豈其智固不能得之歟！要知造化無工，雖有神聖，亦不能識知化工之所在，而其誰能得之？由此觀之，畫工雖巧，已落二義矣。文章之事，寸心千古，可悲也夫！

且吾聞之：追風逐電之足，決不在於牝牡驪黃之間；聲應氣求之夫，決不在於尋行數墨之士；風行水上之文，決不在於一字一句之奇。若夫結構之密，偶對之切；依於理道，合乎法度；首尾相應，虛實相生，種種禪病，皆所以語文，而皆不可語於天下之至文也。

雜劇院本，遊戲之上乘也。西廂、拜月何工之有？蓋工莫工於琵琶矣。彼高生者，固已殫其力之所能工，而極吾才於既竭。惟作者窮巧極工，不遺餘力，是故語盡而意亦盡，詞竭而味索然亦隨以竭。吾嘗攬琵琶而彈之矣：一彈而嘆，再彈而怨，三彈而向之怨嘆無復存者。此其故何耶？豈其似真非真，所以入人之心者不深耶！蓋雖工巧之極，其氣力限量只可達於皮膚骨血之間，則只感人僅僅如是，何足怪哉。西廂、拜月乃不如是。

（節選自焚書卷三）

明何良俊曲論

金、元人呼北戲為雜劇，南戲為戲文。近代人雜劇以王實甫之西廂記，戲文以高則誠之琵琶記為絕唱，大不然。夫詩變而為詞，詞變而為歌曲，則歌曲乃詩之流別；今二家之辭，即譬之李、杜，若謂李、杜之詩為不工固不可，苟以為詩必以李、杜為極致，亦豈然哉。祖宗開國，尊崇儒術，士大夫恥留心詞曲，雜劇與舊戲文本皆不傳，世人不得盡見。雖教坊有能搬演者，然古調既不諧於俗耳，南人又不知北音，聽者即不喜，則習者亦漸少。而西廂、琵琶記傳刻偶多，世皆快睹，故其所知者，獨此二家。余所藏雜劇本幾三百種，舊戲本雖無刻本，然每見於詞家之書，乃知今元人之詞，往往有出於二家之上者。蓋西廂全帶脂粉，琵琶專弄學問，其本色語少。蓋填詞須用本色語，方是作家。苟詩家獨取李、杜，則沈、宋、王、孟、韋、柳、元、白，將盡廢之耶？

※　　　※　　　※

余令老頓教伯喈一二曲，渠云：「伯喈曲某都唱得，但此等皆是後人依腔按字打將出來，正如善吹笛管者，聽人唱曲，依腔吹出，謂之『唱調』，然不按譜，終不入律。況弦索九宮之曲，或用滾弦、花和、大和釤弦，皆有定則，故新曲要度入亦易。若南九宮原不入調，間有之，只是小令。苟大套數，既無定則可依，而以意彈出，如何得是？且笛管稍長短其聲，便可就板；弦索若多一彈，或少一彈，則眾板矣，其可率意為之哉！」

高則誠才藻富麗，如琵琶記長空萬里，是一篇好賦，豈詞曲能盡之！然既謂之曲，須要有蒜酪，而此曲全無，正如王公大人之席，駝峰、熊掌，肥腯盈前，而無蔬、筍、蜆、蛤，所欠者，風味耳。

拜月亭是元人施君美所撰，太和正音譜樂府群英姓氏亦載此人。余謂其高出於琵琶記遠甚。蓋其才藻雖不及高，然終是當行。其拜新月二折，乃櫽括關漢卿雜劇語。他如走雨、錯認、上路、館驛中相逢數折，彼此問答，皆不須賓白，而敘說情事，宛轉詳盡，全不費詞，可謂妙絕！拜月亭賞春惜奴嬌如「香閨掩珠簾鎮垂，不肯放燕雙飛」，走雨內「繡鞋兒分不得幫和底，一步步提，百忙裡褪了根兒」，正詞家所謂「本色語」。

（節選自四友齋叢說卷三七）

明王世貞曲藻

曲者，詞之變。自金、元入主中國，所用胡樂，嘈雜淒緊，緩急之間，詞不能按，乃更為新聲以媚之。而諸君如貫酸齋、馬東籬、王實甫、關漢卿、張可久、喬夢符、鄭德輝、宮大用、白仁甫輩，咸富有才情，兼喜聲律，以故遂擅一代之長。所謂「宋詞、元曲」，殆不虛也。但大江以北，漸染胡語，時時採入，而沈約四聲遂闕其一。東南之士，未盡顧曲之周郎，逢掖之間，又稀辨撾之王應。稍稍復變新體，號為「南曲」。高拭則成，遂掩前後。大抵北主勁切雄麗，南主清峭柔遠，雖本才情，務諧俚俗。譬之同一師承，而頓、漸分教；俱為國臣，而文、武異科。今談曲者往往合而舉之，良可笑也。

※　※　※

則成所以冠絕諸劇者，不唯其琢句之工、使事之美而已，其體貼人情，委曲必盡；描寫物態，仿佛如生；問答之際，了不見扭造，所以佳耳。至於腔調微有未諧，譬如見鍾、王跡，不得其合處，當精思以求詣，不當執末以議本也。

偶見歌伯喈者云：「浪暖桃香欲化魚，期逼春闈，詔赴春闈。郡中空有辟賢書，心戀親闈，難捨親闈。」頗疑兩下句意各重，而不知其故。又曰「詔」、曰「書」，都無輕重。後得一善本，其下句乃「浪暖桃香欲化魚，期逼春闈，難捨親闈。郡中空有辟賢書，心戀親闈，難赴春闈」。意既不重，而「期逼」與上「欲化魚」字應，「難赴」與「空有」字應，益見作者之工。

※　※　※

琵琶記之下，拜月亭是元人施君美撰，亦佳。元朗謂勝琵琶，則大謬也。中間雖有一二佳曲，然無詞家大學問，一短也；既無風情，又無裨風教，二短也；歌演終場，不能使人墮淚，三短也。拜月亭之下，荊釵近俗而時動人，香囊近雅而不動人，五倫全備是文莊元老大儒之作，不免腐爛。（李伯華）所為南劇寶劍、登壇記，亦是改其鄉先輩之作。二記余見之，尚在拜月、荊釵之下耳，而自負不淺。一日問余：「何如琵琶記乎？」余謂：「公辭之美，不必言。第令吳中教師十人唱過，隨腔字改妥，乃可傳耳。」李怫然不樂罷。

謂則成元本止書館相逢。又謂賞月、掃松二闋為朱教諭所補，亦好奇之談，非實錄也。

（節選自欣賞續編錦囊小史本）

※　※　※

明河間長君蔡伯喈大全序

陶宗儀言：金時有董生西廂記，最為絕唱。然皆北音，可以比之絲管，而不可以南音歌之。獨高則成所著此記，雖云專用南音，而移之北音，亦罕稱乖調。且其為曲，流麗清圓，豐藻綿密，探采雋語，填綴新腔，觸事附情，因緣轉化。儷偶則以反正為工，聲律則以飛沉致巧；事盡而思無乏趣，言淺而情彌次骨。回環靡曼，通變無方。信樂府之新聲，詞林之逸秀也。是以欣戚異感，靡不激於天真；愚智同情，咸用希其苦節。比好事者，竟相私錄，職務新異，各以隙照，妄為臆說。其於字之陰陽，韻之高下，音之長短，疏漏抵牾，莫可勝原。而優人傳襲，口相師祖，聲訛義舛，罔解研求，宮商戾均，首尾判體，殊亦未之思也。余鉛槧之暇，頗涉獵斯記，限以狹見，未遑寓管。往歲嘗於南都偶得國初寫本*，凡四十餘種。同異既多，妍媸浸廣。隨就尋源討流，參核引證，旁搜博覽，義在甄明。因而詮品釋音，依條辨析，諧音分調，統之九宮。庶冀音義相宜，情文增煥。

*本句後，繼志齋本有「及續得諸家錄本」七字。

清毛綸第七才子書琵琶記（節錄自富春堂本蔡伯喈大全）

聲山外集繪風亭評第七才子書琵琶記自序

太史公作屈原傳曰：國風好色而不淫，小雅怨悱而不亂，若離騷者，可謂兼之。予嘗以此分評王、高二先生之書。王實甫之西廂，其好色而不淫者乎？高東嘉之琵琶，其怨悱而不亂者乎？西廂近於風，而琵琶近於雅，雅視風而加醇焉。故元人詞曲之佳者，雖西廂與琵琶並傳，而琵琶之勝西廂也有二：一曰情勝，一曰文勝。所謂情勝者何也？曰：西廂言情，琵琶亦言情，然西廂之情，則佳人才子花前月下私期密約之情也；琵琶之情，則孝子賢妻敦倫重誼纏綿悱惻之情也。亦有似乎風之為風，多采蘭贈芍之詞，而雅之為雅，則唯忠孝廉貞之旨。是以同一情也，而西廂之情而情者，不善讀之，而情或累性；琵琶之情而性者，善讀之，而性見乎情，夫是之謂情勝也。所謂文勝者何也？曰：西廂為妙文，琵琶亦為妙文。然西廂文中，往往雜用方言土語，如呼美人為顛不剌，呼僧人為老潔郎之類，而琵琶無之。亦有似乎采風，則言不遺乎里巷，而歌雅則語多出於薦紳。是以同一文也，而西廂之文艷，乃艷不離野者，讀之反覺其文不勝質；琵琶之文真，乃真而能典者，讀之自覺其質極而文。夫是之謂文勝也。有此二勝，而今之人，但取西廂而批之刻之，而琵琶獨置而不論。然則詩三百篇，竟可登風而廢雅，有是理與？

予既樂此書之有裨風化，且復文情交至如此，因於病廢無聊之餘，出笥中所藏元本，謬為評論，口授兒曹，使從旁筆記之，更使稍加參較，付之梓人。梓人請所以名此書者，予曰：西廂有第六才子之名，今以琵琶為之繼，其即名之以第七才子也可。名既定，客有詰予者曰：批評西廂者之以第六才子名其書也，彼固儼然以施耐庵水滸一書，與莊、騷、馬、杜並列為第五才子書，而因以西廂配之者也。以彼意中所謂第七才子，正不知更屬誰氏，先生又何所見而當之以高東嘉？予笑曰：才亦何定名之有？客不記序水滸者之言耶？序中蓋嘗論列六子矣，而至於西廂，則稱是董解元之書，不聞其為王實甫也。特以所批董解元之西廂為友人攜去，失其原稿，不能復記憶；又見世俗所傳誦者，皆王實甫西廂，而董解元西廂，人多不經見，於是遂以王實甫代之。夫以施耐庵為才，而繼耐庵者，未必為王實甫，乃不難六之以實甫。然則以王實甫為才，即繼實甫者，不止一高東嘉，而又何妨七之以東嘉哉！且夫才之為物也，郁而為情，達而為文。有情所至而文至焉者矣，有情所不至而文亦至焉者矣。有文所至而情至焉者矣，有文所不至而情亦至焉者矣。情所不至，而文亦至焉者，文餘於情也；文所不至，而情亦至焉者，情餘於文也。情餘於文，而才以情傳；文餘於情，而才亦以文顯。夫文與情，即未必其交至，而猶足以見其才，又乃況於文與情之交至焉者乎？苟文與情交至，而尚不得以才名，則將更以何者而名才也乎？昔我先師孔子之刪詩也，頌登魯，雅登衛，風不遺秦，而楚獨無詩。越數百年以後，而司馬子長以離騷比諸風，又比諸雅，自是而江離杜若之詞，得續三百篇之末，不讓車鄰駟鐵之響，獨列十五國之中。嗚呼，由斯觀之，才若靈均，不幸而不生孔子之時，不克見收於孔子也；猶幸而生司馬之前，卒獲見賞於司馬也。情不可沒，文不可掩，而才亦不可以終遏。自古迄今，才人未始不接踵而出，而特恨世無知才之人，故才嘗為不知己者屈。然屈於不知己，而終當伸於知己；屈於一時之無知己，而終當伸於數百年以後之知己。則予今日之以才許東嘉，亦竊附於史公之論屈平也云爾。

（選自映秀堂繪風亭評第七才子書琵琶記卷一）

琵琶記者，何為而作也？曰：高東嘉為諷王四而作也。嘗考大圜索隱曰：高東嘉名則誠，元末人也。與王四相友善。王四亦當時知名士，後以顯達改操，遂棄其妻周氏，而坦腹於時相不花氏家。東嘉欲挽救不可得，乃作此書以諷之。而託名蔡邕者，以王四少賤，嘗為人傭菜也；趙五娘者，以姓傳自趙至周而數適五也；牛丞相者，以不花家居牛渚也；記以琵琶名，以其中有四「王」字也；所謂張大公者，東嘉蓋以大公自寓也。又考真細錄曰：明祖匯刪元人詞曲，偶見琵琶記而異之。後廉知其為王四而作，遂執王四而付之法曹。合此兩處記載而觀焉，則琵琶記之為王四而作無疑也。唯其為王四而作，則意在王四，而不在琵琶。使東嘉而意在琵琶也者，則琵琶故事，莫若王昭君塞上所彈之琵琶矣；即不然，又莫如江州司馬舟中所聽之琵琶矣。夫昭君所彈、江州所聽之琵琶，是實有是琵琶之琵琶也；若趙五娘所抱之琵琶，則本無是琵琶之琵琶也。今東嘉捨此實有之兩琵琶不寫，而獨寫此烏有之一琵琶，蓋正以明其意不在琵琶而在王四也。意在王四，雖以琵琶為名，而意不在於琵琶；則即以蔡邕為文，而意又豈真在蔡邕哉！乃意不在蔡邕，而既偶借蔡邕為文，恐不善讀書者，遂誤以為蔡邕之事，是將以譏切王四，而竟不免污蔑蔡邕，故東嘉於書中特特設為必不然之事，以明其事之非蔡邕焉。何謂必不然之事？曰：天下豈有其子中狀元，而其親未之知者乎？此必不然之事也。又豈有共處一統之朝，非有異國之阻，而音問不通，東書莫達者乎？此又必不然之事也。抑豈有父母年已八十，而其子方娶妻兩月者乎？若云三十而娶，即又豈有五十生子之婦人乎？此又必不然之事也。以事之必不然者而寫之，總以明其寓言之非真耳。然事之虛幻，固為必不有之事，而文之真至，竟成必有之文，使人讀其文之真，而忘其事之幻，則才子之才，誠不可以意量而計測也。

或曰：東嘉初作琵琶記，以蔡邕為不忠不孝，及明祖既執王四後，乃改為全忠全孝。予謂其說甚謬。琵琶非有二本，明祖所見之琵琶，即此全忠全孝之琵琶也。東嘉寫蔡邕之不忘其家，不棄其舊，蓋欲王四之改過遷善，而以是期之，即以是諷之也。迨乎諷之而終已不悛，故明祖執而付之法曹耳。不寧惟是，寫蔡邕之義，所以諷王四；寫牛氏之賢，亦所以諷不花氏也。凡君子之見人過而思救者，往往反其事以為說，不欲斥言其非，有詩人忠厚之意焉。且古本傳奇，寫生、旦，必成其為生、旦之人，而不寫作淨、丑之事。近日填詞家，不審輕重捉筆便寫，至有若爛柯山之難乎其為旦，鴛鴦棒之難乎其為生者，斯固東嘉義所不為也已。

或曰：唐有蔡節度者，微時嘗與牛僧孺之子遊，後同登第，牛欲以女弟字蔡，蔡已有婦趙矣，力辭不解。既而牛能將順於趙，趙亦無妨於牛，為一時美談，東嘉感其事而作此書。予以為其說又甚謬。若東嘉果為唐節度而作，則以元人而寫唐事，又何所忌諱，乃不直指其事而故託之蔡邕耶？其託之蔡邕，則斷斷其為王四，而非為唐節度無疑也。

凡作傳奇者，類多取前人缺陷之事，而以文人之筆補之。如元微之之於雙文，既亂之，不能終之，乃托張生以自寓，反以負心為善補過，此事之大可恨者也。故作西廂者，特寫一不負心之張生以銷其恨。王四負周氏，又事之大可恨者也，故作琵琶者，借蔡邕以諷王四，特寫一不負心之蔡邕以銷其恨。予嘗曠覽古今事之可恨者正多，擬作雪恨傳奇數種，總名之曰補天石。其一曰汨羅江屈子還魂，其二曰博浪沙始皇中擊，其三曰太子丹蕩秦雪恥，其四曰丞相亮滅魏班師，其五曰鄧伯道父子團圓，其六曰荀奉倩夫妻偕老，其七曰李陵重歸故國，其八曰昭君復入漢關，其九曰南霽雲誅殺賀蘭，其十曰宋德昭勘問趙普。諸如此類，皆足補古來人事之缺陷。予方蓄此意而未發，及讀吾友晦庵先生所著反恨賦，多有先得我心者，可見天下慧心人，必不以予言為謬，異日當先出一二以呈教。

琵琶本意，正在勸人為義夫，然篤於夫婦，而不篤於父母，則不可以訓，故寫義夫，必寫其為孝子，義正從孝中出也。乃諷天下之為夫者，而不教天下之為婦者，則又不可以訓，故寫一義夫，更寫二賢婦，見婦道與夫道宜交盡也。是以其文之妙，可當屈賦、杜詩讀，而其文意之妙，則可當孝經、曲禮讀，更可當班孟堅女史箴一篇、曹大家女論語一部讀。

讀書者，當先觀作者所注意之處。如一部琵琶記，其前所注意，只在官媒議婚一篇；其後所注意，只在書館悲逢一篇。蓋前則寫其辭婚相府，後則寫其不棄糟糠，如是而已。乃欲寫其辭婚，不得不寫其辭官；將寫其辭官，不得不先寫其辭試；既寫其辭試，因寫一逼試之蔡公，寫一留試之蔡母，更寫一勸試之鄰叟。凡此種種，皆因辭婚而添設者也。欲寫其不棄妻，不得不先寫其念妻；欲寫其念妻，不得不寫其念親；既寫其念親，因寫一代夫葬親之趙氏，寫一從夫省親之牛女，更寫一聽女迎親之牛相。凡此種種，皆因不棄妻而點染者也。而實則其所注意之處，只在一二篇。且不獨一部之中，其注意只在一二篇；即一篇之中，其注意之所在，亦只在一二句。得其注意之所在，然後知何處是陪客，何處是正主；何處是埋伏，何處是照應；何處是正描，何處是旁襯；何處是倒插在前，何處是順補在後。豈特琵琶為然，古今才子之文皆如是，惟有心者自解之。

才子之文，有著筆在此而注意在彼者。譬之畫家，花可畫，而花之香不可畫，於是捨花而畫花旁之蝶，非畫蝶也，仍是畫花也。雪可畫，而雪之寒不可畫，於是捨雪而畫雪中擁爐之人，非畫爐也，仍是畫雪也。月可畫，而月之明不可畫，於是捨月而畫月下看書之人，非畫書也，仍是畫月也。高東嘉作琵琶記多用此法。而彼傖父者，不知其慘淡經營於畫花、畫雪、畫月之妙，乃漫然以為畫蝶、畫爐、畫書而已也，則深沒作者之工良心苦也。

高東嘉作琵琶記，直是左丘明、司馬遷現身。看他正筆，首寫伯喈，次寫趙五娘，次寫牛小姐，次寫蔡公、蔡母，次寫牛丞相，次寫張大公。既極情盡致，而更閑筆寫花，寫月，寫雪，寫琴，寫酒，寫寒門，寫閥閱，寫旅次，寫考場，寫瓊林，寫早朝，寫花燭，寫義倉，寫墳墓，寫寺院，寫道場，寫書館，寫院子，寫梅香，寫老嫗，寫媒婆，寫里正，寫社長，寫糧官，寫試官，寫赴試秀才，寫陪宴官，寫黃門官，寫山神，寫鬼使，寫拐兒，寫和尚，寫馬，無不描頭畫角，色色入妙。真所謂搏兔搏象俱用全力者也。

雖云搏兔搏象俱用全力，而正筆閑筆，又有輕重詳略之分。正筆宜重宜詳，閑筆宜輕宜略。畫家之法，遠水無波，遠山無皺，遠人無目，遠樹無枝，非輕之略之，其理應如是也。蓋其注意者，只在最近之一山、一水、一人、一樹，而其餘則止淡淡著墨而已。今人作傳奇，往往手忙腳亂，不知輕重詳略之理，遂至賓主莫辨，其與琵琶，何啻天淵。

琵琶用筆之難，難於西廂。何也？西廂寫佳人才子之事，則風月之詞易好，琵琶寫孝子義婦之事，則菽粟之詞難工也。不特此也，西廂純用北曲，每折自始至末，止是一人所唱，則其章法次第，井然不亂，猶易易耳。若琵琶則純用南曲，每套必用眾人分唱，而其章法次第，亦是井然不亂，若出一口，真大難事。試看李日華改西廂曲為南調，雖便於梨園之唱演，然將原曲顛倒前後，畢竟不免支離錯亂，然後嘆琵琶之妙為不可及。

作文不難以豔語為渲染，而難以淡語為渲染。填詞不難以麗句入宮商，而難以平句入宮商。何也？蓋曲之體與詩不同。詩體直，直則貴其曲，能運曲於直中，乃為妙詩。曲體本曲，曲則又貴其直，能運直於曲中，乃為妙曲。不然，而謳者循腔按板，抑揚頓挫，每至有一字數疊者，若更以雕琢堆砌之詞入之，幾令聽者不知其作何語矣。琵琶歌曲之妙，妙在看去直是說話，唱之則協律呂，平淡之中有至文焉。然琵琶之平淡則佳，後人學琵琶之平淡則不佳。夫唯執筆學之而不能佳，斯不得不以雕琢堆砌掩其短耳。

琵琶之平淡，後人勉強學之，究竟不能學者何也？曰：惟其勉強學之，所以不能學也。文章之妙，妙在自然。昔人論草書法，謂「如古釵腳，不若如屋漏痕」，以其有自然而然之神化也。夫屋漏痕豈可執筆而摹之者哉？

古之孝子、義夫、貞婦、淑女，其人與骨俱朽矣，而能肖其面目，傳其謦欬，描其神情，令人如睹古人於今日者，獨賴有梨園一技之存耳。奈何今日作傳奇之人，但好寫神仙幽怪、男女風流之事，而不好寫孝子、義夫、貞婦、淑女之事耶？故傳奇必如琵琶，始可謂之不負梨園。

有傖父者，以琵琶之事為未嘗有是事而不欲讀。夫文莫妙於莊、騷，而莊生之言寓言也，屈子之言亦寓言也。謂之寓言，則其文中所言之事，為有是事乎？為無是事乎？而天下後世有心人之愛讀之也，非愛其事也，誠愛其文也。其文既為他人所無，而一人獨有之妙文，則其事不妨便為昔日本無，而今日忽有之奇事，固不必問此事之實有不實有也。若有此文，又若有此事，則無如左傳、史記矣，而天下後世有心人之愛讀左、史也，為愛其事而讀之乎？為愛其文而讀之乎？苟以為愛其事也，則古今紀事之文甚多，何獨有取乎左、史也？其獨有取乎左、史也者，誠愛其文也，非愛其事也。奈何傖父之沾沾焉獨以事疑琵琶也？

且彼傖父之讀書，亦有時不沾沾計其事者矣。何以見之？吾見其於神仙幽怪、男女風流之事，固明知其無是事而仍喜讀之也。然則何獨至於琵琶所載孝子、義夫、貞婦、淑女之事，乃必以為無是事而不欲讀也？曰：斯固不足怪也。當日東嘉作此書，不寫神仙幽怪、男女風流之事，而必寫孝子、義夫、貞婦、淑女之事，是其意原以俟夫天下後世有心人之能讀之，而初不願傖父之亦讀之也。夫天下後世之有心人，必其知文之人也；知文之人，必其知孝、知義、知貞、知淑之人也。彼傖父者，不但不知文，實不知孝如何孝、義如何義、貞如何貞、淑如何淑，則無怪乎其今日之不欲讀也。傖父今日之不欲讀，正此書之大幸也。此書幸而為傖父所不欲讀，於是天下後世之有心人，咸樂得而讀之也。何也？蓋天下後世之有心人，固早知傖父所不欲讀之書，其書必非神仙幽怪、男女風流之書，而必其為孝子、義夫、貞婦、淑女之書也。故惟傖父不欲讀也，斯有心人所樂讀也。故曰此書之幸也。

善讀書者，一眼看去，便看出書中緊要處，因悟當時著書之人，亦只覷得此緊要之處一手抓住，一口噙住，更不一毫放空，於是其書遂成絕世妙文。今觀琵琶記，無一處不緊要，故無一處不妙。乃其所以妙處，只抓得住、噙得住耳。

文章緊要處，只須一手抓住、一口噙住，斯固然矣。然使才子為文，但一手抓住、一口噙住，則一語便了，其又安能洋洋灑灑著成一部大書，而使讀者流連諷詠於其間乎？夫作者下筆著書之時，必現出十分文致，然後書成；而人讀之，領得十分文情。是故才子之為文也，既一眼覷定緊要處，卻不便一手抓住、一口噙住，卻於此處之上下四旁，千回百折，左盤右旋，極縱橫排宕之致，使觀者眼光霍霍不定，斯稱真正絕世妙文。今觀琵琶文中，每有一語將逼攏來，一筆忽漾開處，漾至無可攏處，又復一逼，及逼到無可漾處，又復一開。如是者幾番，方才了結一篇文字。正如獅子弄球、貓狸戲鼠，偏不便抓住、噙住，偏有無數往來撲跌，然後獅子意樂，貓之意滿，而人觀之之意，亦大快也。

才子作文，有只就本題一二字播弄，更不必別處請客者，如琵琶記吃糠、剪髮兩篇，只就一「糠」字一「髮」字，便層層折折，播弄出無限妙意，如韓退之送王秀才序，始終只拈一「酒」字為播弄，蘇老泉文甫字說，始終只拈一「水」字為播弄，豈非出神入妙之筆？琵琶記亦用此法，而其出神入妙之處，更為過之。

琵琶出神入妙處，不特其運意只就本題一字播弄，不必別處請客，即其運曲，亦嘗就本調一腔播弄，更不多換別腔。近日填詞家，每喜換腔。此皆因才短手拙，前曲只此一意，後曲亦只此一意，意無轉變，故不得已而借換腔以為轉變。且不但前曲與後曲不敢不換腔，只一曲中而依本腔轉接不來，便思犯入別腔，甚至有二犯、三犯者，此非其腔之多，正其筆之窘耳。若東嘉之慣用前腔，腔同而意不同，愈轉愈妙，愈出愈奇，斯其才大手敏，誠有不可及者。

琵琶文中，有疑合忽離、疑離忽合者，即如幾言諫父一篇，偏不寫其從諫，偏寫其語言觸忤，卻不料有聽女迎親一篇，陡然一悔。又如寺中遺像一篇，偏不寫其相會，偏寫其當面錯過，卻不料有兩賢相遘一篇突如其來。大約文章之妙，妙在人急而我緩之，人緩而我急之。人急而我不故示之以緩，則文瀾不曲；人緩而我不故示之以急，則文勢不奇。今觀琵琶，其緩處如回廊渡月，其急處如疾雷破山。其緩處如王丞相營建康，多其紆折，其急處如亞夫將軍從天而降，出人意外，豈非希有妙文？

琵琶文中，有隨筆生來、隨手抹倒者，如正寫春花，便接說「春事已無有」；正寫夏景，便接說「西風又驚秋」；正寫嫦娥，卻云「此事果無憑」；正寫囑別，卻云「空自語惺惺」；正寫感嘆，卻云「也不索氣苦」；正寫遺囑，卻云「與甚生人做主」；正寫才俊無書不讀，卻云「沒有一字」；正寫御苑名馬無數，卻云「沒有一匹」；正寫杏園春宴，卻云「今宵已醒繁華夢」；正寫黃門待漏，卻云「算來名利不如閑」；至於寫彈琴，卻是不曾彈；寫寄書，卻是不曾寄；寫賣髮，卻是不曾賣；寫築墳，卻是不曾築；寫山鬼，卻云沒有鬼；寫松樹，卻云沒有樹；寫請官糧，偏失了官糧；寫負真容，偏失了真容；寫諫父，而諫時偏諫不聽；寫迎親，而迎時偏迎不著；寫抱琵琶，而牛、趙門筍偏不用琵琶；寫入佛寺，而夫婦相會偏不在佛寺：此皆隨筆生來，隨手抹倒者也。隨筆生來，本無忽有，隨手抹倒，是有卻無，此中饒有禪意，何必西廂臨去秋波之句始可以悟禪耶？

予嘗聞善弈者之言矣，其言曰：凡下第一著時，先算到三著四著，未足為善弈也。下第一著時，不但算到三著四著，更能算到五、六、七、八著，亦稱高手矣。然而猶未足為盡善也。善弈者，必算到十數著，乃至數十百著，直到收局而後已，如王積薪夜半聽姑婦談弈，不過十數著而全局已竟。然則當其下此十數著時，其心力眼力不止在此十數著而已，在數十百著之後也。人若不能算到全局，而看此十數著，則無一著不是閑著；若能算到全局，而後看此十數著，則無一著是閑著。琵琶之為文，亦猶是已。嘗見其閑閑一篇，淡淡數筆，由前而觀，似乎極冷極緩，極沒要緊；乃由後而觀，竟為全部收局中極緊極要極不可少之處。知此者，庶幾可與縱讀古今才子之文。

文章有步驟不可失，次序不可闕者，如牛氏規奴，為金閨愁配張本，金閨愁配為幾言諫父張本；臨妝感嘆為勉食姑嫜張本，勉食姑嫜為糟糠自厭張本。若無才俊登程，則杏園之思家為單薄；若無激怒當朝，則陳情之不許為突然；若無再報佳期，則強效鸞凰為無序；若無丞相教女，則聽女迎親為無根；若無路途勞頓，則寺中遺像為急遽；若無孝婦題真，則書館悲逢為無本。總之，才子作文，一氣貫注，增之不成文字，減之亦不成文字。韓昌黎之雜說、獲麟解、送董邵南序，王荊公之讀孟嘗君傳，即欲增之，惡得而增之？賈誼治安策，董仲舒天人策，蘇長公上神宗皇帝書，即欲減之，又焉得而減之？

最可怪者，人以西廂之十六折為少，而欲續之，以琵琶之四十二齣為多，而欲刪之。夫誠知西廂之不必續，則知琵琶之不可刪矣。鳧脛雖短，續之則傷，鶴頸雖長，斷之則悲。文之妙者，一句包得數篇，則短亦非短，數篇只如一句，則長亦非長。湯若士先生牡丹亭傳奇，長至五十餘折，至今膾炙人口，讀之不厭其多。近日吾友晦庵先生有讀離騷、吊琵琶、桃花源、黑白衛等樂府數種，每種止三四折，亦復膾炙人口，讀之不覺其少，又何獨疑於琵琶？

琵琶書館悲逢以前之不可刪，固有說矣，至於書館悲逢以後之不可刪，則又有說。續西廂者，於草橋驚夢之後，補寫鄭恆逼婚、張生被謗、雙文信讒，見之欲嘔，固不如勿續也；不如勿續，則其所續者，刪之可也。若琵琶本出一人之手，本未嘗續，何容議刪？試觀其寫牛相之別女，牛氏之別父，與南浦囑別一篇，特特相肖。寫父之念女，女之念父，又與蔡母嗟兒、宦邸憂思特特相肖。讀者於此可以通大學絜矩之心，可以推中庸忠恕之理，可以悟論語不欲勿施之情，可以省孟子出爾反爾之戒。其文之妙如此，如之何其可刪也？乃若孝子之廬墓，賢媛之守制，演劇者以為不祥而刪之，在演劇者則可耳。每見村學究教子弟讀書，則讀尚書，不欲讀顧命，讀戴禮，不欲讀喪記，彼不過為應童子試計，何嘗為讀書計哉。夫以有心人而讀五經，必不同於村學究，然則以有心人而讀琵琶，又豈同於演劇之梨園也！

天下最冤者，莫冤於古人之文被後人改壞，而訛以傳訛，竟曰古人之文本如是，良可痛也！如唐詩「關山同一點」，而村學究乃改「點」字為「照」字，又如「獨遊亭午時」，而或則改「午」字為「子」字，豈非點金成鐵耶？琵琶俗本之誤，往往有類此者。今悉依家藏元本證正，一雪古人之冤。

作文命題最是要緊。題目若好，便使文章添一倍光采；若題目不甚好，則文章雖極佳，畢竟還有可議處。如批評水滸傳者，雖極罵宋江之權詐，而人猶或以為誨盜；批評西廂記者，雖極表雙文之矜貴，而人猶或以為誨淫，蓋因其題目不甚正大也。今琵琶記，文章既已絕佳，而其題目又極正大，讀者其又何議焉？

予嘗謂西廂記題目不及琵琶記，因思水滸傳題目不及三國志。水滸傳寫萑苻嘯聚之事，處處驚人，不如三國志寫帝王將相之事，亦復處處驚人。且水滸所寫萑苻嘯聚之事，不過因宋史中一語憑空揑造出來。既是憑空揑造，則其間之曲折變幻，都是作者一時之巧思耳。若三國志所寫帝王將相之事，則皆實實有是事，而其事又無不極其曲折，極其變幻，便使揑造，亦揑造不出，此乃天地自運其巧思，憑空生出如許奇奇怪怪之人，因做出如許奇奇怪怪之事也。昔羅貫中先生作通俗三國志共一百二十卷，其紀事之妙不讓史遷，卻被村學究改壞，予甚惜之。前歲得讀其原本，因為校正。復不揣愚陋，為之條分節解，而每卷之前，又各綴以總評數段，且許兒輩亦得參附末論，共贊其成。書既成，有白門快友見而稱善，將取以付梓，忽遭背師之徒欲竊冒此書為己有，遂致刻事中閣，殊為可恨。今特先以琵琶呈教，其三國一書，容當嗣出。

予今日之得以琵琶呈教也，實我先大人之遺惠也。猶記孩提時，先大人輒舉古今孝義貞淑之事相告。及稍識字，即禁不許看稗官，亦並不許看諸傳奇，而琵琶記獨在所不禁，以其所寫者，皆孝義貞淑之事，不比其他傳奇也。大人既不禁我看，我因得時時看之，愈看愈覺其妙，因大歡喜之。而今乃得以其幼時所歡喜者，出而就正於四方君子也。然則昔者我先大人於諸傳奇中，而獨許看琵琶記，其愛我不甚深哉！我今願遍告天下父兄子弟，須知琵琶記並不是傳奇，人家子弟斷斷不可把琵琶記來當作傳奇看，人家父兄尤斷斷不可誤認琵琶記為傳奇，而禁其子弟使不得看也。

予之得見琵琶記雖自幼時，然爾時不過記其一句二句吟詠而已。十六、七歲後頗曉文義，始知其文章之妙乃至如此，於是日夕把玩，不釋於手，因不自量，竊念異日當批之刻之，以公同好。不意忽忽三、四十年，而此念未遂。蓋一來家無餘資，未能便刻，二來亦身無餘閑，未暇便批也。比年以來，病目自廢，掩關枯坐，無以為娛，則仍取琵琶記命兒輩誦之，而我聽之以為娛。自娛之餘，又輒思出以公同好。由是秉興粗為評次，我口說之，兒輩手錄之。既已成帙，將徐為剞劂計，然自愧愚淺之見，不足為古人增重，亦未敢信今人之必有同好也。今夏之杪，蔣子新又偶過予齋，於案頭檢得此書，展看一過，即撫掌稱嘆！以為聲山氏誠高東嘉之知己矣。且琵琶一書得此快評，直為孝子、義夫、貞婦、淑女別開生面，是不特文人墨士窗前燈下所不可少之書，而亦深閨繡閫妝臺鏡側所不可少之書也。盍急授之梨棗，使四方能讀書之人，每人各攜數帙以歸，除留自玩與留備友人借觀外，一付塾師以誨弟子，一付保母以誨女子，俾皆有所觀注，則為朝廷廣教化，美風俗，功莫大焉。予感其言，即進梓人而以斯言告之。梓人亦以斯言故，遂不日而竣役。予因嘆高東嘉琵琶記與羅貫中三國志，皆絕世妙文，予既皆批之，則皆欲刻之，以公同好者也。而一則遭背師之徒而中閣，一則遇知音之友而速成。嗚呼！古人之書，誠望後人之能讀之；而一人讀之，尤望與天下之人共讀之，乃或能即與其讀，或不能即與共讀，其間豈亦有幸有不幸乎？夫予固不足論，獨念羅貫中何不幸而遭背師之徒，高東嘉之幸而遇此知音之友也？琵琶記雖是絕世妙文，然今既習見習聞，天下當已無人不讀不知，卻是並未曾得讀也。即有一二有心人，亦嘗評之論之。但評之未詳，論之未悉，天下人終有不能讀者。我今更評之論之，庶幾與天下之人共讀之。

所謂有心人評之論之者，如王鳳洲、湯若士、徐文長、李卓吾、王季重、陳眉公、馮猶龍諸先生是已。人試觀諸先生評論在前，則知予今日之讚美琵琶記非出臆說；亦唯觀諸先生評論在前，方知予今日別出手眼，非敢有所蹈襲前人也。

（選自映秀堂繪風亭評第七才子書琵琶記卷一）

世俗人情類

紅樓夢　曹雪芹撰　饒彬校注
脂評本紅樓夢　曹雪芹原著　脂硯齋重評　馬美信校注
金瓶梅　笑笑生原作　劉本棟校注　繆天華校閱
老殘遊記　劉鶚撰　田素蘭校注　繆天華校閱
平山冷燕　天花藏主人編次　張國風校注　謝德瑩校閱
品花寶鑑　陳森著　徐德明校注
野叟曝言　夏敬渠著　黃珅校注
綠野仙踪　李百川著　葉經柱校注
禪真逸史　方汝浩撰　黃珅校注
海上花列傳　韓邦慶著　姜漢椿校注
九尾龜　張春帆著　楊子堅校注
醒世姻緣傳　西周生輯著　袁世碩、鄒宗良校注

三門街　清・無名氏撰　嚴文儒校注
花月痕　魏秀仁著　趙乃增校注
孽海花　曾樸撰　葉經柱校注　繆天華校閱
魯男子　曾樸著　黃珅校注
遊仙窟　玉梨魂（合刊）　張鷟、徐枕亞著　黃瑚、黃珅校注
筆生花　心如女史著　黃明校注　亓婷婷校閱
浮生六記　沈三白著　陶恂若校注　王關仕校閱
玉嬌梨　天藏花主人編撰　石昌渝校注
好逑傳　名教中人編撰　石昌渝校注
啼笑因緣　張恨水著　束忱校注
歧路燈　李綠園撰　侯忠義校注

公案俠義類

水滸傳　施耐庵撰　羅貫中纂修　金聖嘆批　繆天華校注

兒女英雄傳　文康撰　饒彬標點　繆天華校注
三俠五義　石玉崑著　張虹校注　楊宗瑩校閱
七俠五義　石玉崑原著　俞樾改編
楊宗瑩校注　繆天華校閱
小五義　清・無名氏編著　李宗為校注
續小五義　清・無名氏編著　文斌校注
蕩寇志　俞萬春撰　侯忠義校注
綠牡丹　清・無名氏著　劉倩校注
羅通掃北　鴛湖漁叟較訂　劉倩校注
楊家將演義　紀振倫撰　楊子堅校注　葉經柱校閱
萬花樓演義　李雨堂撰　陳大康校注
粉妝樓全傳　竹溪山人編撰　陳大康校注
七劍十三俠　唐芸洲著　張建一校注
包公案　明・無名氏撰　顧宏義校注
謝士楷、繆天華校閱
海公大紅袍全傳　清・無名氏撰
楊同甫校注　葉經柱校閱
施公案　清・無名氏編撰　黃珅校注
乾隆下江南　清・無名氏著　姜榮剛校注

歷史演義類

三國演義　羅貫中撰　毛宗崗批　饒彬校注
東周列國志　馮夢龍原著　蔡元放改撰
劉本棟校注　繆天華校閱
東西漢演義　甄偉、謝詔編著　朱恒夫校注
劉本棟校閱
隋唐演義　褚人穫著　嚴文儒校注　劉本棟校閱
說岳全傳　錢彩編次　金豐增訂　平慧善校注
大明英烈傳　楊宗瑩校注　繆天華校閱

神魔志怪類

西遊記　吳承恩撰　繆天華校注
封神演義　陸西星撰　鍾伯敬評
楊宗瑩校注　繆天華校閱
濟公傳　王夢吉等著　楊宗瑩校注　繆天華校閱
三遂平妖傳　羅貫中編　馮夢龍增補　楊東方校注
南海觀音全傳　達磨出身傳燈傳（合刊）
西大午辰走人、朱開泰著　沈傳鳳校注

諷刺譴責類

儒林外史　吳敬梓撰　繆天華校注
官場現形記　李伯元撰　張素貞校注　繆天華校閱

文明小史　李伯元撰　張素貞校注　繆天華校閱
鏡花緣　李汝珍撰　尤信雄校注　繆天華校閱
二十年目睹之怪現狀　吳趼人著　石昌渝校注
何典　斬鬼傳　唐鍾馗平鬼傳（合刊）
張南莊等著　鄔國平校注　繆天華校閱

擬話本類

拍案驚奇　凌濛初撰　劉本棟校注　繆天華校閱
二刻拍案驚奇　凌濛初原著　徐文助校注
繆天華校閱
喻世明言　馮夢龍編撰　徐文助校注　繆天華校閱
警世通言　馮夢龍編撰　徐文助校注　繆天華校閱
醒世恒言　馮夢龍編撰　廖吉郎校注　繆天華校閱
今古奇觀　抱甕老人編　李平校注　陳文華校閱
豆棚閒話　照世盃（合刊）
艾衲居士、酌元亭主人編撰
陳大康校注　王關仕校閱
石點頭　天然癡叟著　李忠明校注　王關仕校閱
十二樓　李漁著　陶恂若校注　葉經柱校閱
西湖佳話　墨浪子編撰　陳美林、喬光輝校注
西湖二集　周楫纂　陳美林校注

型世言　陸人龍著　侯忠義校注

著名戲曲選

竇娥冤　關漢卿著　王星琦校注
漢宮秋　馬致遠撰　王星琦校注
梧桐雨　白樸撰　王星琦校注
琵琶記　高明著　江巨榮校注　謝德瑩校閱
第六才子書西廂記　王實甫原著　金聖嘆批點
張建一校注
牡丹亭　湯顯祖著　邵海清校注
荊釵記　柯丹邱著　趙山林校注
荔鏡記　明・無名氏著　趙山林等校注
長生殿　洪昇著　樓含松、江興祐校注
桃花扇　孔尚任著　陳美林、皋于厚校注
雷峰塔　方成培編撰　俞為民校注
倩女離魂　鄭光祖著　王星琦校注

長生殿

洪昇／著　樓含松、江興祐／校注

《長生殿》是洪昇的代表作品，為中國古典戲劇的經典之作，成功地演繹了唐明皇與楊貴妃之間悲歡離合的愛情故事。本書以稗畦草堂本為底本，並參校其他諸多版本，注釋側重疑難詞語的含義和闡述典故，對角色、時間、人名、地名以及紀年等作簡明扼要的說明，同時注明各戲下場詩的出處，並附書影及暖紅室初刻本插圖，實為集前人和當代學者研究之大成的優質版本。